KB073880

소월 연구

송 기 한

지식과교양

머리말

소월은 한국 시사에서 예외적인 존재이다. 이 말은 그의 존재가 매우 특이하면서도 뛰어나다는 뜻이다. 한국 사람치고 소월을 모르는 경우가 없을 정도로 그는 널리 알려져 있고, 그의 작품 또한 많은 독자를 갖고 있다. 그리고 그는 서로 다른 체제 속에 놓인 한반도에서 남과 북 어느 지역에서나 그 존재성을 인정받고 있는 시인이기도 하다. 그만큼 그의 시들은 우리 민족이 갖고 있는 정서와 많은 부분 겹쳐지고 있는 것이다. 그가 표방한 시의 세계가 우리 민족의 정서와 공유하지 않는 것이라면, 소월은 이렇게 남과 북 모두에 걸쳐 인정받고 수용되는 시인은 되지 못했을 것이다.

소월이 이렇게 우리 민족에게 모두 수용될 수 있는 이유는 무엇일까. 그것은 그의 시가 갖고 있는 매혹에서 찾아야 하는 것인데, 그 근거 가운데 하나는 아마도 '흙의 사상'에서 찾아야 할 것으로 보인다. '흙'이 지시하는 음역은 무척 크고 깊은 경우여서 이를 어느 한 가지 요인으로 설명하는 것은 쉬운 일이 아니다. 그의 작품에서 '흙'은 단순히 생산을 의미한다거나 문학적 비유로만 한정되지 않기 때문이다. 그것은 어쩌면 우리 모두가 공유하는 고향일 수도 있고, 민족일 수도 있고 또 국가일 수도 있을 것이다. 그의 시에서 보이는 그러한 보편성이 우리 모두에게 혹은 남북 모두에게 깊은 호소력을 보여준 것이 아닌가 생각된다.

소월의 시들은 시의 의장이 복잡하지 않고 평이해서 소위 말하는 문학성과는 거리가 있는 듯 보인다. 이는 그의 시들이 문학과 비문학의 경계에 놓여 있다는 말과도 같은 것일지 모르겠다. 하지만 그의 시들은 많은 사람들에게 애송되고 있다. 이는 곧 그의 시에는 시의 문학성을 뛰어넘는 그 무엇이 내재되어 있다는 의미가 될 것이다. 그것이 당대의 우리 삶, 우리 민족이 갖고 있는 여러 정서의 복합체일 것인데, 이를 한마디로 하면, 바로 '흙'의 사상이 아닐까 하는 것이다.

실상 소월의 시를 떠올릴 때, 가장 먼저 다가왔던 것들이 '한'이라든가 '사랑', 혹은 전통적 정서와 율조 같은 것이었다. 물론 그의 시들에서 표명되는 이런 특색들이 그를 민요 시인이라든가 전통 시인으로 불리우게끔 한 요인들이었다. 그리고 그에 대한 그러한 판단이 결코 잘못된 것이라고도 할 수는 없을 것이다. 이는 엄연한 사실이기 때문이다. 하지만 소월을 어느 특정 정서만을 포지한 시인으로 규정하게 된다면, 그의 시가 갖고 있는 함축적 요소들, 다의적 국면들을 일원화시킬 위험성은 분명 존재하게 된다. 뿐만 아니라 이런 해석학적 사유에 갇히게 되면, 그의 시세계를 무척이나 협소해 보이게 하는 위험성도 있는 것이 사실이다.

전통적인 소월관에서 그를 일탈시켜야 그의 시에서 다른 세계가 펼쳐질 수 있다는 것, 그러할 때, 그의 시들이 함의하는 것들이 제대로 밝혀질 수 있다는 의견들은 기왕에 많이 제기되어 왔다. 그것은 그의 시들이 「진달래꽃」의 범주에서 결코 자유롭지 않다는 뜻이기도 한데, 익히 알려진 대로 「진달래꽃」은 소월의 대표 작품이다. 그 대표성이 너무 강했던 탓일까. 소월의 작품세계는 「진달래꽃」이 내뿜는 아우라로부터 결코 자유롭지 않았던 것이 엄연한 사실이었다. 그래서 소월을 여기서 탈출시켜야 그의 작품 세계 전반에 대해 올바른 접근이 가능하다는 절박한 요청들이 있어 왔던 것이다.

「진달래 꽃」으로부터 소월을 분리시켜야 한다는 것은 매우 타당한 말이 아닐 수 없다. 그가 여기서 벗어날 때, 그의 작품들이 보여주는 내포와 외연이 더 많은 확장성을 가질 수 있기 때문이다. 소월은 자신이 편집해서 상재한 시집 『진달래꽃』 외에도 많은 작품을 남겼다. 이 시집 속에 들어가 있지 않은 작품들을 계산에 넣게 되면, 그는 시인으로서 결코 적지 않은 작품들을 남겼던 것이다. 특히 짧은 삶을 살아간 그의 인생에 비춰보면, 그의 작품 양은 상당했다고 해도 과언이 아닐 정도이다. 이렇게 많이 남겨진 그의 작품들을 「진달래꽃」의 시인으로만 한정시키는 것이 가능한 일일까.

게다가 소월을 '한'의 시인으로 규정하는 것 역시 그의 작품세계를 단선적으로 이해하는 경우가 된다. 그를 이 정서로 한정하는 것은 「진달래꽃」의 시인으로만 인정하는 것과 동일한 차원에 놓이기 때문이다. 말하자면 소월에게 '한'의 정조와 「진달래꽃」의 세계는 동전의 앞뒤와 같은 것이라 해도 과언이 아닐 정도로 이 지대 사이에는 분리하기 어려운 공통 분모가 존재하고 있는 것이다.

이제 소월의 시들은 새로운 해석을 기다리고 있다. 소월 시를 꼼꼼히 읽어들어가게 되면, 그의 시들은 다양한 자장 속에 놓여 있다. 그 가운데 하나가 소월 시와 카프 시와의 관련 양상이다. 한의 정서 속에 갇힌 소월의 작품 세계를, 미래적 시간과 사유로 특징지어지는 경향시와 관련짓는 것은 어쩌면 무척 생소한 것처럼 비춰질 것으로 이해된다. 하지만 주용한 것은 그런 시각이 그의 시의 외연을 의도적으로 넓히고자 하는, 다시 말해 사실에 부합하지 않는 견강부회나 아전인수가 아니라는 사실이다. 소월의 시들 가운데는 소작인의 비애를 읊은 시도 있고, 미약한 형태로나마 계급 모순을 노래한 시도 분명 존재하기 때문이다.

경향시에서나 볼 수 있는 정서들을 소월 시에서 확인하는 것은 무척 흥미로운 일이 아닐 수 없다. 하지만 소월이 문단의 흐름에 무딘 감수성을 갖고 있었던 경우는 없었다. 그는 스승 김억을 통해서, 아니면 《영대》와 같은 잡지를 통해서 문단과의 연결고리를 계속 갖고 있었기 때문이다. 그러던 그였기에 당시 유행처럼 흘러가고 있었던 경향시의 흐름에 대해 외면하거나 관심을 갖지 않았다고 생각하는 것은 잘못된 판단일 것이다.

경향시는 계급문학이라는 특징을 넘어서 우리 문단에 자리를 잡아왔다. 당시 이들이 지향하는 이념들은 민족주의자들의 성향과 일정 부분 겹쳐지는 것이었다. 그 가운데 하나가 지배와 피지배의 관계인데, 실상 일제강점기라는 현실이 이러한 관계망을 고스란히 반영하고 있거니와 이런 구도야말로 민족주의적 성향을 갖고 있었던 이들에게는 매혹의 대상이 되었을 것이다. 소월이 민족주의적 성향을 갖고 있었음은 잘 알려져 있었고, 그의 이에 대한 관심이 경향시가 내세웠던 모순의 논리와 자연스럽게 연결된 것으로 이해된다.

소월이 함의한 민족주의적 성향, 그리고 궁극에는 민족주의자가 될 수밖에 없었던 것은 그의 시를 이해하는 좋은 단서를 제공해준다. 소월이 이런 성향을 갖게 된 근본 원인은 무엇보다 그의 가족사와 무관하지 않다. 소월의 아버지가 일본 야바위꾼들에게 얻어맞고, 궁극에는 불구의 몸이 되었다는 사실이야말로 소월이 이 성향으로부터 자유로운 존재가 아님을 증거하는 사건이 아닐 수 없다.

하나의 이념이라는게 관념의 수순을 넘어서기 어려운 것이지만, 소월의 사유, 곧 민족주의적 성향은 그 수준을 쉽게 초월한 경우이다. 말하자면 소월의 민족주의는 관념이나 어떤 형이상학이라는 외연의 범주 속에 갇혀서 소위 관념이나 비현실이라는 경계 밖으로 나가지 않았다고 할 수 있다. 그것이 소월의 민족주의가 갖는 고유성이자 특징이었다. 소월은 이를 토대로 국토라든가 땅, 다시 말하면 그의 시의 주된 전략적 이미지 가운데 하나인 흙의 사상으로 나아갈 수 있었던 것이다.

소월이 응시한 조선의 국토, 땅이란 일차적으로 죽은 것이다. 물론 조선을 이러한 시각으로 응시한 것은 소월이 처음은 아니다. 일찍이 조선을 거대한 무덤으로 응시한 사람은 염상섭이었다. 그는 『만세전』에서 이인화라는 인물을 통해 조선의 국토를 여행한 바 있는데, 그가 이런 서사구조를 통해 발견한 것이 무덤의 이미지였던 것이다. 그런 면에서 그의 여로구조는 매우 특이한 경우였다. 육당이 「경부철도가」를 통해서 발견한 지리적 새로움이나 소개와 같은 계몽적 성격의 여행은 아니었기 때문이다. 조선의 국토를 문명의 장으로 이끈 것은 육당이지만, 이를 그 반대의 지대, 곧 무덤으로 인식한 것은 염상섭이었던 것이다.

서사구조를 통해서 조선에서 죽은 육체를 발견한 것이 염상섭이라면, 소월은 서정 양식을 통해서 이를 발견했다. 그것이 곧 '무덤'의 이미지였던 것이다. 소월 시에서 무덤이 갖고 있는 의미는 무척 크다고 하겠다. 단순히 발견에서 그치지 않고 이를 보다 큰 치유의 차원, 발전의 차원으로 승화시킬 줄 알았기 때문이다.

소월 시는 죽어있는 육체에 새로운 생명을 불어넣고자 했다. 그것이 그의 시의 주제이자 서정적 열정이었고, 필생의 시정신이었다. 죽어있는 육체나 이를 담아내고 있던 무덤이 부활하기 위해서는 영혼이 들어가야 했다. 아니 다시 살아나야 했다. 그래서 그는 서산 마루에 올라서서 영혼을 부를 수밖에 없었던 것이다. 육신에서 빠져나간 혼이 다시 뒤돌아오도록 절규한 것이 소월의 간절한 음성이었던 것이다.

죽은 육체를 살리기 위한 소월의 노력은 집요했다. 그는 혼을 부르기 위해 산정에 올랐는가 하면, 무덤 속에 갇힌 혼을 불러내기 위해 이를 덮고 있던 잔디를 태우고자 했다. 불은 상승의 이미지이고, 생명을 불어넣는 이미지라는 사실을 감안하면, 이는 충분히 납득할 만한 경우였다.

따라서 혼을 부르는 형식, 곧 초혼 의식들이야말로 소월 시의 구경일 것이다. 육신이란 혼이 들어와야 비로소 하나의 완전한 생명체로 거듭 태어날 수 있을 것이다. 그렇기에 이런 초혼의식 외에도 소월은 죽어있는 것들을 부활시키기 위한 다양한 의장을 마련했다. 이 과정에서 주목의 대상이 되는 것 가운데 하나가 감각이다. 죽은 생명이 부활하기 위해서는 마비된 감각이 되살아나야 한다. 마비된 감각이 살아나게 되면, 생명은 당연히 소생하게끔 되어 있기 때문이다.

소월은 그렇게 죽어 있는 감각을 우선 근원의 정서를 통해서 찾고자 했다. 그런데 그 근원이란 하나의 지대나 뿌리를 갖고 있는 것은 아니었다. 여러 다양한 지점을 갖고 있었는데, 하나가 모성적인 것에 기대고 있는 것이라면, 다른 하나는 보편적 공유지대에 기대고 있는 것이었다. 이 두 가지 감각이 모두 공통의 정서에 기대고 있는 것이라는 점에서 겹쳐지긴 하지만, 전연 다른 지대를 형성하고 있기도 하다.

한 집단에게만 고유한 감각으로 살아있는 것은 장소적 귀속성을 담보해준다. 그런 면에서 소월이 찾고자 한 감각은 이중적인 것이라는 점에서 그 의의가 있는 경우이다. 하나는 모성과 같은 보편의 지대에 걸리는 것이면서 다른 하나는 민족 고유의 지대에 닿아 있는 것이기 때문이다. 소월이 주로 관심을 갖고 있었던 것은 일반적인 보편성, 곧 원형 감각의 차원이 아니다. 물론 그러한 감각의 바탕에 서 있긴 하지만, 그보다 그가 관심을 기울인 것은 민족 고유의 감각이었을 것이다. 그 감각만이 민족이라는 공동체를 발견하고 또 이를 통해 민족을 하나의 단위로 귀결시킬 수 있는 좋은 매개로 이해하고자 했기 때문이다.

소월은 유년시절 자신이 맡았던 냄새를 기억한다. 그와 함께 한 구성원들도 그 냄새를 당연히 기억하고 있을 것이다. 그리하여 그때 그 공동체 구성원 모두가 맡았던 냄새를 복원함으로써 우리들만의 냄새를 복원하고 현재화하고자 했다. 그러나 그 감각은 마비되어 있다. 공동체가 죽어있으니 감각 또한 마비되어 있는 것은 당연한 수순이기 때문이다. 공동체가 살아나기 위해서는 이 마비된 감각이 깨어나야 한다. 감각은 우리들만의 것, 우리 민족만의 것이다. 그렇기에 그런 감각이 되살아난다는 것은 생명의 부활이고, 궁극에는 민족의 부활이

될 것이다.

소월시는 누구나 공감할 수 있는 보편적 정서를 갖고 있다. 그런 특징이 소월을 우리들의 시인, 혹은 민족의 시인으로 만들었을 것이다. 그의 그러한 위치는 물론 '한'과 같은 정서에 의해 가능했을 것이다. 그러나 그를 그런 위치로 서게끔 한 것은 그러한 퇴영적 정서가 전부는 아니다. 소월을 누구나 공감할 수 있는 민족시인의 반열에 올려 놓은 것은 우리를 상징했던 죽은 육신과 그 부활에 있었다고 하겠다. 이를 가능케 한 것은 영혼의 부활과 감각의 부활이었다.

소월 시는 이제 새롭게 태어나야 한다. 그리고 그동안 감춰져 있던 시의 진실들이 더욱 수면 위로 올라와야 한다. 그럴 경우 소월은 한의 시인에서 벗어나 민족의 시인으로 다시금 우뚝 서게 될 것이다. 이번 작업은 그러한 단계로 나아가는 첫 여정이라는 점에서 그 의의를 찾고자 한다.

송 기 한

| 차례 |

소월
연구

제1장 경향문학과의 상관성

1. 건강한 아버지에 대한 그리움과 새로운 탈출구의 모색

아비에 대한 그리움이 소월에게 한과 저항의 몸짓이었다면, 그는 그러한 그리움에 대해 끊임없는 갈증을 드러냈다. 그리고 그 기본 원인을 제공한 것이 식민지 상황이었다. 그러나 시대에 대한 저항이나 민족을 올곧이 드러낸다는 것 자체가 당시에는 쉽지 않은 일이었다. 일제 강점기에 민족에 대해 이야기한다는 것은 곧바로 개인과 국가 간의 전쟁을 의미하는 일이었기 때문이다. 어린 시절의 불행을 딛고 일어서 성인이 된 소월의 일차적인 고민은 바로 여기에 있었다.

그러나 아무리 일제 강점기라 하더라도 저항에 대한 불길이 멈출 수는 없었을 것이다. 현재의 상황이 어떠하든 이를 이해하고 이에 적응하는 응전의 논리는 언제든 유효했던 까닭이다. 본인이 만들지 못하면, 환경이 자연스럽게 이를 유도할 수도 있을 것이고, 또 이를 추동하는 환경 또한 만들어질 수도 있을 것이다. 이 시기 그러한 환경 가운데 하나가 볼셰비키 혁명이었다. 1905년 시작된 이 혁명은 1917년에 이르러 그 완성을 보게 된다. 그런데 그 낙수효과는 단순히 러시아 내부의 문제에서 그치는 것이 아니었다. 그것이 끼친 영향은 매우 막대한 것이어서 여러 나라에서 그 반향이 일어났다.

인류가 역사를 만들어나가기 시작한 이후, 지배층과 피지배층 사이에 일어난 갈등은 쉼 없이 진행되어 왔고, 기득권을 추구하려는 층과 이에 대응하는 층 사이의 대결은 어느 한순간도 그친 적이 없었다. 한 사회가 존재한다면 이런 갈등 구조로부터 자유로운 지역은 하나도 없을 것이다. 그곳이 비록 제국주의의 영향 하에서 자유롭지 않다 하더라도 이는 동일한 것이었다. 러시아에서 들려온 해방의 음성이 일본 내지로도 당연히 흘러들어왔다. 이 사상에 경도된 층들이 등장했음은 당연했거니와 다른 어느 지역보다도 이 혁명의 메아리가 반갑게 다가온 것은 조선이었다. 일본의 경우보다 그 도입 시기는 늦었을지언정 그 파급 속도는 요원의 불길처럼 강력하게 퍼져나갔다.

그러한 반향 가운데 하나가 3·1운동이었다. 이 운동은 아마도 두 가지 사상이 그 배음에 있었던 것으로 이해되는데, 하나가 러시아 혁명이라면, 다른 하나는 윌슨의 자결주의 사상이다. 이 두 가지 목소리는 토대와 방향이 다를 뿐 결국은 동일한 지점에 뿌리를 둔 것이었다. 모두 지배와 피지배라는 야만적 상태를 전혀 인정하지 않았다는 사실이 그러한데, 어떻든 3·1운동은 이런 배음을 깔고 맹렬히 시도되었다. 그러나 이 운동은 그 맹렬한 의욕과 시도와 달리 참담한 결과를 가져왔다. 무엇보다 낙담한 결과를 만든 것은 그 실패가 가져온 후폭풍이었다. 무언가 이루어질 듯한, 그리고 쉬우면서도 가까이 있는 듯한 목적이 저 멀리 작별을 고하고 떠날 때만큼 그 빈자리는 크게 다가왔고 또 이 공백을 메우는 것 역시 만만치 않을 일이었다.

패배를 맛본 이들 앞에 놓인 선택은 많지 않았다. 그럼에도 대략 두 가지 놓여 있었는데, 하나는 모든 걸 포기하는 것이고, 다른 하나는 싸워야 할 대상에 대해 좀 더 적극적인 포즈를 취하는 일이었다. 포기란 어쩌면 곧 현 체제를 용인하는 것과 같은 것이었다. 3·1운동 직후 적지 않은 지도자들이 친일의 길을 선택한 것은 그 결과일 것이다. 다른 하나는 현실에 좀 더 강력하게 맞서는 일이다. 거기에는 두 가지 길이 놓여 있을 수 있는데, 무력에 의한 방법이 그 하나라면, 저항을 위한 이론적 무기의 획득이 그 다른 하나이다. 러시아 혁명의 성공은 후자를 위한 좋은 도구 내지 방법이 되었다는 점에서 그 의미가 있는 경우이다.

일제 강점기에 사회주의 사상이 언제부터 유입되기 시작했는지를 정확히 말하는 것은 쉬운 일이 아니다. 은연중에 전파되는 것이 사상이기에 그 시기를 특정한다는 것은 매우 어려운 까닭이다. 그럼에도 신경향파라 불리는 문학운동이 대략 1920년대 초에 시작되었다는 사실에는 대부분의 경우 동의하는 바이다. 민중문학을 표방하며 김석송[1]이 등장한 것이 이때부터이고 또 이러한 경향을 대변하는 최서해의

---

1) 석송의 문학은 민중의 관점에 서 있긴 하지만, 계급적 민중이라고는 볼 수 없다. 그럼에도 문학이 관념이 아니라 현실 속에서 만들어질 수 있음을 보여준 매우 예외적인 사례라는 점에서 주목할 필요가 있다. 최서해는 1924년 1월《동아일보》월요란(月曜欄)에 단편소설 「토혈 吐血」을 발표하고 같은 해 10월《조선문단》에 「고국 故國」이 추천되어 작품활동을 시작한다. 「토혈」이 첫 작품이라면, 「고국」은 데뷔작이라고 할 수 있다. 어떻든 그의 문학활동시기는 1920년대 초이다.

문학이 시작된 시점 역시 이 시기이다. 물론 신경향파 문학과 그 이론적 배경을 뚜렷하게 제시한 것은 팔봉 김기진이다. 그는 일찍이 일본 유학을 통해서 사회주의 사상을 획득한 바 있고, 박영희 등과 지속적인 편지 교환을 통해 사회주의 사상을 전파하려고 노력해 왔기 때문이다[2].

　하나의 주조가 사라지면, 새로운 주조가 만들어지게 된다. 또 그러한 교체 속에서 새로운 사유에 자연스럽게 편입해 들어가고 이를 자기화하는 것이 문인들의 숙명인지 모르겠다. 3·1운동의 실패가 가져온 문단 외적인 변화가 앞의 두 사례라고 한다면, 문단 내적 변화 또한 이와 분리되는 것이 아니었다. 실패에 따른 좌절과 비탄이 세기말적인 센티멘털을 불러일으켰는가 하면, 그 반대 방향의 흐름 또한 뚜렷이 각인되기도 했다. 《창조》나 《폐허》[3]의 내성적 센티멘털이 전자를 대표하는 경우라면, 《개벽》을 비롯한 《조선지광》[4] 등은 후자를 대표하는 경우다.

　문인들의 경우 시대의 흐름인 문예의 주조 현상을 외면하기 쉽지 않다. 남이 하니까 나도 따라한다는 식의 무작정 추수주의가 있는 것도 사실이지만, 시대의 책무를 엄중히 느끼는 문인들이 그것을 외면하기란 어려운 일이기 때문이다. 1920년대 초반 신경향파라는 이름으로 대거 나타나기 시작한, 가난을 소재로 한 문학의 등장은 그 대표

---

2) 김윤식, 『한국 현대 문학 비평사』, 서울대 출판부, 1982, pp.44-55 참조.
3) 《창조》와 《폐허》는 각각 1919년과 1920년에 창간되었는데, 아이러니하게도 이는 순전히 일제의 문화정책의 산물이었다.
4) 《개벽》은 1920년에 《조선지광》은 1922년에 창간되었다. 특히 《개벽》이 천도교 중심의 잡지였으며, 여기에 현실적 문제들에 많은 관심을 갖고 있었던 소월의 작품이 발표된 것은 주목을 요하는 대목이 아닐 수 없다.

적인 본보기라고 할 수 있을 것이다. 그리고 여기에 한 가지 덧붙일 수 있는 것이 일본의 제국주의 정책이다. 3·1운동을 통해 민족의 강력한 저항의식을 목도한 제국주의자들은 더 이상 강압적인 수단을 통해서 조선반도를 지배할 수 없다는 사실을 경험적으로 체득하게 된다. 그리하여 지금껏 시도되었던 무단 통치를 어느 정도 수정할 필요가 있었다. 조선인들의 항변이 민족주의적인 색채를 곧바로 드러내지 않으면, 이 이외의 요소들은 오히려 더 용인하는 방향으로 나아가는 것이 좋다고 판단했던 듯하다. 신경향파를 비롯한 리얼리즘 문학이 보다 융성하게 된 원인도 여기서 찾을 필요가 있다[5].

이런 여러 제반 요인들이 갖추어지면서 1920년대는 가히 진보주의, 혹은 사회주의 사상의 전성시대라고 불러도 좋을 만큼 이 사상이 난만히 피어나던 때였다. 체제에 대한 저항이라는 국면에서도 그러하고, 피억압층의 개선을 위한 싸움이라는 측면에서도 사회주의 사상은 조선의 작가들에게 매우 매력적인 투쟁 수단이 된 것이다. 1925년 카프라는 진보적 문학단체가 결성된 것에는 이런 저간의 사정이 놓여 있었으며 또 여기에 가입하여 적극적으로 활동하지는 않았지만, 이들의 이념과 행동 강령에 많은 지지를 보낸, 이른바 동반자 작가[6]들 역시 등장하는 계기가 되었다. 카프 작가들의 입장에서 이들은 소부르주아성에 입각한 기회주의자 정도로 비쳐지기도 했고, 다른 한편으로는 계륵같은 존재들처럼 인식되기도 했다. 그러나 그런 한계에도 불구하고 이들은 진보문학의 외연을 넓혀 주었다는 점에서 매우 큰 의미를

---

5) 김윤식, 앞의 책, p.39.
6) 이런 부류에 속한 작가들로는 유진오, 채만식, 이효석, 엄흥섭, 강경애 등으로 주로 소설가들이 주류를 이루고 있었다.

갖는 것이었다.

카프 구성원이나 동반자 작가들이 주로 소설가들로 이루어졌는데, 이는 시와 소설이 갖는 장르상의 특징 때문에 그러한 것처럼 보인다. 문학 사회학이나 객관적 현실을 담보하는 데 있어 시는 소설보다 일정 정도 한계를 갖고 있는 것이 사실이기 때문이다. 이런 장르상의 한계가 이들 문학에 대한 편향을 가져오게 한 것처럼 보이는데, 시인의 경우 이를 가장 표면적으로 드러낸 작가는 1930년대의 이용악 정도이다[7]. 그러나 처음부터 농밀한 카프 지향적인 성향을 보이지 않았다고 하더라도 신경향파적인 경향을 보인 작가들이 전혀 없었던 것은 아니다. 이상화[8], 김광균[9] 등이 이런 범주에 묶일 수 있는 시인들이기 때문이다.

시대적 흐름이나 문단의 전반적인 경향이 무엇이었는가에 주목하게 되면, 작가들이 어떤 관심을 가졌는가에 대해서 어느 정도 이해할 수 있는 준거틀이 될 수 있을 것이다. 특히 1920년대는 신문학이 본격적으로 펼쳐진 이후 20년이 미처 경과하지 못했던 시기이다. 다시 말해서 새로운 문학에 대한 갈증이 완전히 가시지 않은 시기였던 것인

---

7) 이용악은 시들을 한마디로 규정하면 사실주의라고 할 수 있다. 그런데 그런 특징은 의도된 세계관에서 만들어진 것이 아니라 1920년대 신경향파의 작가들처럼 자연스러운 과정을 통해서 이루어진 면이 강하다고 할 수 있다. 그의 시에서 세계관이 앞서는 형국의 작품들을 거의 찾아볼 수 없다는 점에서 그러하다.

8) 이상화의 경우는 그의 대표작 「빼앗긴 들에도 봄은 오는가」에서 이런 사유를 읽어낼 수 있고 이는 문학사에서 뚜렷이 공인된 사실이다.

9) 김광균이 경향파 문학에 관심을 갖고 이에 기반한 사유로 시를 창작한 것은 최근의 연구에서 자세히 밝혀진 바 있다. 김용직, 「식물성 도시 감각의 세계」, 『한국현대시사』, 한국문연, 1996.와 송기한, 「김광균 시의 전향과 근대성의 문제」, 『한국시의 근대성과 반근대성』, 지식과 교양, 2012 참조.

데, 이런 호기심에 덧붙여져서 경향파 문학은 문단의 주류적 현상으로 우뚝 서게 되었던 것이다. 그런 문단의 흐름에 대해서 소월이 무관심하지 않았을 것은 자명해 보인다.

이 시기 가장 진보적 문학이었던 경향파 문학에 대해서 소월이 관심을 가졌을 만한 환경은 이미 충분히 조성된 터였다. 그 첫 번째가 아비가 부재하는 상황이었다. 아비가 없다는 것은 단지 물리적인 사실만을 말하는 것은 아니다. 소월에게 아비는 분명 존재하긴 했지만, 그 아비란 일반적으로 통용될 수 있는 아비의 모습은 아니었다.[10] 그는 철도공사를 벌이던 목도군들에게 무차별적으로 얻어맞고 정상적으로 살아갈 수 없는 불구의 몸이 되었기 때문이다.[11] 이 사건이 소월에게 평생 아비 없음의 상황에 놓이는 단적인 계기가 되었는데, 이는 또한 소월의 민족의식, 곧 일제에 대한 부정의식과 저항의식의 단초가 되었을 것임은 익히 짐작할 수 있는 일일 것이다.

소월이 민족에 대해 눈을 뜨게 된 것은 비단 이 사건 때문만이 아니다. 소월이 입학한, 이 지역의 유일한 소학교인 남산학교에서도 민족에 대해 이해하는 계기가 만들어지기 때문이다. 소월이 살던 남산리는 너무 외진 곳이어서 개화의 물결이 닥쳐오던 시기에도 신식학교는 설립되지 않았다. 그러나 이렇게 구석진 곳에서도 인구의 증가와 교육에 대한 욕구가 맞물리면서 새로운 학교의 건립 필요성이 제기되었다. 그런 이유로 소월의 고향 남산리에 남산 소학교가 만들어지게 된

---

10) 근대 초기 한국 문학에서 보이는 부권의 상실은 모두 이런 관점에서 이해되어 왔다. 춘원이 『무정』에서 보인 '고아의식'은 이를 대표하는 경우이며, 이후 임화를 비롯한 카프 작가들의 부권지향적인 성향들은 모두 이ㄱ와 밀접한 관련이 있다고 하겠다. 김윤식, 『임화연구』, 문학사상사, 1989 참조.
11) 계희영, 『약산 진달래는 우런 붉어라』, 문학세계사, 1982, p.25.

것이다. 소월이 이 학교에 입학한 것은 8살 때이다. 새로운 학교 교육이 모두 이 나이에 시작되는 것을 감안하면 소월의 입학은 지극히 상시적인 경우였다. 소월은 이 학교에 입학한 이후 많이 변화된 모습을 보여주게 되는데, 그 중 하나가 이른바 성숙의 정서였다. 어른을 대하는 그의 말투가 예전과 달라졌을 뿐만 아니라 민족에 대한 자각도 새롭게 깨우쳤다. 실상 남산학교의 설립 목적이 빨리 개화 개방을 해서 조선 백성이 잘살고 세계 문명에 뒤지지 말자는 것[12]에 있었음을 감안하면, 민족에 대한 소월의 자각은 충분히 납득할 수 있는 일이었다.

시대의 흐름과 문단의 주류적 경향이 저항적인 것에 놓여 있었고, 소월이 처한 환경 또한 이와 비슷한 처지였다. 일제 강점기라는 현실 속에서 이에 대항하는 논리적, 혹은 현실적 조건이 충족되었을 때, 이를 외면하는 것은 어리석은 일이거니와 이에 대해 철저히 자기화한 자라면 이런 상황을 더더욱 외면할 수 없었을 것이다. 소월이 시대의 저항수단이었던 경향문학에 관심을 가질 만한 필요충분조건이 갖추어진 셈이다.

실제 소월의 작품들에서는 이와 관련지을 수 있는 작품들이 존재함에도 불구하고 이를 경향시의 맥락에서 이해한 경우는 거의 없었다. 민족의 고유한 정서와 토착적인 땅의 사상만이 소월의 고유한 영역으로 인식되었다. 만약 그러한 요인들이 경향 문학과 결부되면 마치 커다란 문학적 손상을 입을 수도 있는 것인 양 소월로부터 애써 분리시켜 온 것이다. 아니 분리가 아니라 어쩌면 한국의 대표 서정시인인 소월은 그러한 시세계와 전혀 무관한 시인으로만 기억하고 싶었던 것은

---

12) 위의 책, p.126.

아닐까. 아니면 묘지처럼 죽어 있는 조선의 땅에 살아있는 혼을 주입시키려 했던 그 처절한 몸부림과 경향적 저항의 몸짓은 전연 별개의 것으로 판단해야 한다고 생각했던 것일까. 그것이 어떤 동기에서 비롯되었건 간에 소월의 시에서 묻어나는 경향시적 요소들은 관심의 대상도 연구의 대상도 되지 못한 채 외면당해 온 것이다. 그러나 문화의 중심인 서울로부터 비록 먼 거리에 떨어져 있음에도 불구하고 문단의 주류적 경향이 무엇인지를 정확하게 이해하고 있었던 것이 소월이었다. 따라서 그의 시에서 드러나는 경향시적인 요소들을 당시에 유행하던 신경향파나 카프시와 결부시켜 논의하는 것은 매우 자연스러운 일이 될 것이다.

2, 동반자 작가로 나아가는 길

소월의 전기적 사실을 일별할 경우, 그가 문단 생활에 적극적으로 뛰어들어 활동한 기록은 거의 남아있지 않다. 그는 주로 김억을 통해서 문단과 교류했고, 그를 매개로 서울에서 펼쳐지고 있는 문예사조에 대해 이해하고 있었다. 그러던 그에게 소위 문단이라고 할 수 있는 집단과 교류할 수 있는 계기가 만들어졌는데, 바로 잡지《영대》의 간행과 거기에의 참여가 그것이다.

1924년 8월 5일 창간된 문학동인지《영대》는 1925년 1월 통권 5호를 끝으로 일찍 종간된 잡지이다. 편집인 겸 발행인은 임장화가 맡아서 했고 이 잡지를 인쇄한 곳은 광문사였다. 표지는 영대사 발행으로 되어 있지만 판권에는 문우당 발행으로 되어 있었고, 실제 편집은 평양에서, 발행은 서울에서 이루어졌다. 이 잡지의 주요 동인으로는 김관호, 김소월, 김동인, 김억, 김여제, 김찬영, 전영택, 이광수, 임장화, 오천석, 주요한 등이었다.

《영대》는 서울에서 간행되었지만 그 주요 동인의 면목을 보면 주로 평안도 출신들이었다. 이런 사실에 비추어보면,《영대》를 평양 중심의 문학이었다고 해도 과언이 아닐 것이다. 우리 문학사에서 평양 중심의 문학그룹은《영대》말고도 또 있었는데, 1930년대 모더니즘을 주로 표방했던 잡지《단층》이 바로 그것이다. 연속성의 관점에서 보면《단층》은《영대》의 후속쯤으로 이해되는데, 그러나 이 두 잡지가 지향했던 방향이나 사상은 판이하게 다른 경우였다.《단층》은 허준, 유항림, 최명익 등이 주도했다. 이들은 잘 알려진 바와 같이 모더니스트적인 성향을 갖고 있었다. 그리하여 서울 중심의 '3.4문학'과 대비하여 '단층파'라는 레테르를 내세울 수 있었다. 그러나《영대》의 경우는 이와 전혀 사정이 달랐다[13]. 이 잡지는 어떤 뚜렷한 사상을 표면에 내세우지 않은 까닭이다.

잡지에 참여한 구성원도 다양하지만, 이들이 표방한 문학 장르 또한 다방면에 걸쳐 있었다.《단층》에 참여한 작가들이 주로 소설 장르에 관심이 많았던 반면에《영대》는 장르를 초월해서 다양한 작가, 작품들이 참여 혹은 등장하고 있었다. 이 가운데《영대》에서 주목해서 보아야 할 부분이 김억을 중심으로 한 번역시 작업과 외래 사조의 소개이다. 이 잡지의 이러한 성격은 이 지역의 문화적 특색과 꼭 닮아 있

---

13)《단층》에 대한 전반적인 연구는 신수정, 「단층파 소설연구」, 현대문학연구 142집 참조, 1992.

는 것인데, 잘 알려진 바와 같이 서북지역은 이 시기 어느 지역보다도 개화 개방의 물결에서 자유롭지 못한 공간이었다. 그런 개방적 특색이 잡지《영대》에 잘 드러나 있는데, 김억은 그 중심적 역할을 수행하고 있었다. 물론 김억 이외에도 외국 문학을 번역 소개한 사람으로 전영택과 오천석이 있었는데, 그러나 양적인 부분에서나 질적인 측면에서 김억을 능가하지는 못했다[14].

《영대》에는 여기에 참여하는 작가들의 예술작품이 주로 실리긴 했지만, 김억의 경우에서 보듯 주로 서구의 예술 사조들이 소개되었다. 그 가운데 주목을 끄는 것이 야영(夜影)의「예술과 계급」이라는 글이다. 이 글은 프로문학자들이 예술지상주의 문학을 공격하는데 주로 할애하고 있는데, 그 공격의 사상적 기반은 예술지상주의자들이 갖는 부르주아성이라고 이해하고 있다[15]. 이런 논란은 이 시기 민족주의자들과 프로문학자들이 펼친 논리의 반복에 지나지 않는 것이지만, 중요한 것은 소월이 참여한 잡지에 이런 주장을 펼친 글이 실려 있다는 사실일 것이다. 이는 소월이 당시의 문단적 주류 가운데 하나였던 경향문학으로부터 결코 자유롭지 않았다는 반증이 될 수도 있을 것이다. 소월이 프로문학에 대해 어떤 입장을 취했는지에 대해서 정확히 알려진 것은 없지만, 어떻든 그가 이 환경으로부터 자유롭지 않았다는 것은 충분히 입증할 수 있는 자료가 될 수 있다고 하겠다.

이런 환경에 비추어볼 때, 소월이 문단의 주류 가운데 하나로 떠오른 프로문학에 대해서 전연 관심이 없었다고 하는 것은 섣부른 판단

---

14) 조남현,『한국문학잡지사상사』, 서울대 출판문화원, 2012, p.333
15) 위의 책, p.335.

이 될 수 있을 것이다. 시의 현대성에 대해 누구보다도 많은 관심을 가졌던 것이 소월이기에 더욱 그러하다고 하겠다. 특히 당시의 프로문학이 민족주의 문학과 이원적 구조를 갖고 있었으나 이 사조들의 토대가 어느 정도 항일적 함의를 내포하고 있다는 점에서[16], 소월이 프로문학의 지향점에 대해 상당한 관심을 보였던 것은 당연한 일로 받아들여질 수 있을 것이다. 항일적 의식을 태생적으로 갖고 태어난 민족주의자였기에 이에 대한 관심은 매우 컸을 것으로 판단된다. 따라서 소월을 소극적 의미의 동반자 그룹에 포함시키는 것도 가능하지 않을까 하는 것이 필자의 판단이다.[17]

실제로 카프의 이념에 적극적인 경우와 소극적인 경우를 모두 포함할 때, 우리 문단에서 동반자 그룹은 상당한 층을 형성하고 있었다고 할 수 있다. 「노령근해」, 「상륙」, 「북국사신」 등을 통해서 적극적으로 소비에트를 찬양했던 이효석의 경우가 전자를 대표한다면, 최서해나 강경애의 경우는 후자를 대표한다. 물론 두 가지 요인이 혼재된 작가의 경우도 얼마든지 있을 수 있었다. 가령, 「인도병사」에서 알 수 있는 것처럼, 송영은 현저하게 민족주의적 성향으로 치우치기도 했던 것이다. 이른바 민족모순에 대한 계층적인 인식이 그것이다. 일제 강점기에 이 의식을 드러나는 것은 계급의식보다 훨씬 어려운 것이었다. 식

---

16) 김윤식, 앞의 책, p.39.
17) 동반자란 익히 알려진 대로 카프 구성원으로 직접 참여하지는 않았지만, 그들이 지향하는 이념적 노선에는 동조하는 그룹을 일컫는다. 이 말은 트로츠키가 『문학과 혁명』에서 처음 말한 것이지만, 당시 한국 문단에는 큰 반향을 일으키지 못한 것으로 보인다. 특히 당파성을 정립해야한다는 강박관념이 있었던 카프의 이론가들에게 동반자는 쉽게 용인될 수 있는 문제가 아니었다. 이들이 좌익 기회주의나 소부르성으로 쉽게 매도되었던 것은 이런 사정 때문이었다. 물론 이런 권위적 당파주의는 해방이후 카프의 자기비판 때 어느 정도 수정되기는 했다.

민지 현실에서 민족모순이란 곧 상대방에 대한 즉자적인 저항을 의미하는 것이기 때문이다. 반면, 계급의식은 민족의식보다는 한단계 멀리 있는 것이라는 점에서 민족모순보다는 보다 안전한 장치였다고 할 수 있다. 물론 이 시기 계급의식에 민족모순을 제외하고는 설명하는 것이 불가능한 일이긴 하지만, 겉으로 드러나지 않는 의식을 두고 비판의 촉수를 들이대는 일은 쉽지 않았기 때문이다.

동반자 그룹을 다양하게 분류될 수 있는 것은 그것이 함의하는 갈래의 수가 그만큼 많다는 것으로 이해될 수 있다. 소월은 여러 지층으로 갈라지는 이 흐름에서 주로 민족주의적 성향에 기울고 있었는데, 이런 사상적 특색이야말로 소월만의 고유한 동반자의식이라고 할 수 있을 것이다. 그리고 이런 면들은 주로 송영 등이 「인도병사」에서 보여주었던 민족모순과 분리하기 어려운 것이라 할 수 있다. 앞으로 언급하겠지만 소월의 작품들에서는 계급모순과 같은 시들을 곧바로 검출하기 어렵기 때문이다. 소월의 시들이 지향하는 방향은 주로 토착적인 것들이었다. 그의 시에서 구조적으로 드러나고 있는 것이 흙이나 땅에 대한 애착들이었기 때문이다. 흙이나 땅의 사상은 소월에게 절실했던 아비의 부재의식과 곧바로 연결되는 것이었다. 그의 시에서 드러나는 동반자 의식 또한 이 연장선에 놓여 있었다고 할 수 있다.

3. 소월의 시에 나타난 동반자 의식

소월 시에서 드러나는 상실의 정서는 흔히 님의 부재로 이해되어 왔다. 20년대의 주된 정서가 님이 상실한 시대로 알려져 있거니와 그

궁극적 의미는 모두 국가와 관련된 것이었다. 소월의 경우도 여기서 예외가 될 수 없으며, 그 직접적 표현이 바로 '집'이라는 기표로 의미화된다.

> 하늘로 날아다니는 제비의 몸으로도
> 일정한 것을 두고 돌아오거든!
> 어찌 섭지 않으랴, 집도 없는 몸이여!
>
> 「제비」 전문

이 작품에서 뚜렷이 대비되는 두 가지 실체는 '제비'와 '나'이다. 전자는 자유로운 존재이면서 안정적인 정주 공간을 갖는, 은혜받은 존재이다. 반면 이와 대비되는 '나'는 속박된 존재이면서 일정한 정주 공간이 없는 뿌리 뽑힌 자이다. 이 시기 불행과 비극의 상징적인 존재가 바로 '나'인 셈이다.

이 두 대상의 비교를 통해서 얻고자 하는 의도는 비교적 분명할 것이다. 그런데 시인의 의미화하고자 했던 바를 이렇게 직접적으로 표명된 사례도 우리 시사에서 매우 예외적이라는 점에서 주목을 요하는 경우라 할 수 있다. 문학이 갖는 상징성과 비유성의 폭을 아무리 넓힌다 해도 불온의 시대에 그 의미 추적이 쉽게 간취되는 언어를 문학에 직접적으로 노출하는 것은 매우 위험한 일이 아닐 수 없다. 이는 이 시기의 문학에서 이런 사례가 매우 드문 것이라는 점에서도 충분히 증명되는 일이다. 어떻든 부박한 현실과 이에 직면한 소월의 시적 대응 방식은 적극적인 것이었고 또 거침이 없는 것이었다.

공중에 떠다니는

저기 저 새요

네 몸에는 털 있고 깃이 있지

밭에는 밭곡식

논에는 물벼

눌하게 익어서 수그러졌네!

초산(楚山) 지나 적유령(狄踰嶺)

넘어선다

짐 실은 저 나귀는 너 왜 넘니?

「옷과 밥과 자유」 전문

　이 작품은 「제비」의 연장선에 놓여 있다. 그러나 「제비」의 경우보다 시적 구성이 탄탄하고 한층 구체적이다. 「제비」의 새는 자유롭게 나는 존재, 정주 공간이 있는 존재로만 묘사되었지만, 「옷과 밥과 자유」에서의 '새'는 「제비」의 '새'보다 한층 더 풍요로운 존재로 묘사되기 때문이다. 그저 단순한 '새'가 아니라 "털이 있고 깃이 있"는 완전한 새로 그려진다. 이와 대비되는 시적 자아는 "짐 실은 나귀"에서 보듯 고단하고 힘든 존재이다. 뿐만 아니라 "초산 지나 적유령"의 험난한 고개도 넘어야 하며, 또 그래야만 생존의 조건이 충족되는 고달픈 존재로 현상된다.

　「제비」의 경우보다 한층 구체성이 확보되었다는 점에서 「옷과 밥과 자유」는 그 의미가 있는 작품이지만, 그러나 이와 관련해서 특히 주목해서 보아야 할 부분이 2연이다. 여기서 묘사되는 농촌은 평범한 일상의 진실일 뿐인데, 그런 객관적 사실은 오히려 '짐실은 나귀'를 초라하게 만드는 배경으로 작용한다. 새의 완전성과 땅의 풍부성의 그 반대편에 놓인 시적 화자로 하여금 더 상실감에 빠지게 하는 것이다. '새'가 시적 화자의 처지를 효과적으로 드러내기 위한 관념적 의장이라 할 수 있다면, 땅은 보다 구체적이고도 현실적인 장치라 할 수 있다. 인간은 대지라는 공간 속에서 삶의 조건을 완성시키는 존재라는 점에서 더욱 그러하다. 그런데 그러한 삶의 조건을 완성시켜 주는 현실적 여건이 시적 화자에게는 현재 주어져 있지 않다. 풍성한 밭이란 시적 화자로부터 저 멀리 외따로 존재하고 있는 까닭이다.

대지로부터 일탈된다는 것은 삶의 조건을 잃어버렸다는 뜻이 되는데, 이는 곧 소월 시에서 전략적으로 드러나는 상실의식과 밀접히 결부된다. 그러한 땅에 대한 의식은 두 가지 측면에서 이야기 될 수 있는데, 하나는 조국의 관점이고 다른 하나는 소작인 관점이다. 그것은 「제비」에서 드러난 '집의 부재'와도 연결된다. 뿐만 아니라 그런 부재가 아비의 상실, 곧 조국의 상실로 연결되는 것도 무척 자연스러운 경우이다. 소월에 나타난 '제비'의 모습은 이 시기 활동했던 카프 시인 가운데 박세영의 「산제비」와 무척 닮아 있다.

남국에서 왔나,
북국에서 왔나,
산상(山上)에도 상상봉(上上峰),
더 오를 수 없는 곳에 깃들인 제비.

너희야말로 자유의 화신 같구나,

너희 몸을 붙들 자(者) 누구냐,
너희 몸에 알은 체할 자 누구냐,
너희야말로 하늘이 네 것이요, 대지가 네 것 같구나.

녹두만한 눈알로 천하를 내려다보고,
주먹만한 네 몸으로 화살같이 하늘을 꿰어
마술사의 채찍같이 가로 세로 휘도는 산꼭대기 제비야
너희는 장하구나.

하루 아침 하루 낮을 허덕이고 올라와
천하를 내려다보고 느끼는 나를 웃어 다오,
나는 차라리 너희들같이 나래라도 펴 보고 싶구나,
한숨에 내닫고 한숨에 솟치어
더 날을 수 없이 신비한 너희같이 돼보고 싶구나.

창(槍)들을 꽂은 듯 희디흰 바위에 아침 붉은 햇발이 비칠 때
너희는 그 꼭대기에 앉아 깃을 가다듬을 것이요,
산의 정기가 뭉게뭉게 피어오를 때,
너희는 맘껏 마시고, 마음껏 휘정거리며 씻을 것이요,
원시림에서 흘러나오는 세상의 비밀을 모조리 들을 것이다.

멧돼지가 붉은 흙을 파헤칠 때
너희는 별에 날아볼 생각을 할 것이요,
갈범이 배를 채우려 약한 짐승을 노리며 어슬렁거릴 때,
너희는 인간의 서글픈 소식을 전하는,

이 나라에서 저 나라로 알려주는
천리조(千里鳥)일 것이다.

산제비야 날아라,
화살같이 날아라,
구름을 휘젓거리고 안개를 헤쳐라.

땅이 거북등같이 갈라졌다.
날아라 너희들은 날아라,
그리하여 가난한 농민을 위하여
구름을 모아는 못 올까,
날아라 빙빙 가로 세로 솟치고 내닫고,
구름을 꼬리에 달고 오라.

산제비야 날아라,
화살같이 날아라,
구름을 헤치고 안개를 헤쳐라.

박세영, 「산제비」 전문

　이 작품의 주요 구도는 우선 제비와 나의 관계이다. 제비는 소월 시의 제비처럼 자유의 상징이다. 여기서 자유롭다는 것은 모든 것을 포회할 수 있는 자유가 있기에 정치적인 국면이나 경제적인 국면 모두에서 유효하다. 그리고 다른 하나는 승화의 문제이다. 소월의 시선에 잡힌 제비는 현재의 자아와의 대비 속에서 그 음역이 잘 드러난다. 박세영의 「산제비」도 마찬가지의 경우이다. 두 작품 속에 제시된 자아들은 어떻든 자유롭지 못한 존재이다. 그러나 소월 시에서는 그것을 유추할 수 있는 상황에 놓여 있고, 박세영의 경우에는 보다 직접적으로 그러한 상황이 잘 드러나 있다. 그의 시에서 '가난한 농민'이라는 대상이 구체적으로 적시되어 나타나 있기 때문이다. 그렇게 억압된 자와 자유로운 자의 적극적 대비야말로 그 현존의 상태를 초월하기 위한 의지의 반영이 아닐 수 없는 것이다.

소월의 시와 박세영의 시를 계급모순으로만 한정해서 이해할 필요는 없다. 늘상 이야기되는 바이긴 하지만, 식민지 시기에 민족적인 것과 계급적인 것을 구분시켜 이야기하는 것은 의미가 없기 때문이다.

그리고 소월시에 유추할 수 있는 두 번째 감각은 소작인의 정서이다. 그런 정서가 땅의 부재, 곧 소작인들이 가졌던 땅에 대한 부재의식과 어느 정도 연결되는 것은 자연스러워 보인다. 박세영의 시에서 가난한 농민으로 한정해서 그러한 의식에 자연스럽게 이를 수 있는데 소월의 경우도 이런 의미를 읽어낼 수 있기 때문이다. 땅의 부재와 관련하여 소월의 작품과 비교할 수 있는 시가 바로 이상화의 「빼앗긴 들에도 봄은 오는가」이다.

지금은 남의 땅 — 빼앗긴 들에도 봄은 오는가?

나는 온몸에 햇살을 받고,
푸른 하늘 푸른 들이 맞붙은 곳으로,
가르마 같은 논길을 따라 꿈 속을 가듯 걸어만 간다.

입술을 다문 하늘아, 들아,

내 맘에는 나 혼자 온 것 같지를 않구나!
네가 끌었느냐, 누가 부르더냐. 답답워라. 말을 해 다오.

바람은 내 귀에 속삭이며,
한 자국도 섰지 마라, 옷자락을 흔들고.
종다리는 울타리 너머 아씨같이 구름 뒤에서 반갑다 웃네.

고맙게 잘 자란 보리밭아,
간밤 자정이 넘어 내리던 고은 비로
너는 삼단 같은 머리를 감았구나. 내 머리조차 가뿐하다.

혼자라도 가쁘게나 가자.
마른 논을 안고 도는 착한 도랑이
젖먹이 달래는 노래를 하고, 제 혼자 어깨춤만 추고 가네.

나비, 제비야, 깝치지 마라.
맨드라미, 들마꽃에도 인사를 해야지.
아주까리기름을 바른 이가 지심 매던 그 들이라 다 보고 싶다.

내 손에 호미를 쥐어 다오.
살진 젖가슴과 같은 부드러운 이 흙을
발목이 시도록 밟아도 보고, 좋은 땀조차 흘리고 싶다.

강가에 나온 아이와 같이,
짬도 모르고 끝도 없이 닫는 내 혼아,

무엇을 찾느냐, 어디로 가느냐, 웃어웁다, 답을 하려무나.

나는 온몸에 풋내를 띠고,
푸른 웃음, 푸른 설움이 어우러진 사이로,
다리를 절며 하루를 걷는다. 아마도 봄 신령이 지폈나 보다.

그러나 지금은 — 들을 빼앗겨 봄조차 빼앗기겠네

　식민지 시대에 땅의 부재와 관련하여 이를 가장 강력히 표명한 작품이 「빼앗긴 들에도 봄은 오는가」이다. 특히 민족 모순과 관련하여 이 작품을 논의하게 되면, 그것은 심훈의 「그날이 오면」과 비견할 수 있는 작품이다. 이상화의 이 시가 일제에게 매우 큰 위협이었다는 것은 이 작품에 대한 게재금지조처를 취한 행동에서도 알 수 있는 것이다. 시속의 언어가 일상적 언어가 다른 것은 여기에 사용된 언어가 복합적이라는 사실 때문이다. 그렇기에 '빼앗긴 들'을 민족 모순에만 한정해서 이해할 필요는 없을 것이고, 또 작가의 궁극적 의도도 여기에 있었던 것은 아니다. 발표 당시에 이 작품의 함의는 계급적 음역이 짙게 배어 있었던 까닭이다. 이런 맥락에서 이해하게 되면, 소월의 「옷과 밥과 자유」도 이런 경향시들과 분리해서 논의하기 어려울 것이다. 그것은 시어의 다의성이라는 문학원론적인 측면에서도 그러하고, 또 이 시대에 풍미한 문예사조의 측면에서도 그러하다.

　소월이 당시 유행하던 문예학에 예민하게 반응한 사례를 찾아보는 것은 쉬운 일이 아니지만, 그렇다고 이로부터 완전히 외면하고 전통지향적인 정서에만 매달린 것도 아니었다. 그는 다소의 논란에도 불구하고 7.5조와 같은 오래 사조에 관심을 갖고 이를 우리 시에 자연스럽게 연결시키기도 했고[18], 근대적 정서를 작품 속에 비교적 충실히 반영하고 있었기 때문이다[19]. 풍성한 땅에 대한 모성적 애착이야말로 이 시기 소작인들이 가질 수 있는 최고의 정서라고 할 수 있을 것이다. 그러한 까닭에 이에 대한 통렬한 부재의식이 "눌하게 익어서 수그러졌네!"라는 감탄의 정서로 나타났던 것으로 이해된다.

> 우리 두 사람은
> 키 높이 가득 자란 보리밭, 밭고랑 위에 앉았어라.
> 일을 뿟 하고 쉬이는 동안의 기쁨이여
> 지금 두 사람의 이야기에는 꽃이 필 때
>
> 오오 빛나는 태양은 내려 쪼이며
> 새 무리들도 즐거운 노래, 노래 불러라.
> 오오 은혜여, 살아있는 몸에는 넘치는 은혜여
> 모든 은근스러움이 우리의 맘속을 차지하여라.
>
> 세계의 끝은 어디? 자애의 하늘은 넓게도 덮혔는데
> 우리 두 사람은 일하며, 살아 있어서
> 하늘과 태양을 바라보아라, 날마다 날마다도
> 새라 새롭은 환희를 지어내며, 늘 같은 땅 위에서

---

18) 7.5조가 전통적인 리듬인가 아니면 일본 와까(和歌)의 리듬인가에 대해서는 많은 논란이 있으나 일단 일본 와까의 리듬에서 따온 것은 분명해 보인다.

19) 가령, 「서울밤」과 같은 시에서 펼쳐 보인 도시적 정서 등이 그 한 사례로 들 수 있을 것이다.

다시 한 번 활기있게 웃고 나서, 우리 두 사람은
바람에 일리우는 보리밭 속으로
호미 들고 들어갔어라, 가즈란히 가즈란히,
걸어 나아가는 기쁨이어, 오오 생명의 향상이여.
　　　　　　　　　　　　　　　　「밭고랑 위에서」전문

　이 작품을 소작인의 비애와 분리시켜 논의하는 것은 불가능하다. 작품의 배경 혹은 주제는 공동체에 대한 완벽한 조화이다. 이를 가능케 하는 첫 번째 담론이 바로 '우리'라는 정서이다. 만약 소월이 이 시의 화자를 '나' 혼자만의 영역으로 국한시켰다면, 그 정서의 울림은 현저하게 약화되었을 것이다. '나'와 '너'가 함께 하는 공통의 지대, 곧 우리라는 공감대가 있었기에 이 시기의 시대성을 구현하는 데 매우 유효한 장치가 되었다고 할 수 있을 것이다.

　두 번째는 일하는 기쁨, 곧 노동에 대한 긍정적 정서이다. 신경향파 문학이 가지고 있는 문학사적 의의는 처음으로 가난을 문학의 주제로 상정했다는 데 있을 것이다. 문학이 주로 지배층의 전유물이었으니 가난을 다룬 문학이란 예외적이고, 색다른 것으로 수용되었을 것이다. 그러한 까닭에 이때의 문학을 이전의 경향과는 완전히 다른 새로운 경향의 문학, 곧 신경향(新傾向)이라고 했던 것이다. 가난이라는 경제의 문제와 함께, 노동과 그것의 궁극적 의미에까지 탐구하기에 이르렀으니 이 시기에 펼쳐졌던 문학의 전위성이란 이전 시기에서는 전혀 경험하지 못한 새로운 차원의 것이었다.

　「밭고랑 위에서」는 노동의 기쁨과 거기서 얻어지는 삶의 환희를 다룬 작품이다. 이런 감각은 이상화의 「빼앗긴 들에도 봄은 오는가」와 비교할 수 있는데, 익히 알려진 대로 여기에서는 미친 듯이 즐거운 노동의 기쁨이 묘사되고 있다. 그런데 그러한 정서는 단지 일차적인 감각에서 머무르는 것이 아니라 형이상적인 초월의 정서, 곧 무한한 환희의 극한에까지 그 정서를 끌어올리고 있다. 따라서 이상화에 있어서의 노동이란 신명나는 춤, 곧 정신의 무한지대 속에서 구현된다. 반면, 소월의 노동은 「빼앗긴 들에도 봄은 오는가」와 같은 신명나는 기쁨은 아니더라도 육체와 정신이 하나가 되는, 조화롭게 펼쳐지는 유기적 삶의 정수가 묘사되고 있다. 이런 맥락에서 상화의 노동이 관념적인 성향에 가까운 것이라면, 소월의 그것은 매우 현실적인 성향에 그 맥락이 닿아 있다고 하겠다. 이를 표명해주는 것이 바로 모성적 생명력의 힘이다. 노동은 과정 속에서 얻어지는 기쁨뿐만 아니라 그것은 삶을 지탱해주는 생의 원천으로 기능한다. "걸어 나아가는 기쁨"이 노동의 한 정서라면, 그러한 과정 속에서 만들어지고 얻어지는 것이 "생명의 향상"이라는 또 다른 정서이다. 이를테면 생명이란 노동이 매개되면서 자립적 존재성으로 거듭 현상되는 것이다.

실상 노동이 삶의 한 방편이고 그것을 통해서 개인의 인격이 형성되고 삶의 조건이 만들어진다는 것이 근대성의 한 단면일 것이다. 신분적으로 위계 지어진 봉건 사회에서 이런 노동의 의미를 탐색한다는 것은 상상할 수 없는 일이다. 소월은 노동을 근대적 현실의 한 단면으로 이해하였기에 그것을 근대성의 한 양상으로 올곧게 편입시킨 경우라 할 수 있을 것이다.

그리고 다른 하나 주목해야 할 부분이 소월시의 전략적 주제인 땅의 사상, 흙의 사상과의 관련양상이다. 땅을 소월의 정신세계와 분리시켜 논의하는 것은 매우 어려운 일인데, 그런 특징적인 단면들은 「밭고랑 위에서」도 그대로 드러난다. 그것이 곧 모성으로서의 대지이다. 소월에게 땅은 노동의 기쁨을 이해하고 인격을 만들어가는 개인적인 차원을 넘어서서 그것이 곧 삶의 토양이라는 모성적 상상력에까지 확대시키고 있는 것이다. 이런 면들은 신경향파 시인들의 작품이나 이상화의 시에서는 발견할 수 없는 소월만의 득의의 영역이 아닐 수 없는데, 그의 노동은 개인의 차원에서 그 음역이 한정되는 것이 아니라 모성이라는 신화적 차원, 더 나아가서는 국가라는 사회적 영역으로까지 확대시키고 있는 것이다.

> 내가 흙을 사랑함은,
> 그가 모든 조화의 어머니인 까닭이외다
> 그대는 보셨으리다, 여름 저녁에
> 곱게 곱게 피는 어여쁜 분꽃을!
> 진실로 기적이외다. 그 검은 흙 속에서
> 어떻게 그렇게 고은 빛깔들이 나오는가,
> 그것은 아무도 모르는 우주의 秘密이외다
>
> 내가 흙을 사랑함은,
> 그가 모든 조화의 어머니인 까닭이외다
> 그대는 보셨으리라, 숲 욱어진 동산 위에
> 먹음직스럽게 열리는 과실들을!
> 진실로 기적이외다. 그검은 흙속에서
> 어떻게 그렇게 맛있는 실과들이 아오는가,
> 그것은 아무도 모르는 우주의 비밀이외다.
>
> 박팔양, 「내가 흙을」 전문

소월의 시에서 드러나는 대지의 사상과 관련하여 비교의 대상이 되는 작품이 박팔양의 「내가 흙을」이다. 땅에 대한 이러한 애착은 이상화의 「빼앗긴 들에도 봄은 오는가」의 연장선에 있는 것이고, 앞서 인용한 소월의 「밭고랑 위에서」과도 밀접한 관련을 맺고 있는 것이다. 땅에 대한 애착은 두가지 함의가 짙게 배어있다는 점에서 그 의미가 있는 경우이다. 하나는 민족모순으로서의 그것이고, 다른 하나는 계급모순으로서의 그것이다. 이 두 정서가 모두 결핍의 감각과 밀접하게 관련되어 있는 것인데, 그만큼 강력한 사회적 음역을 갖고 있다는 점에서 주목의 대상이 된다고 하겠다.

　대지는 한없는 애착의 대상이다. 조국이 없기에 땅이 없는 것이고, 소작인이기에 또한 그러하다. 땅이란 그래서 삶의 근간이고 생존의 터전이다. 따라서 그것이 모성적 근원으로 사유되는 것은 지극히 자연스런 인식의 귀결점이라 할 수 있을 것이다.

　개인과 사회를 초월하여 다가오는 노동은 그러나 소월에게는 '저만치' 떨어져 존재할 뿐 결코 자기화되지 않는다. 그 거리는 '나'의 소유를 거부할 뿐만 아니라 '우리들'의 경험지대까지 빈 공간으로 남겨둔다. 그 상대편에 놓인 존재가 지주이든, 혹은 일제이든 간에 그것을 구체적으로 특정하지 않더라도 이 모두를 함의한다고 보는 것이 옳을 듯하다. 따라서 나와 우리를 규정하고, 삶의 근간을 만들어주는 조건으로의 땅은 존재하지 않는다. 그런 비극적인 정서가 「바라건대는 우리에게 우리의 보습 대일 땅이 있었더면」에 나타나게 된다.

　　　나는 꿈 꾸었노라, 동무들과 내가 가지런히
　　　벌 가의 하루 일을 다 마치고

석양에 마을로 돌아오는 꿈을
즐거이, 꿈 가운데.

그러나 집 잃은 내 몸이여
바라건대는 우리에게 우리의 보습 대일 땅이 있었더면!
이처럼 떠돌으랴, 아침에 저물손에
새라 새로운 탄식을 얻으면서.

동이랴, 남북이랴,
내 몸은 떠가나니, 볼지어다
희망의 반짝임은 별빛의 아득임은
물결뿐 떠올라라, 가슴에 팔 다리에.

그러나 어쩌면 황송한 이 심정을!
날로 나날이 내 앞에는
자칫 가느른 길이 이어가라
나는 나아가리라
한 걸음, 또 한 걸음
보이는 산비탈엔 온 새벽 동무들
저 저 혼자 산경(山耕)을 김매이는.
　　　　　　「바라건대는 우리에게 우리의 보습 대일 땅이 있었더면」 전문

　작품의 제목에서 보듯 이 시는 결핍된 현실에 대한 가정에서 출발
하고 있다. 가정이란 현실적 요건이 제공되지 않을 때 상정하는 사유
의 일종이다. 무언가 부재의 요소를 필연적으로 내포하고 있는 것이

다. 그 부재의 요건이란 보습 대일 땅이 우리에게 없다는 전제에서 출발한다. 건강한 노동에 의해 자아가 정립되고 삶의 조건이 완성된다고 소월은 판단하고 있었다. 그러나 현재의 상황은 자아나 우리에게 그러한 조건을 만족시켜줄 만한 상황이 주어지지 않고 있다. 삶의 근간, 모성적 토대로서의 대지가 존재하지 않는 까닭이다.

이 작품은 삶의 조건이 훼손되면서 시적 화자가 거기서 얻은 정서를 효과적으로 담론화한 경우이다. 우선, 1연에서는 과거에 겪은 노동의 즐거움이 꿈의 형태로 제시되고 있다. "동무들과 내가 벌가의 하루 일을 다 마치고 석양에 마을로 돌아오는 꿈"을 꾸는 데서 시작되는 것이다. 당시의 상황적 요인을 예외로 둔다면, 전원적 유토피아의 세계라고 해도 좋을 정도로 이 작품에서 자아가 일하는 곳은 아름다운 공간으로 묘사된다. 그런데 그것은 현실에서는 불가능하고 오직 꿈에서만 가능할 뿐이다. 전원적 유토피아를 실현시켜줄 현실적 공간이 부재하기 때문이다. 그런 상황이 2연에서는 '집 잃은 내 몸'이라는 표현으로 구체적으로 묘사된다. 집은 시적 화자가 정주해야할 공간이면서, 노동의 기쁨을 실현시켜줄 공간이다. 뿐만 아니라 일제 강점기라는 외연까지 끌어들이게 되면, 보다 큰 영역으로 그 음역이 확장된다. 그렇기 때문에 '집'의 의미는 매우 다층적으로 구현된다. 그런 집의 함의들이 부재하기 때문에 시적 자아는 유랑하는 신세를 면하지 못하게 된다.

소월의 시에서 드러나는 유랑의 모습은 십자로에 서 있는 불확실성한 모습에서 가장 잘 표현되는데, 이 작품에서도 그 한 단면을 엿볼 수 있다. "동이랴, 남북이랴"가 그러한데, 갈 길이 많고 열려있다는 것은 역으로 갈 곳이 마땅치 않은 반증일 수도 있을 것이다. 특히 소월은 경우는 전자가 아니라 후자에 가까운 상황에 처해 있다. 그럼에도 불구하고 소월은 쉽게 좌절의 포오즈를 취하지 않는다. 어쩌면 불합리한 현실에 대한 이런 적극적 대응의지가 소월 시의 가장 큰 특징이라 할 수 있고, 또 그것이 신경향파 문학 일반에서 보이는 좌절의 감각과도 대비되는 국면이라 할 수 있을 것이다.

우선 이 작품에서 그러한 사유의 일단을 '별빛'에서 찾아볼 수 있다. '별'은 그 높은 거리와 절대성으로 인해 흔히 꿈의 상징으로 이해된다. 이는 소월에게서 마찬가지인데, 현실 속에서 절망하는 자아에게 남겨진 유일한 희망이 '별빛'으로 체현되고 있기 때문이다. 자아는 그 별이 비추는 빛 속에서 '가느다린 길', 곧 나아가야 할 희망의 길을 발견한다. 미래에 대한 적극적 개척 의지는 실상 상화의 문학에 지대한 영향을 끼쳤던 것으로 이해된다[20]. 상화 문학의 특색이 미래를 좌절의 감각이 아니라 희망의 시간으로 적극 받아들이고자 하는 것이기 때문이다.

무연한 벌 위에 들어다 놓은 듯한 이 집
또는 밤새에 어디서 어떻게 왔는지 아지 못할 이 비.
친개지(親開地)에도 봄은 와서 가냘픈 빗줄은
뚝가의 어슴푸레한 개버들 어린 엄도 축이고,
난벌에 파릇한 뉘 집 파밭에도 뿌린다.
뒷 가시나무밭에 깃들인 까치떼 좋아 지껄이고
개굴가에서 오리와 닭이 마주 앉아 깃을 다듬는다.

---

20) 이상화의 대표작 「빼앗긴들에도 봄은 오는가」가 1926년에 발표되었고, 소월의 대표시집인 『진달래꽃』이 발표된 것은 1925년이다.

무연한 이 벌 심어서 자라는 꽃도 없고 메꽃도 없고
이 비에 장차 이름 모를 들꽃이나 필는지?
장쾌한 바닷물결, 또는 구릉의 미묘한 기복도 없이
다만 되는 대로 되고 있는 대로 있는 무연한 벌!
그러나 나는 내버리지 않는다. 이 땅이 지금 쓸쓸하다고,
나는 생각한다. 다시금, 시원한 빗발이 얼굴에 칠 때,
예서뿐 있을 앞날의 많은 변전의 후에
이 땅이 우리의 손에서 아름다워질 것을! 아름다워질 것을!

「상쾌한 아침」 전문

　현실에 대한 적극적 개척의지는 인용시에서도 발견할 수 있다. '친
개지'는 새로 개척한 땅이라는 의미를 넘어서 근대의 산물이기도 하
다. 과학의 진보 없이는 만들어질 수 없다는 점에서 그러한데, 그것은
신작로와 더불어 새로운 삶의 공간으로 이해되어 왔다. 새로운 개척
된 땅에 대한 부정적 정서는 비슷한 시기에 쓰여진 이기영의 『신개지』
와 비견되는 것이기도 하다.[21] 일제는 1920년부터 식민권력을 강화하
고자 조선의 땅을 새롭게 설계해나가기 시작한다. 토지조사사업도 그
러한 의도의 일환이거니와 새로이 구획지워지거나 개척된 땅들은 모
두 식민권력의 지배에 들어가게 된다. 그러니 이러한 땅을 통해서 농
산물의 증가가 이루어지긴 했어도 대다수의 조선인들이나 소작인들
에게는 아무런 혜택이 돌아올 수가 없었던 것이다. 이기영이 신개지
의 반대편에 놓인 '달내골'을 설정한 것은 그러한 식민권력의 의도를
비판하기 위한 것이었다. '달내골'은 자연과 문명이 공존하는 공간이

---

21) 이기영의 『신개지』는 동아일보.1938.1.19. 9.8.에 걸쳐 연재된 장편소설이다.

지만 어느 정도 한계가 있었다. 힘의 논리에서 맞설 수 있는 능력이 부족했던 까닭이다. 식민 권력에 맞서는 힘으로까지는 성장하지 못한 것이다. 이런 이유들로 인해서 신개지가 조선의 민중들에게 외면받는 것은 당연한 수순이었다고 하겠다.

소월에게도 이기영의 『신개지』와 마찬가지로 친개지는 현재의 부정성을 타개해줄 공간으로 다가오지 않는다. 이곳 역시 빼앗긴 들과 마찬가지로 폐허의 공간으로 구현되고 있기 때문이다. 그러나 그런 부정적 공간임에도 불구하고 이곳은 시적 자아의 적극적 의지에 기대어 새로운 공간으로 탄생할 수 있는 예비의 공간으로 제시되고 있다. 그러한 의지가 "이 땅이 우리의 손에서 아름다워질 것을!"이라는 다짐 속에서 표현되고 있는 것이다.

소월의 시는 현재의 비극성에서 출발하고 있긴 하지만, 그것이 곧 미래에 대한 좌절을 의미하지 않는다. 그의 시에서 미래는 현재의 부정성과 대비되는 긍정성으로 그려진다. 이는 몇 가지 측면에서 그 의미가 있는 경우인데, 하나는 그의 시들이 경향파의 영향을 받았으되, 그 범주 속에 곧바로 연결되지 않고 있다는 점이다. 익히 알려진 것처럼, 신경향파 문학의 특색이 미래에 대한 전망을 갖고 있지 못하다는 측면에서 카프 시기의 목적 문학과 구분된다. 현재에 대한 불운과 좌절, 그리고 지식인의 자아비판 정도에 머무르고 있는 것이 신경향파 문학의 특색이기 때문이다. 이런 면에서 소월의 문학은 신경향파가 지향하는 이념과 주제, 혹은 소재와 공유하면서도 이들 문학과는 어느 정도 거리를 두고 있는 경우라 하겠다.

두 번째는 미래에 대한 밝은 전망이다. 이는 앞의 특징적 요소와 분리하기 어려운 것이기도 하고, 또 다른 한편으로는 구분되는 것이기

도 하다. 신경향파 문학이 미래에 대한 전망을 갖기 시작한 것은 목적
의식기, 혹은 그 이후 소개된 사회주의 리얼리즘을 도입하면서부터이
다. 그러나 소월은 그 이전부터 미래에 대한 전망을 펼쳐 보이기 시작
했는데, 이는 그가 이후에 전개될 문예적 흐름을 미리 예단한 선지적
인 것이 아니었나 한다.

그러는 한편으로 이러한 특징은 그의 문학이 갖고 있었던 전반적인
흐름, 곧 낭만적 열정과 분리하기 어려운 것이기도 하다. 이 사조가 현
재의 불안정성과 그에 따른 낭만적 동경의 정서를 갖는 것이 특징인
데[22], 소월의 동반자 문학 역시 이 범주로부터 자유롭지 않았다는 사
실이다. 동경은 미래적 시간 속에서 성립하는 것인데, 그런 시간성이
경향적 속성을 갖고 있는 소월의 문학에 자연스럽게 녹아들어간 것으
로 보인다.

셋째는 소월 시의 저항성이다. 1920년대의 카프문학이나 민족주의
적 성향의 문학이 일제에 대한 저항적 요인을 함께 공유하고 있었다
는 사실은 앞서 지적한 바 있거니와 이런 정서는 소월에게 더욱 강렬
한 영향을 끼쳤던 것으로 보인다[23]. 소월 문학의 특색이 땅, 혹은 대지
의 문학이었고, 그것은 곧 국가와 같은 형이상학의 관념으로 곧바로
연결되는 것이기 때문이다. 땅이 곧 국가로 등가관계를 이룰 때, 그것
은 더 이상 비극적 정서로 이해되는 것은 불가능하지 않은가.

---

22) 소월의 시와 낭만주의의 상관관계에 대해서는 오세영, 『한국 낭만주의 시연구』,
일지사, 1983년 참조.
23) 일제 강점기에 계급성이 민족성을 내포하고 있다는 사실이 분명 전제되어야 이런
가설은 가능해진다. 만약 이 둘 사이의 관계를 예외적인 것으로 간주하게 되면, 카
프 운동은 한갓 신기루에 불과한 관념에 지나지 않을 것이다.

4. 경향문학으로서의 의의

소월의 문학은 한 편의 시각만이 올곧게 반영된, 매우 예외적인 시인 가운데 하나일 것이다. 소월 문학이 갖고 있는 다양한 갈래와 정서에도 불구하고, 이미 굳어져버린 고정 관념이 너무 강하였던 까닭에 그의 시가 갖고 있었던 폭넓은 외연과 자장이 제대로 이해되지 않은 경우이다. 그 가운데 하나가 그의 시에서 드러나는 신경향파적 요소들이다. 소월의 시에서 이런 요소나 동반자 의식와 결부시키는 것이 왠지 낯설고 충격적인 것은 그의 시들이 그동안 너무 한쪽의 시각에 귀속된 탓이 크다. 곧 다른 모든 요인들을 제외하고 오직 민족주의적 것들 속에서만 응시한 결과들일 것이다.

일제 강점기에 민족주의 문학이나 경향파 문학은 상이한 지향성을 갖고 있는 것이었지만 공통의 지대 또한 엄연히 간직하고 있었다. 일제에 대한 저항성이 바로 그것이다. 어쩌면 후자의 경우가 전자보다 그런 정서를 표명하는데 더 유효했을지도 모를 일이다. 민족의 모순에 대해 누구보다도 심각하게 인지했던 소월이 이를 외면하는 것은 쉬운 일이 아니었다. 그는 이 시기에 전개된 문예적 흐름에 대해서 익히 알고 있었고, 또 그것이 지향하는 함의에 대해서도 잘 이해하고 있었다. 따라서 민족과 저항의 몸짓을 함께 공유할 수 있었던 경향파의 문학은 소월에게 좋은 문학적 소재 혹은 저항의 수단으로 이해되었을 것이다.

소월의 시는 전반적으로 비극적 정서, 흔히 한으로 알려진 과거의 정서로 이해되어 왔지만, 경향적 속성을 지니고 있는 시에서는 이런 요인들이 쉽게 발견되지 않는다. 비애의 정서만으로 국가라는 절대

관념의 세계를 뛰어넘지 못한다는 사실을 소월은 누구보다도 정확히 알고 있었던 까닭이다. 그의 시들은 미래에 대한 밝은 전망을 담고 있는데, 이는 경향파 시인들에게서 발견되는 비애나 좌절의 정서와는 사뭇 다른 요소들이다.

소월은 경향파의 이념을 받아들이되 이를 소작인의 비애 속에 한정시키지 않고, 국가라는 틀 속에 편입시켜 이해하고자 했다. 이런 면들은 그를 동반자 의식을 소유한 작가로 분류하게끔 하지만, 그들과는 어느 정도 구분시키는 지점이기도 할 것이다. 따라서 기왕에 논의되었던 것처럼, 동반자 의식을 한 가지 방향이나 이념의 순정성만으로 한정시켜 논의할 필요는 없다고 하겠다. 한 시기를 특정 짓는 이념이란 여러 사회적 요인들이 복합적으로 작용하여 형성되는 것이기 때문이다. 이 시기의 이데올로기는 1920년대 조선의 특수성을 충분히 감안해서 이해할 필요가 있어야 한다는 것이다. 이런 맥락에서 소월의 경향문학은 논의되어야 하는데, 작품의 과다 여부가 중요한 것도 아니고, 또 그가 직접으로 표명한 글의 존재여부도 굳이 언급할 필요는 없다고 본다. 중요한 것은 시인으로서 그가 시속에 이해한 정서의 정합성 여부일 것이다. 그런 면에서 소월은 이 시기 다른 어느 시인보다도 경향문학의 특색을 잘 이해했고, 이를 자신의 정서 속에 훌륭하게 굴절시켜 언표한 시인이라 할 수 있을 것이다. 땅과 노동의 의미가 소월 자신만이 갖고 있는 독특한 정서를 통해서 새롭게 탄생하게 되었던 것이다.

제2장 '산책자'의 세계

1. 소월시의 출발로서의 「서울의 거리」

소월은 전통적인 정서를 대변하는 시인, 그 연장선에서 한의 시인으로 흔히 알려져 왔다. 소월이 문단에 등장한 것은 잘 알려진 대로 1920년대 초반이다. 이 때가 한국 문단사에서 중요한 기점으로 자리한 것은 본격적인 문화 창달의 시기와 맞물려 있기 때문이다. 이를 추동한 계기가 3·1운동이라는 사실을 부인하는 사람은 없을 것이다. 일제는 합방 이후 한반도를 무단으로 통치하면서 저항이라든가 문화 등의 방면에서 철저하게 억압하거나 탄압했다. 그러나 거국적으로 일어난 3·1운동을 목도한 일제는 더 이상 이런 통치 방식이 실효성이 없음을 알게 되고, 그 연장선에서 문화 등의 국면에 대해서 포용적인 정책을 내보였다.

그런데 이런 변화가 가져온 것은 일반의 상식을 뛰어넘는 것이었다. 그것은 흔히 이야기하는 패러다임의 변화였고, 강력한 인식성을 만들어낼 만큼 큰 파장을 가져왔다. 문화의 장이 넓어졌다는 것은, 소박한 차원에서 이루어지기 시작했던 문화의 도정들이 더 크게 열리는 기회가 주어졌다는 것과 같은 의미이다. 『창조』를 비롯한 『백조』 등의 제반 잡지와 여러 신문의 창간은 그러한 토양을 제공해주는 충분한 물적 기반이 되었던 것이다.

문화의 개방과 창달은 다른 말로 하면, 곧 새로운 문화의 유입이라는 시대적 조류를 만들어내었다. 이른바 이 시기 우리 문학의 한 특징적 경향인 모더니티 지향성[1]이라는 새로운 흐름을 만들어낸 것이다. 이는 곧 근대시를 향한 갈증과 새로운 시 형식에 대한 열망으로 이어지게 된다. 실상 개항 이후 시의 근대성에 대한 모색과 새로운 시 형식에 대한 탐색 등은 거듭해서 시도되었다. 그러나 언제나 그러하듯 새로운 도전에 대한 실패는 항상 전제되는 것이어서 시의 근대성이라든가 자유시형에 대한 실험의식은 만족할 만한 성과를 거두지 못했다. 그리하여 그 안티 담론으로서 전통에 대한 새로운 이해가 이루어지고 소위 전통 지향성이라는 담론의 장을 만들어내게 된 것이다.

전통과 근대라는 지향이 길항하는 가운데 소월 시의 정체성이랄까 가능성이 항상 중심에 자리하고 있었다. 1920년대 모더니티 지향성을 대표하는 시인이 정지용이라면, 소월은 그 반대편의 위치를 점하고 있었던 것이다. 그리하여 소월은 전통적인 정서를 대변하는 시인으로 석화된 채, 거기에 갇혀 있는 존재가 되었다. 근대적 정서의 반대편에 그의 전통적 심연이 있었고, 자유율이 실패한 자리에 그의 전통적인 율격이 놓여 있었다고 보는 것이다. 소월 시를 바라보는 토대는 이런

---

1) 한국 시를 모더니티 지향성과 전통지향성이라는 이분법으로 관찰한 것은 김윤식에 의해서 처음 언급되었다. 김윤식, 『한국현대시론비판』, 일지사, 1986, p.289.

틀에서 한발자국도 벗어나지 못한 채 더 이상 진척을 이루지 못하고 있었다.

전통주의에 갇힌, 소월 시에 대한 이런 협소한 시각에 보다 큰 인식적 확장을 보여준 것이 바로 미발표 작품인 「서울의 거리」의 발견이었다[2]. 이 작품은 소월의 것으로 분류할 수 없을 정도로 시의 형식과 내용에 있어 파격을 보이고 있다. 소월 시의 아이콘인 전통적 정서는 물론이거니와 시의 율격 역시 정형적 운율과는 동떨어진 양상을 드러내 보이고 있기 때문이다.

「서울의 거리」가 소월의 작품으로 판명된 이후, 이 작품과 이후 전개된 소월 시와의 관련 양상을 탐색한 글들이 계속 발표되었고[3], 그 성과 또한 적지 않았다. 「서울의 거리」는 소월로 하여금 더 이상, 전통의 시인이라든가 한의 시인이라는 굴레를 벗어나게 했으며, 전통적 율조속에 갇힌 시인으로 남아있지 않게 했다. 말하자면 「서울의 거리」는 소월 시의 폭과 넓이를 가져다 준, 파격과 일탈의 작품으로 우리에게 다가온 것이다.

「서울의 거리」가 소월의 작품으로 편입된 이후 소월은 소위 전통적 정서만을 함유한 시인이라는 한계를 벗어나게 되었다. 하지만 「서울의 거리」로 인하여 근대시에 뿌리 깊게 자리잡은, 전통 지향성과 근대 지향성의 대립이라는 축이 정합성을 갖는 것일 뿐만 아니라 소월은 이런 지향성이 대립하는 시인으로 인식하게 되었다. 표면적인 국면에

---

2) 『문학사상』 2004년 5월호.
3) 김효중, 「김소월 초기시에 투영된 전통과 미의식」, 『한민족어문학』 46, 2005.6.
   남기혁, 「김소월 시에 나타난 경계인의 내면풍경」, 『국제어문』 31, 2004, 8.
   송희복, 「김소월과 이시카와 다쿠보쿠의 시세계」, 『한국시학연구』 22, 2008,8.

서 보면 이러한 이분법적인 사고가 전혀 잘못된 것은 아니다. 그러나 문제는 이 두 가지 축 사이에 놓인 거리에 있을 것이다. 「서울의 거리」는 그러한 대립 축의 시작이면서 그 거리를 메우는 좋은 작품이기도 했다. 그리고 이 두가지 지향성 사이에서 형성된, 좌절과 우울의 정서, 곧 근대에 대한 안티 정서가 전통으로 회귀하는 단초를 마련했다는 근거로 이해되기도 했다. 소월의 작품이 시작에서부터 종말에 이르기까지 이 노선을 충실히 따랐으니 이러한 결말에 도달하는 것은 지극히 당연한 것이 아닌가 한다.

그런데 문제는 전통으로 회귀하는 과정으로 보는, 그의 시들에 대한 이해가 너무 자의적이고 기계적으로 재단되고 있다는 사실이다. 다시 말해 근대와 전통이라는 양 극단의 축이 분노와 좌절의 정서를 통해서 형성되었고, 전자에 대한 실망이 곧 후자의 길로 들어섰다고 단정하는 것이다. 당연한 결론이고 명쾌한 정합성을 갖는 것임에도 불구하고 이런 결론은 다음 두 가지 측면에서 성급한 것이라 할 수 있다. 하나는 전통과 근대 지향성 사이에 놓인 매개항이 제시되어 있지 않다는 점이다. 근대와 전통의 거리는 너무나 넓고 깊은 정서의 골을 가지고 있다. 따라서 하나의 테제에 대한 좌절과 분노의 정서가 곧바로 반대의 정서로 넘어가기에는 그 폭과 거리가 너무 넓다는 점이다. 이 둘 사이를 넘는 적절한 매개항이 있어야 소월의 시에서 보이는 근대와 전통 관계는 올바르게 자리매김될 수 있을 것이다.

다른 하나는 이를 추동할 시야의 확보이다. 근대와 전통, 그리고 이 둘을 매개할 시야 혹은 정서에 관한 것인데, 한 시인을 평가하는 동일한 잣대와 정서가 있어야 근대와 전통, 그리고 이를 초월하는 매개항이 일관성을 가질 수 있을 것이다. 그러한 단초가 「서울의 거리」라고 할 수 있으며, 그 핵심 소재 가운데 하나가 바로 '산책자'(flaneur)의 의미이다. '산책자'라는 고현학의 방식은 도회성을 바탕으로 한 「서울의 거리」에서만 국한되어서 논의할 성질의 것은 아니다. 그 행보는 지금 여기 경성의 거리를 배회하는 산책자의 것일 뿐만 아니라 그것이 지향하는 종착점의 세계에까지 일관되게 유지되어야 한다는 사실이다. 그럴 경우에 근대 지향성과 전통 지향성 사이에 놓인 소월 시에 대한 이해와 해석의 시야가 올바르게 확보될 수 있을 것이다. 「서울의 거리」는 소월 시를 새롭게 이해줄 수 있는 시금석과 같은 작품이다. 이 작품을 시작으로 근대와 전통, 그리고 그 사이에서 움직이는 소월의 정신사적 흐름들이 새롭게 이해되어야 한다. 그리고 이를 바탕으로 소월 시를 이해하는 관점 또한 새롭게 정립될 수 있어야 할 것이다. 이럴 경우 소월 시는 또다른 세계로 나아갈 수 있을 것으로 보인다.

2. 식민지 경성을 응시하는 산책자의 행보

「서울의 거리」가 처음 알려진 것은 1999년 1월 6일자 『동아일보』 기사를 통해서였다[4]. 그러던 것이 『문학사상』에서 기획적으로 추구한, 발굴되지 못한 시인들의 작품을 탐색하는 과정에서 본격적으로 세상에 그 전모를 드러내게 되었다.[5] 이 작품이 소월의 데뷔작 혹은 초기작으로 알려지면서 소월의 작품 세계는 한단계 올라서게 된다.

---

4) 이 자료는 원문이 사진 자료로 게재되어 있어서 내용이 좀 부정확한 면이 있었다.
5) 앞의 주 2)번 참조.

그리고 그의 시의 주조로 자리한 전통적 세계에 대한 이해의 시금석 또한 어느 정도 밝혀지기도 했다.

「서울의 거리」는 기왕에 발표된 소월의 서정시와는 형식이나 내용 면에서 매우 이질적이다. 한 연구자에 의하면, 그런 형식적, 내용적 이질성을 『학생계』라는 잡지와 이 잡지가 요구한 투고 형식의 자율성에서 찾고 있다[6]. 투고 형식이 작품의 형식과 내용을 규제하는 것이기에 「서울의 거리」가 소월의 여타 작품 세계와 확연히 다른 것은 어느 정도 이해할 만한 것이라 할 수 있다. 『학생계』가 현상모집에서 제시한 투고형식이 "1행 24자 40행 이내"라고 밝히면서 자유로운 시형을 요구하고 있었기 때문이다. 따라서 이렇게 정해진 규격을 벗어나서 작품을 응모하는 것은 불가능하기에, 전통지향적인 성향을 보였던 소월의 작품 세계에서 이 시가 이질적일 수밖에 없다는 견해는 타당할 수 있을 것이다.

그러나 작가가 자신의 문학관이 확고하게 이루어지기 전에 다양한 시형식을 실험하는 것은 당연한 것이거니와 초기 시에서 선보인 이질성은 그런 면에서 무척이나 자연스러운 현상이라 할 수 있을 것이다. 특히 전통시의 한계로 새로운 시형식에 대한 열망이 강렬할 때에 기존의 전통적인 시형식을 초월하는 시도는 당연한 수순처럼 보인다. 따라서 「서울의 거리」에서 보이는, 이질적 형식과 내용들은 잡지의 규율에 의해 강제된 것이라기보다는 시인으로서 첫걸음을 떼는, 새로운 출발점을 알리는 시작점의 의미로서 받아들여야 한다는 것이다. 그래야만 이 작품 이후 전개되는 소월시의 시세계와 그 발전 구조가 제대

6) 김동희, 「김소월의 「서울의 거리」 연구」, 『한국 근대 문학 연구』 38, 2018.

로 설명될 수 있을 것이다. 소월은 자신의 작품 세계와 어느 정도 틈새가 있는 「서울의 거리」에서 끝나는 것이 아니라 이 계열의 작품으로 묶어낼 수 있는 작품을 계속 발표하고 있었기 때문이다[7].

둘째는 작가의 세계관이라는 측면에서 이 작품의 이질성은 자연스럽게 수용될 수 있어야 한다는 점이다. 한 시인의 초기작이 후기 시와 지속적으로 연결되는 것은 아니지만 그 출발은 이후의 작품 세계를 규정할 수 있는 단초로서의 의미를 가져야 한다는 것이다. 그렇기에 초기 시와 이후에 전개되는 작품 사이의 거리는 얼마든지 있을 수 있다는 점이다. 그런 차이는 동일성을 향해 나가는, 시인의 자연스러운 도정이기에 그러하다.

셋째는 시대와의 응전양상이다. 소월은 「진달래꽃」에서 보이는 '한' 세계에만 갇혀 있는 시인이 아니다. 소월을 '진달래꽃'의 시인으로부터 벗어나게 할 때, 시인으로서 소월의 가치는 한 단계 올라갈 수 있을 것이다[8]. 익히 알려진 대로 소월은 근대 문명의 감수성에 대해 무척이나 예민했던 시인이다. 뿐만 아니라 당대를 풍미했던 카프 시의 음역에 대해서도 소월은 깊은 관심을 가지고 있었던 터이다. 따라서 근대성이라든가 시형식의 자유율에 대해서 소월을 국외자로 남겨두는 것은 옳은 일이 아니다. 소월 역시 자유율이 갖는 개성을 감각하고, 근대 경성이라는 도시가 주는 도회적 감각에 대해서도 예민한 자각을

---

7) 가령, 이후 발표된 「서울 밤」이 그러하다. 이 작품은 「서울의 거리」의 후속 편이라고 해도 과언이 아닐 정도로 시의 형식이나 이미지의 구사, 그리고 내용 등이 상당히 유사하다.
8) 소월은 한을 바탕으로 한 전통주의적 정서에만 국한되어 있었던 것이 아니고, 당시 풍미하던 경향문학에 대해서도 상당한 관심을 갖고 있었다. 식민지 궁핍한 현실에 바탕을 두고 쓰여진, 「밭고랑 위에서」와 같은 현실인식의 시들이 이점을 말해준다.

가졌던 시인이기 때문이다. 그런 열정의 토대가 만들어낸 것이 「서울의 거리」를 비롯한 비전통주의 계열의 시라고 할 수 있다.

몇몇 연구자들이 지적한 것처럼, 「서울의 거리」는 산책자의 행보가 두드러진 작품이다[9]. 마치 파리의 우울한 모습을 시에 담아내었던 『악의 꽃』처럼 「서울의 거리」는 산책자의 예리한 시야가 확보되고 있다. 잘 알려진 대로 근대 풍경을 응시하는 산책자의 역할을 시의 중심 소재로 묘사한 것은 보들레르의 『악의 꽃』이다. 그리고 그 개념적 틀을 완성한 것은 벤야민이었다[10]. 산책자는 거리를 활보하는 사람이지만, 근대 도시의 탄생과 밀접한 상관관계를 갖는다. 거대한 도시의 탄생과 익명을 가진 군중의 거대한 물결은, 주체와 세계 사이의 일체감 혹은 동화감을 단절시킨다. 그리하여 주체와 세계와의 조화는 무너지게 되고 주체가 응시하는 사물들은 불가해한 괴물이 된다[11]. 이런 불가해한 현실 앞에 놓인 주체는 절망하게 되는 것이 당연하거니와 이 의식을 벗어나기 위해 주체에겐 자기 침체의 과정이 필요하다. 이런 자각을 가진 자가 바로 산책자이다[12].

　　서울의 거리!
　　산 그늘에 주저 앉은 서울의 거리!
　　이리저리 찢어진 서울의 거리!
　　어둑축축한 6월밤 서울의 거리!

---

9) 김동희, 앞의 논문 참조.
10) 벤야민, 「보들레르의 몇가지 모티브에 대하여」, 『발터 벤야민의 문예이론』, 민음사, 1990.
11) 최혜실, 『한국 근대 문학의 몇가지 주제』, 소명출판, 2002, p.37.
12) 위의 책, p.38.

창백색의 서울의 거리!
거리거리 전등은 소리 없이 울어라!
한강의 물도 울어라!
어둑축축한 6월 밤의
창백색의 서울의 거리여
지리한 임우霖雨에 썩어진 물건은
구역나는 취기臭氣를 흘러 저으며
집집의 창 틈으로 끌어들어라.
음습하고 무거운 회색 공간에
상점과 회사의 건물들은
히스테리의 여자의 걸음과도 같이
어슬어슬 흔들리며 멕기여가면서
검누른 거리 위에서 방황하여라!
이러할 때러라, 백악의 인형인듯한
귀부인, 신사, 또는 남녀의 학생과
학교의 교사, 기생, 또는 상녀商女는
하나둘씩 아득이면 떠돌아라.
아아 풀 낡은 갈바람에 꿈을 깨인 장지 배암의
우울은 흘러라 그림자가 떠돌아라...
사흘이나 굶은 거지는 밉살스럽게도
스러질듯한 애달픈 목소리의
"나리 마님! 적선합시요, 적선합시요!"...
거리거리는 고요하여라!
집집의 창들은 눈을 감아라!
이 때러라, 사람사람, 또는 윈 물건은

깊은 잠 속으로 늘러하여라

그대도 쓸쓸한 유령과 같은 음울은

오히려 그 구역나는 취기臭氣를 불고 있어라.

아아 히스테리의 여자의 괴로운 가슴엣 꿈!

떨렁떨렁 요란한 종을 울리며,

막 전차는 왔어라, 아아 지나갔어라.

아아 보아라, 들어라, 사람도 없어라,

고요하여라, 소리조차 없어라!

아아 전차는 파르르 떨면서 울어라!

어둑축축한 6월밤의 서울 거리여,

그리하고 히스테리의 여자도 지금은 없어라.

「서울의 거리」 전문

　서울의 거리에 등장하는 사물이랄까 대상은 무척이나 다양하게 구
현된다. 근대가 완성해 놓은 상점이나 회사와 같은 건축이 등장하는
가 하면, 도시를 상징하는 전등의 불빛도 등장한다. 그리고 그곳에 기
생하며 살아가는 다양한 군중들, 곧 익명의 군중들 역시 중심 소재로
자리한다. 하지만 소월의 눈에 들어온 경성의 풍경들은 전혀 긍정적
인 것이 못된다. 소월은 이들에게 자조의 눈빛, 경멸의 시선을 보냄으
로써 그들과 완전히 분리되기 때문이다. 다시 말해 서정적 자아와 세
계 사이에 놓인 조화감이 철저하게 깨지고, 그들에 대해 경멸의 시선
을 보냄으로써 그들로부터 떨어져 나오는 것이다. 시인의 시선에 들
어온 경성의 모습은 자아의 분열을 추동시키는 기제들만이 가득할
뿐, 어느 것 하나 자아와 세계 사이에 놓인 거리 혹은 불화를 극복해줄
매개는 보이지 않는다.

이런 부조화야말로 도시 산책자가 보여준 전형적인 모습이라 할 수 있으며, 소월은 이런 풍경으로부터 자아를 철저히 분리시킴으로써 자기 침잠의 세계로 빠져든 경우이다. 거기서 얻어진 감수성이 우울의 정서임은 당연할 것이다. 이 감수성은 세계와의 동화 의지나 전망으로 대변되는, 미래지향적인 의식으로 연결되지 않는다. 그런 폐쇄된 자아의 모습은 그가 응시하는 풍경에서도 그대로 드러난다. 산책자가 여과없이 현실을 수용하고, 거기에 자기 판단의 가치를 주입시키는 것이 당연한 수순이지만, 소월이 응시하는 풍경은 철저히 은폐된 것, 혹은 소외된 것들 뿐이다. 그 대표적인 것이 히스테리 여성과 거지의 모습이다. 이들은 자아의 완결성이라든가 세계와의 전일성과는 거리가 먼 존재들이다. 서정적 자아의 처지와 동일한 국면에 놓여 있는 것이다. 근대화된 도시 풍경에서 화려한 쇼윈도우나 현란한 불빛의 이면에 자리한 어두운 구석 속에 놓여 있는 것이 이들의 존재성이다.

그런데 특이한 것은 이들은 귀부인이나 신사처럼 익명화된 존재들이 아니라 어느 정도 인격을 갖춘 존재로 부각된다는 사실이다. "나리 마님! 적선합시오. 적선합시오"라는 언어가 그것이다. 이런 인격화된 모습은 히스테리한 여성들에 대한 풍경 묘사에서도 확인된다. 이 여성은 귀부인 등의 경우처럼, 그저 스쳐지나가는 존재, 곧 익명화된 존재가 아니라 시인의 시선에 뚜렷이 보여지는 존재들이다. 곧은 응시야말로 이들에게 하나의 존재 내지는 인격을 부여하는 행위라 할 수 있을 것이다.

소월은 자신의 시야에 들어오는 도시의 풍경에서 모든 것을 익명화시키지 않는다. 그들 가운데 자신의 시야에 뚜렷이 들어오는 존재들에 대해 존재의 의미를 부여함으로써 시인 자신의 자의식을 드러내고 있다. 외부와의 단질을 통해서, 그리고 그 풍경에 내한 경멸의 시선을 던짐으로써 소월은 자아와 세계 사이에 놓인 불화가 무엇인지 뚜렷이 알리고 있는 것이다. 이렇듯 「서울의 거리」에서 드러난 익명의 모티프들은 수평화되지 않는다. 그의 시선에 들어온 물상들은 단순히 스쳐 지나가는 것이 아니다. 그의 시선을 보다 강렬하게 붙들어 매는 것이 있었는데, 그것이 바로 대상에 대한 인격화이다. 소월은 사회의 어두운 곳, 구석진 곳에 시선을 던지고 이를 인격화함으로써 근대에 대해 응전하는 자신의 세계관을 드러내고 있었던 것이다.

근대 풍경에 대한 이런 층위화된 시선 가운데 또 하나 주목의 대상이 되는 것이 '전등'에 대한 묘사이다. 근대 초기에 정부는, 중앙집권을 강화하고 지방을 통제하기 위해 교통과 통신망을 무척 중요하게 생각했다. 이에 대해 선편을 가진 것은 청나라였지만, 조선 침략을 본격화한 일본은 청으로부터 이 권한을 빼앗아오기 위해 집요한 노력을 펼쳐왔다. 전선망에 대한 치열한 확보전이 이를 증거한다[13]. 어떻든 이러한 노력에도 불구하고 전기를 비롯한 전선망은 일본의 관리하에 넘어가게 되고, 한일합방 이후 그것은 이들에 의해 일방적으로 주도되는 현실을 맞이하게 된다.

전등은 소월이 활동하던 시기에 가장 일반화된 근대화의 상징 가운데 하나였다. 근대성의 한 양상으로 가장 먼저 선보인 것이 전등이었고, 거기서 나오는 화려한 쇼윈도우의 등장이야말로 근대의 아이콘이었기 때문이다. 그러니 서울의 거리, 도시 군중을 이끌어내는 중요한 매개체 역시 어두운 밤을 밝게 비추는 전등의 불빛이었을 것이다. 그

---

13) 김연희, 『한국 근대 과학 형성사』, 들녘, 2016, pp.193-196.

러나 그것은 소월에게 과학의 긍정성, 김기림 식으로 말하면 명랑성의 정서를 확보하기 어려운 것이었다[14]. 소월의 시야에 들어온 그것은 단지 침략의 상징이었을 뿐이고, 산책자의 우울을 더욱 가중시키는 매개일 뿐이었다. 「서울의 거리」가 포착해낸 서울의 우울한 모습도 이 전등에서 비롯된다. 소월이 바라본 전등은 그저 "소리없이 우는" 대상일 뿐 아무런 긍정성을 갖고 있지 못하다. 그리고 그 전등에 의해 반사된 서울의 거리는 "이러저리 찢어져" 있을 뿐만 아니라, "어둑축축한 6월말"의 모습으로 현상될 뿐이다. 서울의 거리를 비추는 이런 전등의 모습은 「서울 밤」에서도 잘 드러난다.

> 붉은 전등.
> 푸른 전등.
> 널따란 거리면 푸른 전등.
> 막다른 골목이면 붉은 전등.
> 전등은 반짝입니다.
> 전등은 그물입니다.
> 전등은 또다시 어스렷합니다.
> 전등은 죽은 듯한 긴 밤을 지킵니다.
>
> 나의 가슴의 속 모를 곳의
> 어둡고 밝은 그 속에서도
> 붉은 전등이 흐득여 웁니다.
> 푸른 전등이 흐득여 웁니다.

---

14) 김기림, 「현대시의 표정」, 『김기림 전집』2, 심설당, 1988, p.87.

붉은 전등.

푸른 전등.

머나먼 밤하늘은 새캄합니다.

머나먼 밤하늘은 새캄합니다.

서울 거리가 좋다고 해요.

서울 밤이 좋다고 해요.

붉은 전등.

푸른 전등.

나는 가슴의 속 모를 곳의

푸른 전등은 고적합니다.

붉은 전등은 고적합니다.

「서울 밤」 전문

이 작품에 드러난 전등의 모습 역시 「서울의 거리」에서 묘사된 그것과 하나도 다를 것이 없다. 이런 유사성이야말로 「서울의 거리」가 소월의 작품임이 분명한 것임을 일러주는 또 다른 증거가 아닐 수 없다. 어떻든 「서울 밤」에서의 전등은 계몽의 결과가 아닐뿐더러 어두운 서울의 거리를 근대의 광장으로 이끌어내는 긍정적 매개도 아니다. 소월의 눈에 들어온 '전등'은 그것이 붉은 색깔이든 푸른 색깔이든 관계없이 동일한 음역으로 묘사된다. 그러는 한편으로 이 전등은 무척이나 이중적인데, 한편으로는 반짝이면서도 다른 한편으로는 '그무리기도'하는 모습으로 구현되기 때문이다. 뿐만 아니라 이런 양태는 연속적으로 재현되기도 하고, '죽은 듯한 긴 밤을' 지키는 고독자의 모습으로 현상되기도 한다. 근대의 중요한 상징 가운데 하나인 전등은 밝고 건강한 것이 아니라 소월의 머리 위에서 그저 음울하고 넘나간 모습으로 반사되고 있을 뿐이다.

> 백양가지에 우는 전등은 깊은 밤의 못물에
> 어렷하기도 하며 어득하기도 하여라.
> 어둡게 또는 소리없이 가늘게
> 줄줄의 버드나무에서는 비가 쌓일 때
>
> 푸른 그늘은 낮은 듯이 보이는 긴 잎 아래로
> 마주 앉아 고요히 내려깔리던 그 보드라운 눈길!
> 인제, 검은 내는 떠돌아올라 비구름이 되어야
> 아아 나는 우노라 「그 옛적의 내 사람!」
>
> 「公園의 밤」 전문

전등은 신기성의 상징이다. 따라서 그것이 예찬의 대상이 되는 것은 당연한 것이었고, 과학을 예찬했던 김기림의 말처럼 그것은 명랑성의 범주 내에서 이해되어야 하는 것이었다.. 그 많은 부정성에도 불구하고 근대라든가 계몽의 가치가 긍정적인 평가를 받았던 것도 이런 신기성 때문이었다. 하지만 소월의 경우에 전등은 그런 신기성이라든가 명랑성과는 거리가 멀다. 그것은 단지 자신의 감수성을 대변하는 또 다른 상관물에 불과할 뿐이다. 그러니 긍정성의 정서와는 거리가 멀 수밖에 없다.

전등과 자아 사이에 놓인 거리는 이처럼 상당히 멀게 나타난다. 자아와 세계 사이에 놓인 동화감이란 이 우울의 정서에 의해 철저하게 차단되고 있는 것이다. 그리고 그 정서는 일회적인 차원에서 끝나지도 않는다. 계몽 예찬자들이 "서울 거리가 좋다고 해요"라고 반복적으로 이야기를 해도 소월의 심연에서 솟아오르는 감정은 이와 반대편에 놓여 있기 때문이다. 그는 이 긍정의 전등에 의해 동화의 감수성을 갖는 것이 아니라 "고적하게" 만드는 대상으로, 분리되어 떨어져 나가는 대상으로 사유하고 있는 것이다.

3. 산책자의 좌절과 교감의 정서

도시의 산책자는 도시라는 배경에서 탄생하고, 그 도시가 주는 좌절의 정서, 곧 자아와 세계와의 부조화에서 형성된다. 그렇기에 이 자아는 현실에 대해 실망한 자이고, 또 비판적 위치에 놓여있는 자이다. 그가 응시하는 현실은 불가해한 풍경일 뿐 자아 속에 편입되어 어떤 생산의 담론을 만들어내지 못한다. 자아화되지 못한 대상이기에 시인의 눈에 들어온 풍경은 이해할 수 없는 풍경, 곧 난해한 대상으로 수용될 수밖에 없다. 이런 좌절의 정서가 산책자의 행보를 만들어낸다.

하지만 산책자가 되었다는 것은 또 다른 전제를 내포하고 있다는 점에서 좌절의 정서로만 해석할 수는 없을 것이다. 이런 좌절 속에 새로운 도정에 대한 의지랄까 열정을 분명 내포시키고 있기 때문이다. 이런 면에서 좌절 속에 함몰되고 마는 허무주의와는 뚜렷이 구분된다고 할 수 있다. 그에게 있어 좌절은 곧 또 다른 긍정적 정서를 확보하기 위한 도정이기 때문이다. 그러므로 산책자는 또 다른 단계를 예비하게 된다.

비판의 정서가 수반된다는 것은 시인의 눈에 들어온 불가해한 대상들을 수용하고자 노력하는 긍정의 정서적 표현이라 하겠다. 그 정서가 거리를 활보하게 동인을 추동시킨다. 하지만 근대성을 탐색하는 고현학의 과정, 자기 침체의 과정이 긍정성의 시야를 확보하는 것은 그리 쉬운 일이 아니다. 그리하여 산책자는 좌절과 우울의 정서보다 더 심오한 경험을 겪게 된다. 그것이 방관자의 세계로 진입하는 일이다. 소월의 경우, 그 일단을 보여주는 시가 「기원」이다. 실상 이 작품은 소월의 작품 세계를 논할 때 크게 주목의 대상이 되지는 못했다. 그러나 근대에 편입되어가던 시인의 행보를 감안할 경우, 이 작품은 「서울의 거리」만큼 중요한 자리를 차지하고 있는 시라고 할 수 있다.

저 행길을 사람 하나 차츰 걸어온다. 너풋너풋
흰 적삼 흰 바지다, 빨간 줄 센 하올 목에 걸고
오는 것만 보고라도 누군고 누군고 관심하던
그 행여나 이제는 없다, 아아 내가 왜 이렇게 되었노!

오는 공일날 테니스 시아이, 반공일날 밤은 웅변회
더워서 땀이 쫄쫄 난다고 여름날 수영 춥디추운 겨울 등산,
그 무서운 이야기만 골라가며 듣고난 뒤야 집으로 돌아오는 시담회
의 밤!
호기도 용기도 인제는 없다. 아아 내가 왜 이렇게 되었노!

동양 도-교-의 긴자는 밤의 귀속 잘하는 네온사인 눈띄 좇아가고
싶어,

아무렇게라도 해서 발 편하고 볼써 있는 여름 신 한 켤레 사야만 된다
벌어서 땀 흘리고 남은 돈, 그만이나, 친구 위해 아끼우고 말던
웃기도 선뜻도 인제는 없다, 아아 내가 왜 이렇게 되었노!

컵에는 부랏슈와 라이옹, 대야에 사봉 담아들고
뒤뜰에 나서면, 저 봐! 우물지붕에 새벽달. 몸 깨끗이 깨끗이 씻고,
단정히 꿇어앉아 눈 감고 빌고 빌던 해 뜨도록
비난수를 내 마음에다 도로 줍소사! 아아 내가 왜 이렇게 되었노!

「기원」 전문

여기서 알 수 있듯이 자아는 대상으로부터 철저히 분리되어 있지만
「서울의 거리」 등에서 보이는 우울이나 비판자의 정서와는 사뭇 다르
다. 자아는 대상에서 떨어져 나와 있다. 그렇기에 이 자아는 대상에 대
한 가치평가로부터 자유로운 존재이다. 대상으로부터 얻어지는 우울
이나 비판의 정서는 어떻든 자아의 시선으로부터 관심을 받고 있다는
뜻이 될 것이다. 풍경을 불가해한 괴물로 인식한다는 것 자체가 대상
에 육박하고자 하는 시적 정열이다. 반면 이 방관자적 정서는 그러한
열정의 상실이라고 보는 것이 옳을 것이다.

「기원」의 경우, 서정적 자아의 시선은 철저하게 고립되어 있다. 대
상은 저만치 있고, 자아는 이 대상으로부터 분리되어 소위 비판의 정
서를 갖지 못하는 존재로 고립되어 구현된다. 가령 1연의 상황을 보
면, 대상을 응시하는 시선은 도시의 거리를 배회하던 산책자의 시선
과 하나도 다를 것이 없다. "저 행길을 사람 하나가 걸어"오고, 또 그
사람의 형상이란 "흰 적삼 흰 바지"를 입고, "빨간 줄 센 타올 목에 걸

고” 있다. 그런데 대상에 비판적이던, 산책자의 임무를 갖고 있던 시선에 의하면, 그에 대한 관심이 분명 있어야 했다. 관심과 이해, 탐색이 있어야 불만이나 우울과 같은 정서가 표출될 수 있기 때문이다. 그러나 이 자아는 그런 비판성을 담보한 산책자의 모습을 전혀 찾아볼 수 없다. “누군고 누군고 관심하던 그 행여나”가 이제는 없기 때문이다. 이런 인식하에서 시인에게 다가오는 정서는 “아아 내가 왜 이렇게 되었노!”하는 자괴의 정서, 곧 분리의 정서뿐이다.

대상을 수용하기는 하되, 자아는 이제 대상으로부터 멀어져 있다. 이는 단순히 자아와 세계 사이에 놓인 부조화라든가 거리감의 문제가 아니다. 자아는 대상으로 완벽하게 떨어져 나와 그 대상이 무엇인지에 대해 굳이 알려고 하지 않는다. 대상은 대상일 뿐이고, 자아는 자아일 뿐이다. 자아와 대상 사이에 놓인 거리는 넓고 크다. 이런 거리는 비판의 부재, 대상을 인격화시키는 관심의 부재가 낳은 결말이다. 자아는 이제 산책자가 아니라 방관자로 남아 있게 된 것이다. 소월은 현실에 대해 육박하고자 하는 의지조차 상실한 자, 현실로부터 철저하게 소외된 국외자로 남게 된다.

그러나 이런 방관자 의식이 문제가 있다고 생각했을 때[15], 소월은 또 다른 현실을 응시하게 된다. 새로운 무엇을 찾아 일상의 현실로 눈을 돌리는 행위가 그것이다. 미래에 대한 전망 부재와 현실에 대한 막

---

15) 최혜실, 앞의 논문, pp.42-49. 최혜실은 박태원 소설에 나타난 산책자의 행보를 분석한 다음, 작가가 새로운 현실 모색으로서 산책자가 일상에 들어와 현실 개선의 노력을 시도했다고 했다. 그러나 박태원은 여기서 올바른 방향 제시가 불가능함을 알고 더 이상 일상성의 소설을 쓰지 못하고 역사 소설이나 고전 소설로 나아갔다고 했다. 곧 올바른 삶의 방향을 제시해주지 못한 산책자의 한계가 과거지향적인 세계로 나아갔다고 본 것이다.

연한 비판만으로는 산책자의 고현학이 모두 실현되었다고 보기는 어렵기 때문이다. 이른바 새로운 자아정체성을 위한 지난한 노력이 수반되어야 하는데, 소월 앞에 놓인 일상은 크게 두 가지였던 것으로 이해된다. 하나는 현실 속에 과감히 뛰어든 것과 다른 하나는 한국 모더니즘이 일반적으로 걸었던 경로, 곧 인식의 통일성을 행해 나아가는 길이었다.

어제도 하로밤
나그네 집에
가마귀 가왁가왁 울며 새었소.

오늘은
또 몇 十里
어디로 갈까.

山으로 올라갈까
들로 갈까
오라는 곳이 없어 나는 못 가오.

말 마소, 내 집도
定州郭山
車 가고 배 가는 곳이라오.

여보소, 공중에
저 기러기

공중엔 길 있어서 잘 가는가?

여보소, 공중에
저 기러기
열십자 복판에 내가 섰소.

갈래갈래 갈린 길
길이라도
내게 바이 갈 길이 하나 없소.

「길」전문

  이 작품의 주된 소재는 나그네이다. 도시를 벗어난 산책자는 이렇게 나그네로 새롭게 탄생한다. 현실을 적응하는 데 있어 문제가 있었던 도시의 배회자는 새로운 일상을 찾아서 나그네라는 또 다른 주체로 존재의 변이를 하게 된 것이다.

  미래에 대한 전망 부재라는 한계를 딛고 나선 나그네의 발걸음은 그러나 생각만큼 수월한 길이 아니다. 나그네가 머문 집이 일상의 현실로 철저히 격리되어 있는 탓이다. 그것이 현실과 차단되어 있음을 알리는 매개가 바로 까마귀의 울음소리이다. 따라서 현실과 조응하지 못한 나그네의 발걸음은 더 이상 나아가지 못한다. 소월의 자의식 속에는 분명 가야할 길이 있다. 미래에 대한 전망이든 현실에 대한 적응이든 분명 계산된 거리가 존재한다. "오늘은 또 몇 십리"라는 계량화된 단위가 이를 증거한다.

  분명하게 계산된 거리, 감각화된 함량에도 불구하고 시인의 자의식을 충족해주는 거리는 도무지 다가오거나 감각되지 않는다. 서정적 자아를 인도해줄 객체가 없을뿐더러("오라는 곳이 없어 나는 못가오") 현실에 적응해 들어갈 자아의 의지도 없기 때문이다("말마소 내집도/정주 곽산/차 가고 배 가는 곳이라오"). 그 차단의 결과가 시적자아로 하여금 "열 십자 복판에 내가 섰소"라는 실존적 한계 국면으로 몰아간다. 소월에게는 이렇듯 일상의 현실 속에서도 안주할 공간을 찾아내지 못하고 있는 것이다.

현실의 적응 문제와 관련하여 우리의 주목을 끄는 인식적 사유 가운데 하나가 바로 모더니즘의 행로이다. 인식의 통일성을 향해 나아갈 것인가 아니면, 파편화된 형태로 지금 여기의 현재로 안주할 것인가 하는 것은 한국 모더니즘의 오랜 과제이거니와 소월이 선보인 이 선택의 문제는 그 효시라는 점에서 우리의 주목을 끄는 경우이다.

비판자로서의 산책자, 혹은 도시의 거주자가 우울이나 불안 등과 같은 파편화의 정서를 회복하기 위해 야만적인 원시상태로 되돌아가고자 하는 것은 당연한 수순일 것이다. 이를 교감의 정서로 말할 수 있거니와[16] 소월의 경우 흔히 알려진 자연시는 그 본보기에 해당할 것이다. 그것은 교감을 향한 새로운 길, 곧 일상에의 복귀에 대한 시도이기도 하다. 이를 대표하는 시가 「산유화」이다.

산에는 꽃 피네
꽃이 피네
갈 봄 여름 없이
꽃이 피네.

---

16) 벤야민, 앞의 글, p.142

산에

산에

피는 꽃은

저만치 혼자서 피어 있네.

산에서 우는 작은 새여

꽃이 좋아

산에서

사노라네.

산에는 꽃 지네

꽃이 지네

갈 봄 여름 없이

꽃이 지네.

「산유화」 전문

   이 작품은 일찍이 김동리가 '청산과의 거리'를 지적한 이후, 소월과 자연 사이에 놓인 불화의 단초를 일러주는 주요 작품 가운데 하나로 자리한 시이다. '저만치'가 환기하는 자연과 인간의 영원한 거리야말로 근대인이라면 피할 수 없는 슬픈 운명이고, 소월의 경우도 여기서 예외가 아니라는 것이다[17]. 이런 불화감 내지 거리감이 소월 시의 우울과 한이며, 서정적 단절 혹은 거리라고 알려져 있다.

   「산유화」는 소월의 자연과 인간의 불화라는 근대적 정서를 일러주

---

17) 김동리, 「청산과의 거리」, 『문학과 인간』, 1952.

는 주요 작품이지만, 「서울의 거리」에서부터 「서울 밤」에 이르기까지
보여주었던 산책자의 행보와 밀접한 관련이 있는 작품이라는 점에서
도 중요한 경우이다. 원시를 향한 열망이 도시 거주자의 꿈이었기에
이 작품에 나타난 자연과의 화합의지는 그 의미가 큰 경우이다. 그것
은 대략 두 가지 의미에서 그러한데, 하나는 올바른 삶을 향한 산책자
의 행보이고, 다른 하나는 근대성에 편입된 자연의 의미이다. 파편화
된 인식을 회복하기 위해 선택될 수 있는 것이 이른바 교감의 정서라
고 했다. 그것은 동일성을 향한, 파편화된 자아가 수행할 수 있는 구경
의 형식일 것이다. 그리고 그것은 배회자, 비판자로서의 산책자 의식
을 버릴 때 가능한 정서이다.

그러나 「길」의 경우에서 보듯 현실 속에 내려온 소월은 안주할 공간
을 쉽게 찾아내지 못한다. 그것이 나그네 의식이고 십자로 위에서 나
아갈 길을 잃고 방황하는 주체의 모습이었다. 이를 딛고 소월은 새로
운 대상을 찾아나서는데, 그의 시선에 새로이 들어온 것이 바로 자연
이다. 자연은 흔히 형이상학의 관념으로 수용되는 것이긴 하지만, 그
것이 시인이 감각하는 현실과 가장 가까이 있는 것이라는 점에서 일
상의 연장선에 놓여 있는 대상이라고 할 수 있다. 하지만 '저만치'라는
절대적 거리감이 일러주는 것처럼, 자연과 자아의 화해라는 교감의
꿈은 실현되지 않는다. 다시 말해 올바른 삶을 제시할 수 있을 것으로
기대한 자연의 모습은 자아로부터 멀리 떨어져 있는 것이다.

이런 불화 내지 거리감은 모더니즘의 사유에서 흔히 수용되던 정서
와는 거리가 있는 것이라는 점에서 주목을 요한다. 정지용을 비롯한
수많은 모더니스트들이 파편화된 인식의 완결성을 위해 자연이라는
형이상학을 자신들의 시 속에 편입시켰다, 자연이 표상하는 우주의

이법을, 인식의 완결성을 위한 매개로 받아들인 것이다[18]. 그런 맥락에서 보면, 소월은 이 분야의 선구자라 할 수 있다. 하지만 소월의 자연은 파편화된 자아 속에 긍정적으로 편입되지 못했다. 그의 자연은 자신으로부터 분리되어 저 멀리서 평행을 유지한 채 분리되어 있었기 때문이다. 도시의 배회자에서 방관자, 나그네 의식, 그리고 현실에 대한 적응이라는 거대한 행보를 보인 소월의 교감의 정서는 이렇듯 한계에 직면하게 된다.

4. 현실적응의 한계와 새로운 탐색의 도정

새롭게 등장한 소월의 「서울의 거리」는 소월에게나 우리 시사에 많은 시사점을 던져준 문제작이다. 그것은 근대를 건너가는 한 개인의 행보를 예외적으로 보여주고 있거니와 시단의 커다란 화두 가운데 하나인 모더니즘의 경로를 한발 앞서 예단해 주고 있는 것이었기 때문이다. 익히 지적된 바와 같이 소월의 초기작인 「서울의 거리」는 근대성의 한 양상에서 설명될 수 있는 근거를 제시해 주고 있다. 그것이 바로 산책자의 이미지이다. 산책자는 도시를 배회하는, 자아와 세계 사이에 놓인 거리를 대표하는 모티프이자 이미지이다. 거대한 도시라든가 익명화된 대중의 등장은 자아와 세계 사이에 놓인 조화를 일탈시

---

18) 이는 역사적 전통이 부재한 서구와 달리 한국식 모더니즘이 나아갈 길로, '자연'을 제시하고자 했던, 모더니스트들의 행보와 정확히 일치하는 것이다. 파편화된 인식을 자연이라는 형이상학을 통해 완결하고자 했던 것이 바로 그러하다. 그러나 소월은 그러한 길의 단초를 제시했을 뿐, 그의 일상성은 여타의 모더니스트와 다른 방향으로 나아갔다고 이해된다.

키고, 작가의 시야에 들어온 풍경을 불가해한 괴물로 만들어버린다.

산책자의 등장도 도시의 이런 배경에서 나오게 되는데, 세계로부터 소외된 자아를 건강한 상태로 되돌려 놓기 위해서는 비판적 사유를 갖는 도정이 필요하다. 이런 자의식을 갖고 있는 사람이 바로 산책자이다. 소월의 「서울의 거리」나 「서울 밤」에서 보여준 행보는 산책자의 모습과 정확히 일치하는 것이었다.

그러나 비판성이 담보된 산책자가 인식의 완결로 나아가기 위한 도정은 무척이나 험난한 것이라 할 수 있다. 그 인식적 한계가 만들어낸 것이 생활에의 편입 혹은 적응의 과정이다. 그런 조건이 만들어낸 것이 작품 「길」의 나그네 의식과 「산유화」의 자연이다. 이는 산책자가 현실 적응의 과정에서 만나게 되는 자연스러운 수순이었고, 야생의 전일적 삶을 그리워하는 자들이 표출하는 자연스런 욕망의 과정이었다. 이것이 곧 자아와 세계 사이의 교감의 정서였다. 그러나 소월은 긍정적인 삶을 담보해내기 위해 찾아나선 현실에 적응하지 못한다. '나그네'로 대표되는 떠돌이 의식과, 자연과 화해할 수 없는 거리감이 그 단적인 예증이다. 이런 일상에의 한계 속에서 소월이 선택할 수 있는 경우의 수는 제한되어 있었다. 자아와 세계 사이의 불화라는, 근대의 슬픈 운명을 극복할 수 있는 공감의 장이란 이렇듯 쉽게 마련될 수 없었던 것이다.

자아와 세계 사이에 놓인 거리를 초월하는 매개를 일상의 현실에서 찾아내는 것은 무척이나 난망한 일이었는데, 이런 정서가 만들어낸 것이 곧 현실로부터의 도피가 아니었을까. 소월에게 파편화된 정서를 회복시켜줄 단초들을 일상의 현실에서 찾아내기란 불가능한 듯 보였다. 소월이 현실로부터 도피하고 과거의 세계들, 곧 설화와 같은 고전의 세계들, '무덤'과 같은 영적 세계로 회귀한 것은 이와 밀접한 관련이 있었을 것이다. 과거성이라든가 '무덤' 혹은 '혼'의 세계들은 모두 일상성을 초월한 영역들에서 이루어지는 것들이기 때문이다. 소월이 이런 세계에 경도된 것은 시사적 국면에서 볼 때, 매우 의미심장한 것이며, 이는 또 다른 재론을 요구한다.

제3장 교감의 형식으로서의 '무덤' 이미지

1. 형식을 잃어버린 소리의 세계

　소월을 모더니즘의 자장으로부터 분리하는 것은 어려운 일이다. 그가 일찍이 경성 체험을 하고, 이를 바탕으로 제국주의 수도 동경에 유학한 사실부터가 이를 증거한다.[1] 이런 근대 체험들이 밑바탕이 되어 「서울의 거리」와 같은 시를 쓰게 된 것이다. 근대란 당시도 그러하였거니와 지금에 이르러서도 그 본질이랄까 실체를 정확히 아는 것은 쉬운 일이 아니다. 이는 소월에게도 예외가 아니었고, 「서울의 거리」에서 선보였던 '산책자'의 행보는 그의 근대관이 무엇인가를 잘 드러내주는 것이기도 했다.

　근대는 분명 존재하는 것이고, 지금 여기의 현실에서 펼쳐지고 있지만, 그것의 본질은 여전히 그 속내를 감추고 있었다. 그런 일련의 행

---

1) 소월은 1915년 오산학교에 입학했는데, 이때만 해도 이 학교는 근대식 교육이 이루어지던 몇 안되는 학교였다. 그는 이 학교를 마치고 서울로 올라가 배재고보에 다녔고, 이 학교를 졸업하던 해인 1923년 일본 동경 상대에 입학하게 된다.

보가 소월로 하여금 십자로에 서 있는 방랑자로 만들기도 했고, 자연에 동화되지 못한 국외자로 남게 만들었다. 가령, 십자로에 서 있는 주체의 모습(「왕십리」)이라든가 「산유화」에서 자연과 동화되지 못한 자아의 모습이 그러하다. 겉으로만 비춰지는 경성의 거리나 도시의 외피만으로는 사물의 본질을 정확히 꿰뚫어 볼 수 없다고 판단한 것이다. 시 속에 담겨져야 할 내용이 사상된 채, 껍데기만의 형식이 남아서 시인의 주변을 맴도는 형국이 되어버린 것이다. 다음의 작품은 그런 시인의 모습을 잘 보여주는 시이다.

> 아주 나는 바랄 것 더 없노라.
> 빛이랴 허공이랴.
> 소리만 남은 내 노래를
> 바람에나 띄어서 보낼 밖에.
> 하다못해 죽어달래가 옳나
> 좀더 높은 데서나 보았으면!
>
> 한세상 다 살아도
> 살은 뒤 없을 것을.
> 내가 다 아노라 지금까지
> 살아서 이만큼 자랐으니.
> 예전에 지내본 모든 일을
> 살았다고 이를 수 있을진댄!
>
> 물 가의 닳아져 널린 굴 꺼풀에
> 붉은 가시덤불 벋어 늙고

어둑어둑 저문 날을

비바람에 울지는 돌무더기

하다못해 죽어달래가 옳나,

밤의 고요한 때라도 지켰으면!

「하다못해 죽어 달래가 옳나」 전문

이 작품의 중심 소재는 '소리'이다. 특히 "소리만 남은 내 노래"가 그 핵심 소재라 할 수 있는데, 이 소리의 의미를 이해하는 것이야말로 소월 시의 본령에 접근하는 것이라고 할 수 있을 것이다. 여기서 소리만 남았다고 하는 것은, 여기에 담을 내용의 부재와 밀접한 연관을 갖고 있다. 따라서 소리는 형식이 되고, 이를 채우는 것은 내용이 될 것이다. 그런데, 시인의 표현대로라면, 그의 작품들은 내용없는 형식, 곧 소리만 남은 형국이 된다.

소쉬르의 기호 모형에 기대게 되면, 소리는 시니피앙, 곧 기표의 영역이다. 소월은 자신이 불러들이고자 하는 것에 소리만이 있음을 인식한다. 그리하여 그 소리에 채워줄 내용의 부재를 끊임없이 이야기하고 있다. 정상적인 기호, 곧 의미있는 기호가 만들어지기 위해서는 기표와 기의가 결합되어야 하는데, 기표만이 흘러내리고 있었던 것이다. 그리하여 소월은 소리에 담길 내용을 찾아내기 위해서 동분서주한다. 가령, "바람에 띄워보내기"도 하고 "높은 곳에 오르기도 하며", 경우에 따라서는 "죽어달래는 것이 옳은가"하는 자학의 정서까지 드러내 보이기도 한다. 삶과 죽음의 순환적 질서나 자연의 건강한 질서를 인유해보기도 하지만, 그것은 결코 실체를 드러내지도, 또 채워지지도 않고 있는 것이다.

도시의 배회자가 되어 근대의 실체를 탐색해보지만 좌절된 채 종료된 것이 소월의 행보였다. 그 부정의 정서가 만들어낸 것이 인용시에서 보듯 형해화된 소리의 감각이었다. 소리와 내용의 부조화는 실상 모더니스트들이 체험했던 파편화된 정서들과 크게 다른 것이 아니다. 가령, 기표의 놀이에 충실했던 이상의 경우나 좌절된 정서의 표현이었던 정지용의 몽타쥬 기법[2] 역시 이와 동일한 선상에 놓여 있는 것이기 때문이다. 따라서 내용없는 소리란 기표의 유희라든가 유기적 질서의 파탄과 동일한 차원에 놓이는 것이라 할 수 있다.

소월이 도시 체험에서 얻은 것은 불가해한 대상에 대한 좌절과 그에 따른 방랑의식이었다. 이런 정서에 물든 사람이 그 파편화된 인식을 완성하기 위해 새로운 길을 모색하는 것은 자연스러운 행보라 할 수 있다. 가령, 영원의 세계로 되돌아가는 것인데, 그곳은 근대 이전의 세계이다. 근대는 익히 알려진 대로 일시성이라든가 우연성, 혹은 순간성이 지배하는 시대이다. 이를 토대로 반응하는 인간의 의식 또한 그에 대응되는 상동성을 가질 수밖에 없는데, 그것이 곧 파편화된 의식이다.

자아를 분열시키는, 병증에 대한 원인이 밝혀졌으니 이를 치유하거

---

2) 가령, 정지용의 「향수」가 그러하다. 이 작품은 고향의 장면 장면이 작품의 유기성과 상관없이 제시되는, 몽타쥬 수법에 의해 창작된 것임을 알 수 있다. 넓은 벌 동쪽 끝으로옛이야기 지줄대는 실개천이 휘돌아 나가고,얼룩백이 황소가해설피(해질 무렵) 금빛 게으른 울음을 우는 곳,—그곳이 차마 꿈엔들 잊힐리야.질화로에 재가 식어지면뷔인 밭에 밤바람 소리 말을 달리고,엷은 졸음에 겨운 늙으신 아버지가짚벼개를 돋아 고이시는 곳, 「향수」의 1연은 고향의 전경이 묘사되되 있고, 2연은 고향 집에서 졸고 있는 아버지의 모습이 그려졌다.말하자면, 1연과 2연이 유기적 연결 고리없이 고향의 장면 장면이 사진처럼 제시되고 있음을 알 수 있는 것이다. 이런 수법이 바로 몽타쥬이다.

나 원상태로 되돌리는 일도 가능할 것이다. 다시 말해 근대 이전의 상태로 되돌아가면 그만 아닌가. 야만적인 원시 상태로 되돌아가거나 자연과 하나되는 삶, 혹은 순환적인 사유의 세계로 회귀하면 되는 것이 아닌가. 벤야민은 이를 교감에 대한 욕망으로 이해했고[3], 엘리어트 등은 전통으로의 회귀[4]로 사유했다. 뿐만 아니라 중세의 천년왕국이나 에덴의 유토피아로 되돌아가고자 하는 일 역시 마찬가지의 경우라 할 수 있다.

근대성의 반응 양식 가운데 하나가 모더니즘이고, 이 양식의 구경적 귀결점이 자연의 세계였음은 잘 알려진 일이다. 이런 경로를 모범적으로 보여준 시인이 정지용이다. 근대는 애초부터 파편화를 전제하고 있었다. 과학에 대한 신뢰와 불신의 과정에서 모더니즘의 도정은 언제나 후자에 놓여 있었다. 실상 한국의 근대성이 과학에 대한 신뢰를 갖는 것은 애초부터 불가능한 일이었는지 모른다. 근대에 대한 긍정이야말로 식민지 시대를 용인할 수밖에 없는 자기모순에 놓이는 것이기 때문이다. 그럼에도 초기의 모더니스트들이 과학의 긍정적인 면들에 대해 애써 외면하지 못한 것 또한 사실이다[5]. 왜 이런 결과가 나

---

3) 벤야민, 「보들레르의 몇가지 모티브에 대하여」, 『발터 벤야민의 문예이론』, 민음사, 1990, p.142.
4) 엘리어트, 「전통과 개인의 재능」, 『엘리어트』(황동규편), 문학과 지성사, 1989, p.145.
5) 이런 면을 보여준 대표적인 사례가 김기림이다. 그는 계몽을 우선시함으로써 과학이 주는 면들을 명랑한 국면으로 이해했다. 그러나 김기림을 두고 근대의 수용에 따른 제국주의의 용인이라고 보는 것은 옳지 않다. 그는 민족주의적인 입장을 한 번도 버린 적이 없었기 때문이다. 이를 대표하는 시가 해방직후 발표된 「새나라 송」이다. 용광로에 불을 켜라 새나라의 심장에철선을 뽑고 철근을 늘이고 철판을 펴리자세멘과 철과 희망 위에아무도 흔들 수 없는 새나라 세워가자 인용된 부분은 「새나라 송」 4연인데, 여기서 알 수 있는 것처럼, 김기림이 강조하고

타났는가에 대해서는 여러 근거가 제시될 수 있겠지만, 그 근거 역시 일제 강점기의 현실에서 찾아야 할 것으로 보인다. 그 하나가 일제 강점기만의 특수성인 불구화된 근대화과정이다. 근대라든가 모더니즘의 정신적 기반은 과학 문명의 진척 정도와 분리할 수 없는 것이 사실이다. 다시 말해 근대의 제반 양상이나 모더니즘의 양식적인 특성은 토대의 형식과 분리될 수 없는 성질의 것이라 할 수 있다. 하지만, 이 시기에 미약하게나마 이런 토대가 만들어졌다고 하더라도 그것은 봉건 체제를 오히려 강화하려는 것과 맞물려 있었다는 사실을 배제해서는 안된다고 하겠다. 봉건 체제와 근대화는 서로 양립할 수 있는 성질의 것이 아니다. 따라서 식민지 근대화는 가능하지 않는 가설이고, 어렴풋이나마 시도되었던 근대화 역시 모더니즘의 제반 양상과 곧바로 연결시키기에는 무리가 따르는 것이었다.

그리고 다른 하나는 그 과정에서 이루어진 문학의 근대화과정이다. 실상 개화기 이후 우리 문학은 과거의 봉건성이나 전통성으로부터 벗어나 문학의 새로움이랄까 근대의 제반 모습을 담아내야 하는 당위성에 놓여 있었다. 그런 과정에서 한국 근대 문학은 이식문학의 혐의를 받기도 했다. 그만큼 문학의 현대성과 관련된 과도한 과제에 대해서 많은 압박을 받고 있었던 것이다. 소설이 서사구조의 자연스런 시간성에서 그 모색이 이루어졌다면 시의 경우에는 표현과 리듬에 그 초점이 맞춰져 있었다. 과거와 대비되는 것에 대한 갈증이 시어의 새로움, 혹은 신기성 등을, 정형률을 대신하는 리듬의 자율성을 추동했던

추구했던 것은 강력한 민족주의 국가였다. 그는 계몽을 민족을 향한, 민족의 굳건한 공동체를 구축하기 위한 수단으로 받아들이고자 했던 것이다.

것이다.

　이런 추동의 결과가 낳은 것이 이른바 '새 것에 대한 강박관념'이었다. 곧 과거와는 다른 새로운 것이야말로 문학의 근대성을 성취하는 것으로 비춰졌던 것이다. 문학이 새롭다는 것은 어느 하나의 요소만으로 충족될 수 없는 복합성을 갖는 것이지만, 문학인의 눈을 쉽게 사로잡은 것은 시각적인 효과였다. 그리하여 신문학의 고유한 특성 가운데 하나인 엑조티시즘[6]이 탄생하게 된 것이다. 그것은 다름아닌 기표의 신기성이었거니와 초기 시인들에게서 흔히 볼 수 있었던 외래어 남발이 그 단적인 사례들이다. 이것이 내용적인 측면에서의 근대성에 대한 강박관념의 표현이었다면, 형식적인 국면에서는 특히 시 양식의 경우에는 리듬에 대한 강박관념으로 나타났다. 이 시기에 과거 정형 시형을 대신할 수 있는 새로운 리듬에 대한 의식이 다른 어느 시기보

---

6) 이를 외래경사주의, 다시 말해 외래어 선호주의라고 한다면, 이 시기 문인들은 외래어의 사용이야말로 문학의 근대성을 담보해주는 것으로 이해했다. 정지용을 근대시의 선구라고 하는 것도 시어의 현대성 추구, 엑조티시즘을 추구한 결과로 이해할 수 있을 것이다.

　옮겨다 심은 종려(棕櫚)나무 밑에
　비뚜로 선 장명등(長明燈)
　카페 · 프란스에 가자.

　이놈은 루바쉬카
　또 한 놈은 보헤미안 넥타이
　비쩍 마른 놈이 앞장을 섰다.
　　　　　　　　정지용, 「카페 프란스」 1-2연

제목도 그러하거니와 시의 내용을 보면 시어들이 남발이라고해도 좋을 정도로 외래어로 되어 있다. 실상 이런 시도들은 무척 낯설고 생격한 것이긴 하지만, 전통적인 정서와 언어의 틀에서 벗어나지 못한 당시의 시단에 비추어 보면, 이런 시작은 무척 참신한 것이었다고 생각된다.

다 강렬했던 것은 이 때문이라 할 수 있다.

그러나 엑조티시즘이든 혹은 자유율이든 그것이 우리 문학 양식에 곧바로 정합성을 가질 수는 없었다. 그 결과 내용이 사상된 표현주의로의 경사라는 부작용을 낳기도 했고, 리듬의 경우에는 또 다른 형태의 정형률을 창조할 수밖에 없는 국면으로 되돌아가기도 했다[7]. 소월의 즐겨 사용했던 7.5조의 리듬[8]이 전통과 근대의 중간자에 놓여 있을 수밖에 없었던 것도 이런 저간의 사정이 반영된 것이라 할 수 있을 것이다. 어떻든 근대화는 피할 수 없는 것이었고, 불구화된 것일망정 모더니즘의 제반 양상 또한 진행되고 있었다.

모더니즘의 제반 사조들은 여러 국면에서 그 특징적인 면들을 드러내고 있었는데, 그 가운데 하나가 자연의 의미였다. 유토피아적 역사가 잘 드러나지 않은 우리 현실에서 자연은 자의식적 분열을 초극하게 해주는 최선의 매개였는지도 모른다. 그것이 정지용에 의해 시도되었고, 이후 그 도정은 하나의 전범처럼 굳어져 왔기 때문이다. 유희하는 기표의 흐름을 붙잡아 둔 것이 자연이었던 셈이다.

소월은 무척 다층적인 시인이다. 그를 두고 한의 시인이나 전통적 정서에 갇힌 시인이라고 보는 것은 그의 작품의 일면만을 응시한 결

---

7) 이런 경우의 대표적인 사례가 육당 최남선과 김억이었다. 최남선은 「해에게서 소년에게」라는 자유시형인듯한 정형시, 곧 새로운 정형률을 만들어내고자 시도했다. 정형률에 대한 집착은 김억의 경우도 마찬가지였는데, 그는 격조시라는 서양식을 새롭게 만들어내기에 이른다. 그러나 이 격조시는 엄격한 형태의 정형률이었기에 근대적 자유시형과는 거리가 먼 것이라 하겠다.

8) 이 리듬을 두고 일본의 와까(和歌)에서 유래한 외래사조로 보는 경우도 있고, 전통적 율조인 4.3조에서 온 것으로 이해하는 경우도 있다. 또 어떤 연구자는 이를 근대적인 것과 전통적인 것의 융합에 의해 만들어진 것으로 보기도 한다. 김대행, 「김소월과 전통의 문제」, 『한국현대시사연구』, 일지사, 1983, p.119.

과라 할 수 있다. 그는 전통적 정서 뿐만 아니라 「서울의 거리」에서 보듯 모더니즘의 맨 앞에 놓인 존재, 곧 가장 앞선 모더니스트이기도 했다. 또는 경향시의 영향으로부터 자유로운 존재도 아니었다[9]. 따라서 그가 시도했던 여러 문학적 작업들은 이후 등장한 여러 시인들, 특히 모더니스트들의 모범 내지는 전범으로 수용되어도 무방한 경우라 하겠다. 1920년대 이후 등장한 모더니스트들이 구사했던 여러 실험의식이 소월에게도 동일하게 적용할 수 있는 근거는 이로써 가능해졌다고 할 수 있겠다. 소월 역시 파편화된 자의식의 형성과 이를 초월하고자 하는 노력을 끊임없이 시도했던 것이다. '소리만 남은 내 노래'는 이런 과정을 통해서 만들어진 것이다. '소리'만 남은 외피 그 자체가 아니라 거기에 충실히 채워질 수 있는 내용, 그것이야말로 그가 만들어내는 모더니즘의 행로, 근대성으로 편입되어가는 그만의 사유구조일 것이다. 그의 시에서 많이 드러나고 있는 '무덤'의 이미지가 주목의 대상이 되는 것은 이와 밀접한 관련이 있다고 하겠다.

2. 형식을 채우는 '무덤', 그 세가지 의미

1) 님의 부재로서의 '무덤'

소월이 활동하던 1920년대는 흔히 알려진 대로 암흑의 시대이다. 그것은 3·1운동 봉기와 그 실패와 분리하기 어려운 것이었다. 합일합

---

9) 이런 경향을 보이는 시들로 「밭고랑 위에서」, 「바라건대는 우리에게 우리의 보습 대일 땅이 있었더면」 등이 있다.

방 이후 10년의 세월이 흘렀고, 그 긴 시간동안 조선 민중이 느꼈을 피로감은 어찌할 수 없는 한계점에 이르고 있었다. 그 정점에서 일어난 것이 3·1운동이었다. 이 운동은 물론 독립에 대한 가열찬 희망이 만들어낸 힘찬 물줄기였지만 그 이면에 자리한 것은 일제 강점기 내내 쌓인 피로감에 대한 분출이라는 의미도 있었다. 이를 두고 무의식의 정치적 발산이라고 해도 좋을 것이다. 그러나 역사가 말해주는 대로 3·1운동은 실패로 끝났고, 그것이 주는 좌절은 어떤 보상으로도 대치될 수 없는 깊은 상처를 남겼다. 그 상처가 바로 암울과 암흑, 공포라는 감수성들이다.

이런 감수성에 갇힌 조선이 불활성의 세계에 노출될 수밖에 없음은 자명할 터인데, 이때 이런 모습을 '무덤'으로 비유한 것은 적절한 것이라 할 수 있다. 소월이 그러하거니와 염상섭도 이렇게 파악했다. 염상섭은 일본 유학에서 돌아온 주인공 이인화를 내세워 조선의 현실을 거대한 무덤으로 비유한 바 있다[10]. 그의 시선대로 조선은 개화한 일본에 비해 무척이나 낙후된, 그리하여 석화된 고정체로 비춰질 수 있었을 것이다. 문명과 대비되는 봉건의 암울함이 그런 자의식을 더욱 굳히게 한 것인지도 모르겠다. 소월이 시집 『진달래꽃』에서 사유한 '무덤'의 이미지도 그 연장선에 놓여 있는 것이라는 점에서 우리의 주목을 끄는 경우이다.

소월은 「서울의 거리」에서 근대화된 경성의 모습을 긍정적으로 그리지 않았다. 마치 보들레르가 『악의 꽃』에서 응시한 파리의 모습과도

---

10) 『만세전』에서 보인 주인공 이인화의 여로구조가 이를 말해주는데, 그의 시선에 들어온 조선은 무덤과 같은 불활성의 존재, 곧 죽음의 공간으로 비유된다.

비슷한 우울의 정서가 지배하고 있었다. 그러나 그가 바라본 경성 풍경은 보들레르가 본 파리의 풍경과는 매우 다른 자리에 놓이는 것이었다. 후자가 자의에 의한 고립주의 내지는 소외자의 그것이라면, 전자의 경우는 타의에 의한 그것이었기 때문이다. 이 작품에서 풍겨나는, 안개에 덮인 듯한 모호한 풍경, 우울한 풍경은 여기서 기인하는 것이었다. 뿐만 아니라 근대의 상징인 '전등'이 뿜어내는 흐릿한 풍경 역시 동일한 정서에서 비롯된 것이라 할 수 있다. 이것은 어쩌면 근대라는 형이상학적인 국면과 식민지라는 역사적 정서가 만들어낸, 복합적인 것일지도 모르겠다. 어떻든 소월에게 근대화된 경성의 모습은 긍정적으로 비춰지지 않았고, 우울과 비애라는 센티멘털의 정서로부터도 자유롭지 않았다. 이런 부정적인 정서들이 만들어낸 것이 『만세전』의 이인화가 축조해낸 '무덤'의 이미지와 동일한 차원에 놓이는 것이었을 것이다.

소월 시에서 드러나는 소재는 매우 다양하지만, 시대의 상황과 가장 맞물려 있는 것 가운데 하나가 '무덤'의 이미지이다. '무덤'은 불활성의 지대이면서 반생명적인 것이라는 측면에서 소월이 이 시대를 이렇게 비유한 것은 타당하다고 할 수 있다. 뿐만 아니라 그것은 근대 이전의 것, 곧 시간성으로 보면 과거적인 것이기에 지금 여기의 시야에 묶일 수밖에 없는 자아의 처지와는 다른, 근대의 대항담론이라고 할 수 있을 것이다. 이 담론은 소월 시에서 대략 세 가지 국면으로 사유되는데, 그 하나가 이 시대의 주조였던 님과의 관련 양상이다.

그대 가자 맘속에 생긴 이 무덤
봄은 와도 꽃 하나 안 피는 무덤

그대 간 지 十年에 뭐라 못 잊고
제 철마다 이다지 생각 새론고

때 지나면 모두 다 잊는다 하나
어제런 듯 못 잊을 서러운 그 옛날

안타까운 이 심사 둘 곳이 없어
가슴치며 눈물로 봄을 맞노라
「외로운 무덤」 전문

우선, 소월의 가슴 속에 남겨진 무덤은 '그대'와의 이별 속에서 생겨
난 것이다. 그렇기에 여기서는 님의 상실에 따른 상처의 의미가 스며
들어가 있다. 소월의 전기를 쓴 계희영에 의하면, 소월이 작품 속에서
애타게 그리워한 이성적인 님은 존재하지 않는 것으로 되어 있다. 물
론 그 이전에 소월의 평전을 처음 쓴 김영삼은 그가 마음 속에 둔 여인
이 있었음을 인정한 바 있다[11]. 그러나 소월의 님을 어느 하나의 대상
으로 한정하는 것은 많은 위험성이 따른다. 따라서 기왕의 많은 연구
자들이 지적했던 것처럼, 소월의 '님'은 무척 다층적으로 구현된다는
것이 옳다고 본다. 그런 다양성이 문학의 특성이기도 하지만, 소월이
자라난 배경과 시 속에 형성된 의미들을 추적해들어가 보면, 그가 그
리워한 '그대', 곧 '님'의 의미란 어느 하나의 실체로 굳어지는 것을 허

---

11) 김영삼은 소월이 첫 연정을 품은 여자가 오순(吳順)이라는 이름을 갖고 있는 여성
이라 했고, 이 여인이 소월의 일생을 지배한 영원한 연인이 되었다고 했다. 『소월
정전』, 성문각, 1965, p.104.

용하지 않기 때문이다.

따라서 「외로운 무덤」에서의 '그대'는 외부로 알려지지 않은, 소월이 마음 속에 관심을 두었던 이성적인 님일 수도 있고, 보다 큰 차원의 '님'일 수도 있다. 그러나 여기서 그 '님'의 방향이 무엇인지를 구체적으로 밝혀내는 것은 적절하지 않다. 다만, 그가 자라난 배경이나 1920년대의 시대적 배경을 고려하면, 그가 그리고자 했던 '그대'는 적어도 이성적인 차원을 넘어서는 것이 아닐까 한다.

어떻든 「외로운 무덤」에서 알 수 있듯이 소월이 안고 있는 외로움이랄까 서러움의 정서들은 님의 부재에서 온 것이다. 마음 속에 간직된 님이 떠난 시간이 십 년이 된다는 것, 그럼에도 불구하고 그의 부재는 여전히 시인의 정서에 깊이 남겨져 있다는 것이다. 그 우울한 정서가 남긴 것이 '눈물'이다.

소월의 마음 속에 남겨진 이별, 그리고 그것이 만들어낸 상처는 이렇듯 '무덤'으로 새로운 존재의 변이를 시도한다. 그것은 시인의 동일성을 훼손하는 파편이며, 상처였다. 여기서 알 수 있듯이 님의 부재에 의한 우울의 정서와 개인의 상처가 소월 시에서 드러나는 '무덤'의 첫 번 째 의미다.

2) 근대 속에 편입된, 파편화된 자아의 무덤

소월은 「외로운 무덤」 이외에도 이 소재가 등장하는 여러 편의 작품 활동을 해왔다. 그런 가운데서 '무덤'의 의미는 다양하게 변주된다. 여기서 '무덤'의 두 번째 의미가 나오는데, 과거와 결합된 복합체, 바로 역사의 형이상학적인 의미이다.

그 누가 나를 헤내는 부르는 소리,

불그스름한 언덕, 여기저기

돌무더기도 움직이며, 달빛에,

소리만 남은 노래 서러워 엉겨라,

옛 조상들의 기록을 묻어둔 그곳!

나는 두루 찾노라, 그곳에서!

형적 없는 노래 흘러퍼져,

그림자 가득한 언덕으로 여기저기,

그 누구가 나를 헤내는 부르는 소리.

부르는 소리, 부르는 소리,

내 넋을 잡아 끌어 헤내는 부르는 소리.

「무덤」 전문

　이 작품은 소월시에 나타난 무덤의 의미와 관련하여 가장 많이 논의된 시이다. 여기서 묘사된 것처럼 '무덤'은 단순히 죽은 자가 묻혀 있는 폐쇄된 공간이 아니다. 그것은 부활을 꿈꾸며 길을 잃고 헤매는 자의 영혼을 부르는 소리이다. 소월이 애타게 찾아나섰던 '형적없는 노래'나 '소리만 남은 내 노래'에 충실한 어떤 내용을 담아줄 수 있는 근원지로 자리하고 있는 것이다. 소리가 형식, 곧 내용을 찾는 행위, 거기서 그의 시가 탄생한다.[12] 그런데 이를 뒤집고 나오려는 그 움직임은 무척이나 강력하다. '돌무더기도 움직'일 정도로 힘과 역동성이 느껴진다. 소리만 남은 노래와 결합하려는 힘들은 이렇듯 강렬하게 솟구쳐 오르고 있었던 것이다.

---

12) 김윤식, 『한국근대문학사상비판』, 일지사, 1987, p.153.

무덤은 단순히 죽은 자가 쉬는 공간에서 그치지 않는다. 그것의 형이상학적 의미는 다대한 데, 그 한 가지가 영속성이다. 그것은 과거의 과거성에서 그치는 것이 아니라 현재의 현재성에도 이어져 있다. 다시 말하면 과거로부터 현재에 이르기까지 한 개인이나 집단의 심연에 연속적으로 흐르고 있는 것이다. 그래서 무덤은 시간적 국면에서 영원으로 받아들여진다. 두 번째는 무덤의 역사적 의미이다. 소월이 이 작품에서 강조하고 있는 것도 이 의미이다. 그는 무덤을 "옛 조상들의 기록을 묻어둔 그곳!"이라고 말하고 있기 때문이다. 이 맥락에서 보면, 소월은 무덤을 죽은 자의 공간이나 현재와 단절된 무용한 공간으로 인식하고 있지 않은 것이다. 그리고 그것의 세 번째 의미는 신성한 공간으로서의 그것이다. 무덤을 '신들의 탄생지'로 보는 것이다[13]. 이런 시각에는 영혼의 탄생이라는 의미를 갖는데, 이럴 경우 그것은 모성적인 존재로의 변이를 이루게 된다.

'무덤'은 이렇듯 여러 다층적인 의미를 갖고 있는데, 그렇다면, 소월이 의미화하고자 했던 무덤의 진정한 의미는 무엇이었을까. 소월에게 그것은 일단 '소리만 남은 내 노래'를 채워줄 수 있는 것으로 이해할 수 있을 것이다. 앞서 언급대로 '소리'란 본질이 없는 것이고, 사물을 정확히 꿰뚫어볼 수 없는 빈 공간이다. 이런 상황을 초월하기 위하여 자신의 노래에 무언가를 채워나가려했던 것이 소월의 글쓰기였다. 파편화된 자아의 인식을 완결하기 위한 근대주의자의 면모가 소월에게서도 그대로 드러났던 것이다.

현재의 상태를 분열의 상태로 그대로 노정하지 않는 것이 모더니스

---

13) 『문학의 상징 주제 사전』, 청하, 1998, p.158.

트들의 한 지류이다. 특히 구조체 모형이나 인식의 완결을 추구해왔던 영미계 모더니스트들의 경향에 비추어보면[14], 소월은 그들이 탐색했던 도정과 같은 위치에 놓이는 것이라 할 수 있다. 따라서 '무덤'에 대한 서정적 탐색은 모더니스트들의 행로와 동일한 선상에서 보아야 한다는 사실이다.

한국 시사에서 모더니즘의 행보는 분열과 인식, 그리고 동일성을 향해 나아가는데, 그 주된 종착점 가운데 하나가 자연이었다. 서구의 경우처럼, 역사적 유토피아가 부재하기에 일상에서 흔히 탐색될 수 있는 자연이 그 주요 매개가 되었던 것이다. 그러나 소월을 이 계보에서 논의한 경우는 없었고, 더구나 그의 시의 주된 특징 가운데 하나인 자연의 의미 역시 주목의 대상이 되지 못했다. 소월의 시에서 '무덤'의 의의가 중요한 시사적 의의를 갖는 것은 이런 이유때문이라 할 것이다.

인식의 완결성을 향해 나아가는 소월에게 있어 왜 '무덤'일까. 어쩌면 앞서 이야기한 무덤의 세 가지 의미를 모두 포괄하는 것이라 해도 무방할 정도로 그의 시세계에서 '무덤'은 주요한 함의를 갖고 있다. 뿐

---

14) 모더니즘은 크게 영미쪽과 프랑스쪽으로 나누어서 그 특징이 다르게 나타나는데, 전자는 구조체 모형, 곧 인식의 완결을 향해 나아가는 경향이 있는가 하면, 후자는 반구조체 모형, 해체지향적인 성향을 갖고 있다. 한국 근대시사에 이 두가지 경향은 거의 동시에 수용되었다. 다다이즘이 먼저 도입되어서 그 약간의 시간차가 있는 것처럼 생각되지만, 수용은 거의 동시적인 시간대에 이루어진 것으로 판단된다. 중요한 것은 그 각각의 경향이 시인들마다 수용된 경우인데, 우리 시사에서는 주로 완결을 향한 사조, 즉 구조체 지향의 모더니즘의 훨씬 많이 수용된 것으로 이해된다. 앞으로 살펴보겠지만 소월의 작품들도 내재적으로는 아방가르드 계통의 해체적 성향보다는 완결성을 지향하는 엘리어트적 성향의 정신사에 보다 경된 것으로 보인다. 그것은 소월 시의 경향들이 민족이나 전통과 같은 구축의 세계, 통일의 세계를 지속적으로 천착해나갔다는 사실과 불가분의 관계에 놓인다고 하겠다.

만 아니라 이 '무덤'이미지의 발견은 모더니스트로서의 그의 행보와
도 밀접한 관련을 갖고 있다는 점에서 주목을 요하는 경우이다. 소월
의 표현대로 '무덤'은 "옛 조상들의 기록을 묻어둔 그곳"인데, 그 기록
들은 우리의 기억 저편에 면면히 흐르고 있는 심연과도 같은 것이다.
이 맥락에 기대게 되면, 그것은 엘리어트가 말한 전통일 수도 있다. 그
가 말한 전통은 개성의 도피를 위한, 그래서 추상성을 벗어나지 못하
는 것이었다. 그러나 소월의 경우, '무덤'은 전통과 달리 무척이나 구
체적이고 감각적이다. 이런 정서적 특질이야말로 소월을 엘리어트의
전통론과 구분시켜주는 지렛대라고 할 수 있다.

　전통이 통합의 사유인 것처럼, '무덤' 역시 그러하다[15]. 그것은 겉과
속이라든가 의식과 무의식, 이성과 비이성을 구분하는 근대적 이분법
의 세계관을 뛰어넘는 곳에 위치한다. 말하자면 '무덤'은 그 갈등을 봉
합하는 자리에 우뚝 서는 공간이었던 셈이다. 그리고 이런 초월의 세
계와 더불어 한 가지 주요한 시사점이 있다. 소월은 '무덤'을 "조상들
의 기록"이라고 한 것인데, 이는 막연한 추성성이 아니라 구체적인 역
사성이며, 시대의 음역이 짙게 배어있다는 점에서 그러하다. 잘 알려
진 대로 소월이 본격적으로 활동하던 1920년대는 전통부활론이 활발
하게 제기된 시기이다[16]. 이는 무단통치의 종언과 그에 따른 문화통치
의 시작으로 말미암은 것이지만, 합방이후 10년이 경과한 시점에서
자연스럽게 떠오른 운동이라고도 할 수 있을 것이다. 상처가 깊으면

---

15) 전통이나 무덤과 같은 '과거'의 형식들은 현재의 사유에서 편안치 않은 영혼에게
　　는 안식처와 같은 곳이다. 쉴즈, 『전통』(김병서 외역), 민음사, 1992, p.270.
16) 가령, 시조부흥운동을 비롯한 민요 등의 복원운동이 바로 그러하다. 이에 대해서
　　는 오세영, 『한국낭만주의 시연구』(일지사, 1983)에 자세히 언급되어 있다.

깊을수록 이를 복구하고자 하는 시도 또한 마찬가지로 강렬해질 수밖에 없는데, 10여 년이라는 문화적 단절이 전통을 수면 위로 떠오르게한 동인이었기 때문이다.

이런 시대적 배경이 있기에 '무덤'은 역사적 맥락과 필연적으로 결합될 수밖에 없는 요소를 갖게 되었다고 할 수 있다. 엘리어트가 말한과거의 역사성으로의 회귀가, 소월에게는 '무덤'이라는 역사성이었던것이다. 이런 함의가 있기에 그것은 자연스럽게 "조상들의 기록"이 될수 있었다.

> 퍼르스렷한 달은, 성황당의
> 데군데군 헐어진 담 모도리에
> 우둑히 걸리웠고, 바위 위의
> 까마귀 한 쌍, 바람에 나래를 펴라.
>
> 엉기한 무덤들은 들먹거리며,
> 눈 녹아 황토(黃土) 드러난 멧기슭의,
> 여기라, 거리 불빛도 떨어져 나와,
> 집 짓고 들었노라, 오오 가슴이여
>
> 세상은 무덤보다도 다시 멀고
> 눈물은 물보다 더 더움이 없어라.
> 오오 가슴이여, 모닥불 피어 오르는
> 내 한세상, 마당가의 가을도 갔어라.
>
> 그러나 나는, 오히려 나는

소리를 들어라, 눈석이물이 씨거리는,

땅 위에 누워서, 밤마다 누워,

담 모도리에 걸린 달을 내가 또 봄으로.

「찬 저녁」 전문

"엉기한 무덤들이 들썩 거리며" 형식을 찾아나선다. 이 힘을 받아
줄 외피를 찾아 시로 탄생하고자 하는 것이다. 서정적 자아는 자신의
음성을 채워줄 무덤들을 만나는 것이 반갑기만 하다. "세상은 무덤보
다도 다시 멀고"라는 말이 그의 심적 상태가 무엇인지 잘 대변해준다.
세상 속에 그의 인식적 판단이 예리하게 파고들어가 분석할 능력을
이미 상실했다. 옛 기록인 무덤만이 현재 분열된 자아를 인도하고 있
을 뿐이다. 무덤과 대항할 담론을 세상에서 찾아내는 것은 불가능한
일이다.

소월은 이렇듯 '무덤'을 통해서 역사와 소통하고, 분열된 자의식을
초월하고자 했다. 그것은 이성의 전능시대에 맞설 수 있는, 어떤 무의
식과 같은 것이었고, 근대의 이분법을 넘고자 했던 통합의 시도와 같
은 것이었다. 뿐만 아니라 한국 근대주의자들이 전혀 시도하지 못했
던 새로운 영역의 발견이기도 했다. 한국의 모더니스트들은 역사에서
그 지향점을 찾지 못하고 자연 속에서만 이를 탐색해왔기 때문이다.
'무덤'은 죽은 자의 무덤이라는 비활성의 공간이 아니라 산자들의 분
열을 치유해줄 활성의 공간으로 거듭 태어나게 된 것이다. 특히나 그
것이 일제 강점기와 맞물리면서, 소월 자신에게 혹은 우리 자신에게
강력한 대항담론으로 떠오르게 된 것이다.

3) 부활로서의 무덤

'무덤'이 갖고 있는 함의를 염두에 두면, '소리만 남은' 소월의 노래를 채우는데 이런 형식은 매우 시의적절한 수단이었다고 할 수 있겠다. 이제 그것이 그의 노래 속에 부활하기만 하면 되는 것이다. 다만 어떻게 부활할 것인가만 남은 형국이 되었다. 이런 도정에 관심을 갖게 되면, 그의 시에서 조상의 기록인 '무덤'이 새로운 생명을 예비하는 준비 단계로 진입하는 것은 자연스러운 일이라 하겠다. 껍데기만 남은 노래에 알찬 내용을 채워야 한다. 이제 준비는 되어 있다. '무덤'이 조상의 힘찬 기운에 기대어 비로소 수면 위로 나오려 하기 때문이다. 죽은 자가 살아나는 길은 죽은 육신이 살아나는 부활의 길 뿐이다. 육신이 다시 살아가는 것은 물리적으로 불가능한 일이지만, 정신적 차원, 곧 혼의 차원은 가능한 일일지도 모른다.

'가고 오지 못한다'는 말을
철없던 내 귀로 들었노라.
萬壽山을 나서서
옛날에 갈라선 그 내 님도
오늘날 뵈올 수 있었으면.

나는 세상 모르고 살았노라,
苦樂에 겨운 입술로는
같은 말도 조금 더 怜悧하게
말하게도 지금은 되었건만.

오히려 세상 모르고 살았으면!

돌아서면 무심타는 말이
그 무슨 뜻인 줄을 알았스랴.
帝釋山 붙는 불은 옛날에 갈라선 그 내 님의
무덤에 풀이라도 태웠으면!

「나는 세상 모르고 살았노라」 전문

이 작품은 죽음에 대한 소월의 사유를 잘 보여주는 시이다. 1연에서 소월은 "가고 오지 못한다는 말을 철없던 내 귀로 들었노라"라고 했다. 이 담론의 지시성은 일단 과학적 차원의 영역에 속한다. 죽은 자가 소생하는 것은 종교라든가 거기서 빚어지는 믿음의 차원이니 "가고 오지 못한다"는 것은 분명 절대 사실에 속하는 영역이라 할 수 있다. 그런데 소월은 그런 사실적 차원에 갇혀있던 자신을 "철없던 내 귀"라고 인식한다. 하지만 그러한 판단이 잘못된 것임을 곧 이해하게 된다. 일견 반성의 차원으로 스스로를 내성의 차원에 끌어들이고 있는 것이다. 왜 이런 의식의 변이가 이루어지는 것일까.

성찰의 정서를 그 한 요인으로 제시할 수 있겠는데, 그것은 서정적 자아 자신의 패배주의와 분리하기 어려운 것이라 할 수 있다. 3·1운동 이후 우리 사회나 문단을 지배한 것은 패배감과 거기서 오는 좌절의식이었다. 그런 아우라가 낳은 것이, 이 시기를 풍미한 여성컴플렉스(female-complex)로 반영된다. 그 컴플렉스를 뒷받침하고 있었던 것이 미래에 대한 전망의 부재였다.[17] 이 작품은 그런 영향으로부터

---

17) 3·1운동의 실패에 따른 전망의 부재가 이 의식과 시 장르를 선택하도록 했다는

자유롭지 못한 경우라 할 수 있다. 그러나 소월은 과학적 사실이나 이런 분위기에 빠져 거기서 헤어나오지 못한 것은 아닌 것처럼 보인다. 시의 제목 "나는 세상 모르고 살았노라"에서처럼, 그는 '세상 모르고' 살지 않았기 때문이다.

이런 반성이 인식의 전환으로 연결되는 것은 자연스러운 일인데, 그 가운데 하나가 '무덤'과 '풀'에 대한 사유이다. 앞서 언급한 대로 '무덤'은 석화된 채, 고정되어 있는 것이다. 그것은 부활을 꿈꾸며, 언제든 밖으로 나갈 기회만을 엿보고 있는 상태에 놓여 있다. 그를 불러낼 부활의 소리에 귀 기울이며, 그 소리가 들려오길 고대하고 있었던 것이다.

이 작품에서 그러한 부활을 매개하는 것이 '풀'과 '불'이다. 전자는 부활의 매개이고 후자는 이 매개를 소생하게 하는 에너지이다. 불은 생명의 에너지이며, 욕망의 상징이다[18]. 죽은 육신에 생명이 붙고 욕망이 덧씌워진다면, 그것은 살아있는 생명체가 된다. 소월이 꿈꾼 부활은 이런 모습이다.

　　잔디,
　　잔디,
　　금잔디,

것인데, 이는 자아의 좌절과 밀접한 관련을 맺고 있는 것이었다. 이 시기의 시 장르 편향현상이라든가 여성화자의 등장은 이 방향성의 부재와 관련을 맺고 있다고 본다. 전망의 부재는 곧 산문 양식이 설 자리를 잃고 만다는 것인데, 이런 사유는 역사의 객관적 필연성을 믿는 변증법적 사유에서 나온 것이라 할 수 있다. 김윤식, 『한국현대시론비판』, 일지사, 1986, p.285.
18) 바슐라르, 『불의 정신분석』(민희식역), 삼성출판사, 1970, p.273.

심심산천에 붙는 불은

가신 님 무덤가에 금잔디.

봄이 왔네, 봄빛이 왔네

버드나무 끝에도 실가지에

봄빛이 왔네, 봄날이 왔네,

심심산천에도 금잔디에

「금잔디」전문

　소월 시의 주제의식과 관련하여 이 시만큼 리듬과 내용이 자연스럽게 결합된 작품도 없을 것이다. 신화적 국면에서 봄은 생명이 탄생하는 시기이다. 그러한 봄의 생명성을 시각적으로 보여주는 것이 아지랑이다. 생명이 탄생하는 봄의 시간에 아지랑이가 피어나고 이에 기대어 잔디가 춤추며 일어난다. 뿐만 아니라 버드나무의 실가지에도 동일한 현상이 나타난다. 그런 다음, 그 외연은 더욱 확장되어 '심심산천', 다시 말해 지상의 모든 지평에까지 확대된다. 마치 생명의 장, 축제의 장이 새롭게 열리는 듯 온 지평이 부산하게 흔들리는 것이다.

　봄이 만들어낸 이런 축제의 장, 자연의 화려한 개화는 그러나 자연 그 자체만의 현상으로 한정되지 않는다. 그것은 인간들 공간에까지 스며들어온다. 그 가운데 하나가 무덤이다. 무덤은 비록 죽은 자의 몫이지만, 그러나 자연이 주는 축제로부터 외면당하지 않는다. 자연이 주는 생명의 봄, 그 불길이 무덤으로 옮겨가기 때문이다. 이 불길로 죽음의 공간이었던 무덤은 생명의 공간으로 새롭게 탄생한다.

　자연의 축제는 생명을 주고 모든 것에 공평하다. 그 앞에서 모든 사물은 수평적 대우를 받게 된다. 그것은 층위가 존재하지 않는 세계이다. 그래서 그것을 두고 봉건적 위계질서를 초월한 근대적 이상 사회라고도 한다. 신분 사회의 위계성이 축제에 의해 와해되었던 까닭이다. 「금잔디」에서 펼쳐지는 봄의 축제는 이처럼 모든 것에 동일한 빛을 주면서 활활 타오른다. 생명과 죽음이라는 이분법의 세계, 근대적 이원주의 세계는 더 이상 존재하지 않는다. 죽음이 곧 생명이고, 생명이 곧 죽음일 수도 있다는 뜻이다. 그것은 뫼비우스의 띠처럼 원점 회귀한다. 따라서 순환론적인 세계를 대변한다. 축제는 봉건의 세계를 무너뜨리고 근대를 열어제끼는 것이었거니와 그 수평적 수유로 말미암아 근대를 뛰어넘는 초극의 세계를 마주하게 된다.

소월에게 무덤은 다층적인 함의를 갖는 것이라 했다. 그의 시에서 그 의미는 이렇듯 여러 갈래로 뻗어나가고 있었는데, 그 가운데 가장 중요한 것은 아마도 그것 속에 내포된 역사적 맥락에서 찾아야 할 것으로 보인다. 소월은 조선을 유랑하는 과정에서, 그리고 유학 체험을 통해서 어쩌면 이 땅의 현실을 죽음, 곧 죽은 육체로 사유했을 가능성이 크다. 죽은 육체란 혼과 육이 분리된 세계이다. 혼이 나간 육신, 그것은 곧 죽은 육체이다.

육신이 살아나기 위해서는 나갔던 혼이 다시 돌아와야 한다. 죽음을 부활시키는 유일한 길은 혼이 다시 육신과 결합하는 일이다. 육신과 영혼이 만나면 비로소 새로운 생명이 탄생하는 것이기 때문이다. 소월은 죽은 육신의 부활은 혼의 부름에 의해서 가능하다고 판단했다. 그것은 『만세전』의 이인화가 보지 못했던, 미래로 나아가는 길, 조국이 새롭게 탄생하는 길로 보았다. 그런 판단이 있었기에 '혼'에 대한 간절한 부름이 있었던 것이 아닐까.

산산이 부서진 이름이여!
허공중에 헤어진 이름이여!
불러도 주인 없는 이름이여!
부르다가 내가 죽을 이름이여!

심중에 남아 있는 말 한마디는
끝끝내 마저하지 못하여구나.
사랑하던 그 사람이여!
사랑하던 그 사람이여!

붉은 해는 서산 마루에 걸리었다.
사슴이의 무리도 슬피 운다.
떨어져나가 앉은 산 위에서
나는 그대의 이름을 부르노라.

설움에 겹도록 부르노라.
설움에 겹도록 부르노라.
부르는 소리는 비껴가지만
하늘과 땅 사이가 너무 넓구나.

선 채로 이 자리에 돌이 되어도
부르다가 내가 죽을 이름이여!
사랑하던 그 사람이여!
사랑하던 그 사람이여!

「초혼」전문

이 작품에서 혼의 퍼스나는 '이름'이다. 하지만 이 '이름'은 자신의 육신을 잃고 유랑하는 존재가 되었다. 그리하여 감각할 수 없는 소리만이 여기저기 떠돌아다닐 뿐이었다. 이름은 부르지만, 그러나 이름 속의 내용은 쉽게 다가오지도 채워지지도 않는다. 이름과 감각하는 실체가 마주할 때, 비로소 새로운 생명은 탄생함에도 불구하고 그 조화로운 만남은 쉽게 이루어지지 않는 것이다. 이는 병이나 죽음에서 혼이 돌아오면 소생한다는 믿음, 곧 초혼사상[19]에 근거를 둔 것이다.

지금 이곳에는 생명이 존재하지 않는다. 병든 자아와 죽은 땅만이 존재한다. 이를 소생시키기 위해서 서정적 자아는 육신으로부터 멀리 떨어져 나간 혼을 육신에 주입시켜야 한다. 그럴 경우에만 무덤이 갈라지고 거기서 새로운 생명은 탄생할 것이다. 그러나 그 과정은 결코 쉬운 일이 아니다. 간절한 부름이 있어야 하고, 그 대상과의 거리를 가능한 더욱 좁혀야 한다. 거리가 가까울수록 듣고 오는 도정이 보다 수월한 것이 아닌가. 그의 행보가 지상적 존재가 갈 수 있는 가장 높은 지대, 곧 산에 오르는 것은 이러한 이유 때문이다. 거기서 그는 목놓아 부른다. 그것도 가장 높은 서정적 톤으로 불러야 한다. 그래야만 떠나간 혼을 붙잡을 수 있을 것이다. 혼이 이름을 타고 다시 육신 속에 들어오는 것, 그것이야말로 소월은 완전한 부활로 이어질 수 있다고 본 것이다.

그러한 부활이 시대적 음역으로부터 자유로운 것은 아닐 것이다. 문학은 사회로부터 결코 고립된 것이 아닐뿐더러, 그것이 식민지 상황이라면 더욱 그러할 것이다. 그것은 서정적 주체가 어떤 사상적 기

---

19) 김윤식, 『근대사상비판』, pp.145-148.

반을 가졌는가에 대해서 군이 의문을 가질 이유도 없다. 소월이라면 더욱 그러했을 것이다. 소월 시의 주요한 소재 가운데 하나인 '무덤'에 역사성을 부여하는 것은 이런 이유 때문일 것이다. 그는 조선을 죽은 육신으로 사유하면서 그것의 부활을 '혼의 부름'으로 이해했던 것이다.

제4장 근대성과 고향 의식

1. 1920년대와 30년대 고향의 의미

우리 시사에서 고향은 매우 특별한 의미로 받아들여져 왔다. 특히 1930년대의 경우에는 더욱 그러했는데, 이는 시간적, 시대적 환경과 무관하지 않았다. 그렇다면, 근대 사회, 특히 일제 강점기에 고향의 의미란 무엇인가. 그리고 고향의 의미가 매우 일반화된 1930년대와 달리 20년대의 그것은 어떤 함의를 갖고 있는 것일까. 이 시기를 대표하는 시인은 소월이다. 소월 시에서도 고향이라는 소재가 등장하는데, 그의 시에서 표출되는 고향의 의미란 1930년대의 시인과 구별하여 어떤 차이를 갖는 것일까.

근대 사회로 접어들면서 고향은 특별한 장소적 의미를 갖는 것으로 이해되어 왔다[1]. 익히 알려진 대로 시공간이 분리되기 이전의 사회라

---

1) 하비는 이를 압축이라는 개념으로 설명하면서, 자본주의적 이윤추구가 전통적인 시간과 공간의 개념을 붕괴시켰다고 보았다. 이는 곧 시간과 공간이 고정된 것이 아니라 유동적이고, 또 분리될 수 있음을 말해주고 있는 것이다. 하지만 고향과 같

할 수 있는, 중세 사회나 봉건 사회에서 고향을 통해 어떤 시대적 문맥을 읽어내는 것은 의미없는 일이었다. 봉건 사회란 시공간이 분리되어 있지 않았을 뿐만 아니라 인간 역시 고향이라는 장소성으로부터 표나게 분리된 존재가 아니었기 때문이다.

그러나 근대 사회가 되면서 고향은 전연 다른 내포를 지닌 채 다가오기 시작한다. 시간과 공간이 분리되고, 고향은 인간과의 합일체가 아니라 서로 분리될 수밖에 없는 필연적 동인을 갖게 되었기 때문이다. 시간은 압축과 팽창을 거듭하면서 인간의 욕망을 대변하는가 하면, 자본주의적 생산양식과 밀접한 관련양상을 갖기도 했다. 시간은 이제 공간으로부터 떨어져 그만의 자율성, 생산성을 갖추게 된 것이다.

시간은 선험적 초월성을 갖는 것이 아니라 압축과 팽창이라는 인간의 욕망이라든가 은행의 이율과 같은 물질적 기반으로부터 자유롭지 못하게 되었다. 압축과 팽창이라는 국면에서 보면 공간 역시 시간과 전혀 다를 바가 없었다. 공간의 효율 정도에 따라 그것의 자본적 가치는 얼마든지 달라질 수 있는 것이었기 때문이다.

중세의 영원성을 이야기할 때, 가장 많이 운위되는 것 가운데 하나가 종교적 차원이다. 과학이 주는 합리주의에 따라 초월적 신비주의는 더 이상 그 임무를 수행할 수가 없었다. 인간의 의식 속에 깊이 자리한 영원의 감각은 소위 인과율의 지배에 따라 인간으로부터 멀어지기 시작한 것이다. 그러나 영원의 의미와 관련하여 이 시기에 이런 종

은 전통적 가치들은 이런 변화의 과정에서 여전히 그 가치를 보존하고 있다고 이해한다. 데이비드 하비, 『포스트모던의 조건』(구동희 옮김), 한울, 1994, p.294.

교 못지않게 중요한 것이 고향에 대한 감각이었다. 인간이라는 존재 자체가 자신이 태어난 공간으로부터 자유롭지 못했을 뿐만 아니라 삶의 터전 역시 여기를 벗어날 수가 없었는데, 고향이 그 임무를 담당하고 있었기 때문이다. 말하자면 탄생과 성장, 그리고 소멸이 모두 하나의 공간 속에서 시작되고 마무리되고 있었던 것이다. 존재와 장소가 만나는 이런 일체화 속에서 존재를 규정하는 장소의 구경을 탐색한다는 것은 전혀 의미없는 일이라 하지 않을 수 없다. 단지 수구초심이라는 동물적 감각만이 의미가 있었을 뿐이었다.

근대는 그러한 고향의 의미를 완벽하게 전복시켰다. 시공간의 분리뿐만 아니라 인간의 존재도 장소로부터 떨어져나왔기 때문이다. 그러한 분리가 가져온 것이 영원의 상실이었다[2]. 그리하여 인간들은 근대의 특징적 요소들인 일시성, 순간성을 숙명처럼 안고 살게 되었고, 그 결과 그들은 자아의 분열이라는 상처를 태생적으로 갖게 되었다. 그러한 과정을 통해서 고향은 중세와 달리 능동적 함의를 갖게 되었다. 존재의 변이를 통해 이제 새로운 시대적 음역을 갖게 된 것이다.

고향에 대한 이런 의미의 변화는 우리 근대시사에서도 그대로 유효하다. 일제 강점기에 시인들이 가졌던 고향에 대한 감각은 몇 가지로 분류될 수 있는데, 우선 고향에 대한 막연한 향수가 그 하나이다.[3] 이는 식민지 유학생들이 한번쯤 가질 수 있는 감수성이라는 점에서 근

---

2) 이런 분리는 안주할 공간에 대한 신뢰의 상실과 그에 따른 공포 의식을 불러일으켰다. 전통과 근대는 이렇게 대조된다는 것인데, 기든스는 이 둘 사이의 관계를 안전과 위협, 혹은 신뢰와 위협의 대립관계로 파악했다. 기든스, 『포스트모더니티』(이윤희외 역), 민영사, 1991, p.22.
3) 한계전, 「1930년대 시에 나타난 고향이미지 연구」, 『한국문화』16, 서울대 한국문화연구소, 1995,12, p.75.

원적인 정서에 속하는 것이라 할 수 있을 것이다. 둘째는 국권 상실에 따른 고향감각이다. 식민지란 뿌리의 흔들림이고, 이는 자신이 선험적으로 귀속된 공간의 상실과 분리하기 어렵게 얽혀 있는 감수성이라 할 수 있다. 세 번째는 앞의 두 요소와 결부된 형이상학적인 의미에서의 고향 감각이다. 이 감각은 사조로서의 모더니즘과 분리하기 어려운 것으로, 분열된 자아가 인식의 통일을 위해 나아가는 도정과 밀접한 관련이 있다고 하겠다. 하지만 고향에 대한 정서가 각각의 특성으로 고립되어 나타난다기보다는 여러 요소들이 복합되어 형성된 것이라고 하는 것이 옳다고 하겠다.

이 시기의 고향 상실감은 정지용이라든가 오장환의 고향감각에서 찾아볼 수 있는데, 이들이 활동한 시기는 주로 1930년대이다. 이런 사실을 염두에 둔다면, 소월의 경우는 이들 사례와 썩 구분되는 경우라 할 수 있다. 소월이 시인으로 활동하던 시기는 무엇보다 이들보다는 10여년 앞선 경우이기 때문이다. 물론 소월은 죽기 직전까지 작품 활동을 했기에 그를 1930년대의 시인으로 이해할 수도 있을 것이다. 하지만 그가 시인으로서 꽃을 피운 것은 『진달래꽃』이 출간된 1920년대 중반이다[4]. 따라서 그는 시기적으로 가장 앞선 근대 시인 가운데 하나이거니와 그의 고향감각이 주목되는 것은 이런 시간적 편차 때문일 것이다. 소월의 고향 감각은 1930년대 시인들이 펼쳐보였던 감각과 동일한 듯하면서도 다른 감각을 보이고 있다. 이런 차질이야말로 고향을 소재로 한 소월시의 의의가 아닐까 한다.

---

4) 『진달래꽃』이 매문사에서 나온 것이 1925년이다.

2. 동일성의 상실에 따른 자아와 고향의 관계

근대 사회는 인식 주체로 하여금 동일성의 감각을 상실케 했다. 그런 분열은 의식과 무의식의 대결을 심화시켰고, 장소라는 공간의 동일성이 더 이상 유효하지 않은 것임을 일깨워주었다. 모든 것은 일원론적인 세계가 아니라 이원론적인 세계 속에서만 그 유효한 근거를 찾을 수 있었다. 이런 사고의 전파로 동일성에 대한 사유는 이제 그리움의 대상으로 남게 되었다. 얼마 전까지만 해도 자연스럽게 인간의 사유를 지배하던 동일성의 감각들은 작별한 연인처럼 떠나버린 것이다.

근대의 인간형들은 이제 스스로 조율해나가는 과정으로서의 주체만이 남게 되었다. 인간 자신에게 절대 자율성이 주어졌으니 그들은 마치 스스로 전능한 주체가 된 듯 착각하게 되었다. 그러나 현실은 전혀 그렇지가 못했는바, 인간을 신의 위치에 올려놓은 낭만적 사고가 낭만적 아이러니를 배태한 것처럼, 근대의 자율성들은 근대적 아이러니라는 새로운 패러다임을 만들어냈기 때문이다. 이 아이러니가 만들어낸 것이 바로 동일성에 대한 꿈, 곧 유토피아에 대한 그리움이었다.

낙원에 대한 향수는 분열된 자의식 없이는 형성되지 않는다. 물론 인류가 에덴의 동산을 상실한 이후, 유토피아 의식을 가질 수밖에 없는 것이 하나의 숙명처럼 되어있지만, 근대의 이분법적인 사고는 그러한 꿈에 대한 열망을 더욱 가열차게 만들었다. 그것이 곧 에덴으로의 회귀의식 혹은 의지의 표현이었다. 하지만 서구인들이 가상하는 에덴이라는 것이 동양적 사고에서는 무척이나 낯선 경우였다. 그것은 오리엔탈리즘적 세계와는 무관한 그들만의 것으로 한정된 것이었고, 역사 또한 그러했다. 소위 동양적 유토피아라는 것이 쉽게 감각될 수 없었던 것이 오리엔탈리즘의 한계였던 것이다. 동양적 모더니스트의 행방이 무척이나 모호하게 그리고 힘든 도정에 놓여 있었던 것은 이런 현실과 무관한 것이 아니었다.

그런 상황이 시인들로 하여금 관심을 갖게 한 영역이 일상에서의 근원 찾기였다. 여기서 일상이란 쉽게 탐색될 수 있고, 감각할 수 있는 의미로서의 그것이다. 그것은 막연한 형이상학이 아니고 '지금 여기'에서 탐색되고 감각할 수 있는 것들이다. 그리하여 제일 먼저 찾아지고 받아들여진 것이 자연이다. 실상 1930년대 한국 모더니스트들이 우선 주목하게 된 것이 바로 이 자연이라는 일상이었다. 그것은 저 멀리 떨어진 채 공간적 거리감을 형성하고 있었던 것도 아니고, 먼 과거의 역사로 남아 있는 것이 아니었다. 지금 바로 눈 앞에서 펼쳐지는 것이 이 자연이라는 일상이었던 것이다. 이들이 자연에 주목하게 된 것은 다른 이유가 있어서 그런 것이 아니다. 자연은 질서라든가 이법과 절대 형이상을 대변해주는, 가장 쉽게 감각할 수 있는 대상이었기 때문이다.

근대는 일시성이라든가 순간성, 그리고 우연이 지배하는 사회이다. 그런 즉효적인 감각이 인간의 의식에 스며들어오고, 거기에 따라 형성된 정서가 영원의 상실, 곧 분열의 자의식이었다. 분열이란 이런 정서만 뛰어넘으면 곧바로 해결될 수 있는 성질의 것으로 이해되었던 것이다. 그 갈등의 현장에서 자연은 이를 해소시켜줄 좋은 대안으로 부상했다. 자연은 시간의 영원성 뿐만 아니라 공간의 영원성으로도 구현될 수 있는 성질의 것이었다. 따라서 그것에 기투하게 되면, 일시성은 영원성으로, 파편성은 동일성으로 승화시킬 수 있었다. 자연의 근대적 가치는 이런 형이상학적 사유에 있었던 까닭이다.

그런 자연과 더불어 파편적 사유를 초월해줄 대안으로 제시된 것이 고향이다[5]. 영원성의 한 모델로서 고향이 제시된 것인데, 실상 우리 시사에서 고향이 일시성의 대항담론으로 제시된 사례는 그렇게 많지 않다. 정지용과 오장환의 경우에서 그 사례를 찾아볼 수 있는데, 그럼에도 이들이 매개하는 고향의 정서는 전연 다른 것이었다. 잘 알려진 대로 오장환의 경우, 고향이 긍정적인 것으로 제시된 반면, 정지용의 경우는 부정적인 것으로 수용되었기 때문이다.

물론, 오장환이 고향의 정서를 애초부터 긍정적으로 수용한 것은 아니었다. 그는 처음에 고향을 비롯한 전통적인 것들에 대해 부정적인 감수성을 표출시켜왔다. 그가 고향에 대해 부정적 정서로 기울게 된 것은 자신의 출생배경과 분리하기 어려운 사정이 놓여 있었다. 잘 알려진 대로 오장환은 서자 출신이었는데, 서자란 하나의 인격체임에도 불구하고 그런 고유성을 대접받기 어려운 시대적 요건을 갖고 있었다. 그런 상처받은 자의식이 자신뿐만 아니라 자신의 뿌리인 고향 전체를 부정하기에 이른 것이다. 하지만 그는 고향의 긍정적 가치를 발견하고 다시 이곳으로 회귀하게 된다. 마치 성서에 나오는 탕자의 고향발견처럼, 그는 건강하고 새로운 의미의 고향을 발견하게 된 것이다[6]. 고향에 대한 그런 건강한 자의식이 그로 하여금 새로운 인식주체로 거듭 태어나게 하는 요인으로 작용하게 된다. 그의 파편화된 감수성은 이제 건강한 주체, 동일화된 주체로 존재의 변이를 하게 된 것

---

5) 자연과 더불어 고향과 같은 추억의 요소들, 과거적 요소들은 욕망을 차단하는 역할을 한다. 다시 말해 추억 등은 욕망의 찌거기를 추슬러 내 던지는데, 욕망으로 향하는 모든 끈들을 끊어버리는 것이다. 들뢰즈외, 『소수 집단의 문학을 위하여』(조한경외 역), 문학과 지성사, 1992, p.13.
6) 송기한, 「전향의 방법과 그 한계」, 『문학비평의 욕망과 절제』, 새미, 1998, p.323.

이다.

　　가도 가도 붉은 산이다.
　　가도 가도 고향 뿐이다.
　　이따금 솔나무 숲이 있으니
　　그것은
　　내 나이같이 어리고나,
　　가도 가도 붉은 산이다.
　　가도 가도 고향 뿐이다.

오장환, 「붉은 산」 전문

　전통의 부정과 새로운 세계의 탐색을 위해 오장환은 부지런히 사유
의 편린을 시도해왔다. 자신과 그를 둘러싼 현상 세계에 대한 부정이
그를 과정으로서의 주체, 도전으로서의 주체로 만든 것이다. 하지만
그를 기다리고 있는 것은 좌절의 연속이었다. 그러한 도정에서 그가
다시 발견한 것은 부정적인 의미의 고향이 아니라 긍정적인 의미로서
의 고향이었다. 「붉은 산」은 그러한 인식전환을 잘 보여주는 시이다.
그에게 고향은 뫼비우스의 띠와 같은, 원점 회귀 단위였던 것이다.
　반면, 정지용의 고향의식은 오장환의 경우와는 전연 다른 양상을
보인다. 그에게 고향이란 애초부터 동일성있는 감각으로 수용되지 않
았기 때문이다. 식민지 유학생이 갖는 향수 정도는 있었을지언정 파
편화된 감수성을 일체화시키기 위한 매개로서의 고향은 존재하지 않
았다. 그것이 작품 「향수」 속에 그려진, 피폐한 고향의 모습이었던 것
이다.

고향에 고향에 돌아와도
그리던 고향은 아니러뇨.

산꽁이 알을 품고
뻐꾸기 제철에 울건만,

마음은 제고향 진히지 않고
머언 港口로 떠도는 구름.

오늘도 메 끝에 홀로 오르니
힌점 꽃이 인정스레 웃고,

어린 시절에 불던 풀피리 소리 아니나고
메마른 입술에 쓰디 쓰다.

고향에 고향에 돌아와도
그리던 하늘만이 높푸르구나.

정지용, 「고향」 전문

인용시는 정지용이 그의 대표작 「향수」를 쓴 이후에 쓴 작품이다.
1931년에 발표되었으니 그 편차가 약 5년의 시간적 거리를 갖고 있는
작품인 셈이다. 「향수」에서 시작된 자아와 세계의 분리가 여기에 이르
러서는 더욱 심화되어 나타나고 있다. 이를 대표하는 구절이 "메마른
입술에 쓰디 쓰다"라는 표현이다. 고향과 서정적 자아가 더 이상 조화
로운 관계에 놓일 수 없음을 보여주는 부분이라 하겠다. 이렇듯 정지

용에게 있어서 고향의 감각은 동화의 정서가 아니라 일탈의 정서로 다가오고 있었다.

근대성의 한 양상에서 고향의 정서가 시의 소재로 인유된 경우가 있는가 하면, 식민지 모순에 의해서도 고향은 정서는 많이 인유되었다. 그 가운데 대표적인 시인이 이용악과 박세영의 경우이다. 시인치고 현실과 문학의 응전관계에 관심을 갖지 않는 시인은 없을 것이다. 이들 시인은 그 연장선에서 논의할 수 있는 경우이다. 잘 알려진대로 일제 강점기 탈향의 감각을 수용케한 가장 직접적인 계기는 유이민의 발생이다. 이들은 주로 삶의 토대를 잃고, 자신의 고향을 떠날 수밖에 없는 존재들이었다. 그렇기에 이들을 묘사한 시들에서는 그러한 삶의 근간이 훼손되어 가는 과정이 무척이나 섬세하게 나타나 있다[7].

그러나 소월의 고향 감각은 이들 시인과는 다르다고 할 수 있다. 우선 시간적으로 이들보다 무척 앞선 시기에 놓여있다. 소월의 활동 시기는 정지용과 일부 겹쳐지기도 하겠지만, 작품이 발표된 연대라든가[8] 소월이 생존해있던 시기까지 감안하면, 정지용이 활동한 시기보다 훨씬 앞서 있다고 할 수 있다. 물론 등단 시기를 생각하면 이런 확증은 더욱 굳어진다. 따라서 고향을 소재로 한 시와, 이에 대한 감각은 소월이 가장 먼저라 할 수 있다. 시기적으로 맨 앞에 놓인다는 것은 우리 근대시사에서 고향에 대한 감각을 가장 먼저 시로 풀어낸 시인이 소

---

7) 유이민의 삶과 이를 표명한 시들에 대해서는 윤영천,『한국의 유민시』, 실천문학사, 1987.에서 확인할 수 있다.

8) 실향의식을 담고 있는「夜의 雨滴」이 1920년에 발표되었다. 다시 말해 소월의 고향에 대한 감각은 등단 초기부터 있었다고 할 수 있다. 반면 정지용의「향수」가 발표된 것은 1926년이다. 이 두 시인들 사이의 편차는 등단 시기만큼이나 크게 가로 놓여 있었던 것이다.

월이라는 뜻도 된다. 그러면, 이런 사시적 의의를 갖는 소월의 고향감
각이란 무엇일까. 이에 대한 답이야말로 소월 시에 있어서 고향이 갖
는 내포적 의미가 될 것이다.

1) 거리화된 고향, 유폐된 자아

소월의 고향 감각은 근대성의 제반 양상으로부터 자유로운 것이 아
니다. 물론 고향에 대한 이런 특징적 요소들은 이후 이 소재를 갖고 노
래했던 시인들의 시도동기와 크게 다른 것은 아니었다. 특히 이런 양상
은 정지용의 고향의식과 대비될 수 있을 것이다. 소월의 고향의식이 정
지용의 경우처럼 유학 경험에서 얻어진 것이라는 점에서 그러하다.

일제 강점기에 우리 시인들이 경험한 근대는 주로 일본 쪽에서 얻
어진 것들이다. 이런 방향 전이는 소재적 측면에서 볼 경우, 우리 시사
에서 매우 큰 변화라고 할 수 있다. 적어도 개항 이전까지 우리의 시들
은 주로 대륙 쪽을 응시하고 있었다. 그곳에서 불어오는 바람이 변화
의 물결을 이끌었고, 또 그러한 변화를 쫓아서 소위 모던한 것들이 만
들어졌기 때문이다(주-그 대표적인 것이 실학이다). 그러나 개항은
이런 패러다임을 완전히 바꿔놓게 된다. 이제는 대륙이 아니라 바다
에서 불어오는 바람이었다. 그러한 변화를 가장 먼저 인지하고 이를
문학 속에 편입시킨 것이 육당 최남선이었다.[9]

---

9) 육당은 1908년 종합잡지 『소년』을 창간하면서 이 창간호의 주제를 '바다'로 했다.
   이 주제를 집중 탐색한 것인데, 바다는 그만큼 중요한 시대적 의제가 되었던 것이
   다. 최초의 신체시로 알려진 「해에게서 소년에게」도 그 연장선에서 창작, 게재된 것
   이다.

처…ㄹ썩, 처…ㄹ썩, 척, 쏴…아.

때린다 부순다 무너 버린다.

태산 같은 높은 뫼, 집채 같은 바윗돌이나,

요것이 무어야, 요게 무어야,

나의 큰 힘 아느냐 모르느냐, 호통까지 하면서,

때린다, 부순다, 무너 버린다.

처…ㄹ썩, 처…ㄹ썩, 척, 튜르릉, 콱.

처…ㄹ썩, 처…ㄹ썩, 척, 쏴…아.

내게는 아무 것 두려움 없어,

육상에서, 아무런 힘과 권을 부리던 자라도,

내 앞에 와서는 꼼짝 못하고,

아무리 큰 물건도 내게는 행세하지 못하네.

내게는 내게는 나의 앞에는.

처…ㄹ썩, 처…ㄹ썩, 척, 튜르릉, 콱.

「해에게서 소년에게」 부분

  이 작품의 의의는 무엇보다 '바다'의 중요성이 부각되었다는 점에 있을 것이다. 그것은 단지 소재적인 차원에서 그치는 것이 아니라는 사실이다. 우리를 에워싼 주요 요소가 대륙이 아니라 이제 바다라는 사실을 처음 강조했다는 데 이 작품의 의의가 있을 것이다.

  바다는 패러다임을 바꾸는 새로운 주체로 자리잡게 된다. 바다를 발견하고 그 건너 편에 놓인 제국주의 일본이 대륙을 대신하여 이제 근대의 통로로 새롭게 자리하게 된 것이다. 근대는 수용되어야 하고, 그러기 위해서는 수용주체가 그 본질에 육박해 들어가야 했다. 그런데 여기서 심각한 정서적 문제, 형용모순의 아이러니가 야기된다. 받아들여야할 근대가 곧 식민지 근대였기 때문이다. 이런 모순, 아이러니야말로 이 시기의 비애였다. 현해탄 콤플렉스가 생긴 것도 이와 무관하지 않다[10]. 이런 억압적 정서가 근대에 대한 낭패감을 얻게 만들었고, 그 대항담론이 무엇인지 계속 모색하게 한 계기가 되었다. 그 담론 가운데 하나가 센티멘털한 노스탤지어였다. 그러나 이런 감수성의 근저에 깔려있는 것이 퇴행의식이다. 이는 과거로 되돌아가는 서정적 자아의 패배의식과 동궤에 놓이는 것이었다.

　이런 의식이 낳은 것이, 퇴행적 정서로 점철된 정지용의 「향수」의 세계이다. 따라서 그의 고향의식이 어떤 긍정적 가치를 내포하거나 생산적인 것과 연결되지 않는 것은 자연스러운 일이었을 것이다. 그러나 정지용보다 앞서 이 의식에 경도되었던 소월 역시 이로부터 자유로운 것이 아니었다. 그의 의식 또한 정지용의 그것과 하나도 다를 것이 없었기 때문이다. 이를 대표하는 시 가운데 하나가 「삭주구성」이다.

　　물로 사흘, 배 사흘
　　먼 삼천 리
　　더더구나 걸어 넘는 먼 삼천 리
　　삭주구성은 산을 넘은 육천 리요.

　　물 맞아 함빡이 젖은 제비도
　　가다가 비에 걸려 오노랍니다

---

10) 김윤식, 『한국근대문예비평사』, 일지사, 1973, pp. 558-559.

저녁에는 높은 산

밤에 높은 산

삭주구성은 산 넘어

먼 육천 리

가끔가끔 꿈에는 사오천 리

가다오다 돌아오는 길이겠지요.

서로 떠난 몸이길래 몸이 그리워

님을 둔 곳이길래 곳이 그리워

못 보았소 새들도 집이 그리워

남북으로 오며가며 아니합디까

들 끝에 날아가는 나는 구름은

반쯤은 어디 바로 가 있을 텐고

삭주구성은 산 넘어

먼 육천 리.

「삭주구성」 전문

　　이 작품이 발표된 것이 1923년이다. 이 해는 소월이 배재고보를 졸업하고, 일본 동경에 유학하던 때이다. 이 작품이 일본에서 발표된 것이라는 증거[11] 역시 작품 속에서 찾을 수 있는데, 1,3,5연 등에 나오는

---

11) 북의 비평가 엄호석은 이 거리를 계산하여 「삭주구성」이 소월이 동경에서 유학하고 있을 때 창작한 것이라고 추정했다. 엄호석, 『김소월론』, 조선작가동맹출판사,

"삭주 구성은 산 너머/먼 육천리"라는 구절이다. 10리가 보통 4km로 계산되니 육천리면 2400km가 된다. 이런 거리는 조선반도에서는 찾을 수가 없다. 따라서 소월이 말한 육천리는 일본에서 측량된 거리라 할 수 있고 시를 쓴 공간 역시 이곳일 수밖에 없다는 가설이 나온다.

소월의 고향은 정확히 정주이지만, 이곳 근처에 삭주와 구성이 인접해 있고, 또 처갓집이 구성에 있었던 까닭에, 이 범주 전체를 소월의 고향이라고 해도 무방할 것이다[12]. 근대 사회로 편입된 인간이 그러한 것처럼, 소월 역시 고향이라는 근원적 공간으로부터 완벽히 분리된 주체임을 알 수가 있다. 그는 "삭주 구성은 산 너머/먼 육천리"라는 구절을 반복함으로서 그곳으로부터 완전히 분리되어 있다는 것을 거듭 말하고 있기 때문이다. 뿐만 아니라 이런 계속된 표현은 고향이라는 장소로 다시 편입되는 것이 쉽지 않은 일임을 에둘러 말한 것처럼 이해된다.

근대인이 자신의 모성적 공간을 상실할 때, 흔히 체험할 수 있는 정서들이 이 작품에서도 고스란히 재현되고 있는데, 이를 대변하는 것이 '육천리'라는, 쉽게 합일될 수 없는 거리감이다. 물론 이런 격절감은 자신이 있는 곳과 그의 고향 사이에 놓인 간극만을 이야기 하는 것은 아닐 것이다. 다가갈 거리가 물리적으로 멀다는 것은 그 회귀의 가능성이 더욱 희박하다는 것과도 같다. 그런 불가능성이 주는 효과가 공포의 정서임은 당연할 것이다. 뿐만 아니라 그러한 거리감은 '물'과 '산'이라는 매개가 가로놓여 있기에 더욱 극대화되기도 한다. 하나의

1958, p.222.
12) 계희영, 앞의 책, p.263. 여기에서 소월의 숙모 계희영은 "소월이 구성 처갓집에서 셋째를 낳았다"고 했는데, 이를 미뤄보면, 구성은 소월의 처갓집임을 알게 된다.

장벽이 아니라 둘 이상의 장벽을 초월해야 갈 수 있다는 사실이야말로 여기에 접근하려는 자아로 하여금 좌절의 정서를 일깨우기에 충분한 것이었다고 하겠다.

근대적 주체가 자율적 사고와 행위를 잃어버릴 때만큼 좌절스럽고 혼란스러울 때는 없을 것이다. 더구나 나아갈 출구가 막혀있을 경우 이런 낭패감은 더욱 시적 자아의 정서를 억누를 것이다. 그런 분리감이 곧 공포의식이거니와 그의 의식은 자연을 둘러싼 정서에서도 그대로 재현된다. 이를 대표하는 작품이 「삼수갑산」이다.

> 三水甲山 내 왜 왔노 삼수갑산이 어디뇨
> 오고나니 奇險타 아하 물도 많고 山疊疊이라 아하하
>
> 내 고향을 도로 가자 내 고향을 내 못 가네
> 삼수갑산 멀드라 아하 蜀道之難이 예로구나 아하하
>
> 삼수갑산이 어디뇨 내가 오고 내 못 가네
> 不歸로다 내 고향 아하 새가 되면 떠가리라 아하하
>
> 님 계신 곳 내 고향을 내 못 가네 내 못 가네
> 오다 가다 야속타 아하 삼수갑산이 날 가두었네 아하하
>
> 내 고향을 가고지고 오호 삼수갑산 날 가두었네
> 불귀로다 내 몸이야 아하 삼수갑산 못 벗어난다 아하하
>   「삼수갑산」 전문

차안서선생삼수갑산운(次岸曙先生三水甲山韻)이라는 부제가 붙은 이 시는 소월의 작품세계에서 특별한 주목을 받지 못했다. 그의 스승 안서 김억과의 관련 양상 정도가 말해졌을 뿐이다. 실상 이 작품을 이렇게 한정할 경우, 여기서 어떤 의미있는 요인들을 끌어내는 것도 쉽지 않은 일이다.

그러나 이 작품을 소월 시의 주요 소재 가운데 하나인 고향과 관련시킬 경우, 전혀 낯선 지대로 다가오게 된다. 익히 알려진 대로 삼수갑산은 조선반도 북부 지역의 고유한 지명이다. 지명이 주는 친근성에 기대어보면, 이 작품은 영변이라든가 약산 등의 지명을 사용한, 「진달래꽃」 못지않은 친밀감을 주기도 한다. 하지만 삼수갑산은 이런 음역과 달리 무척이나 외지고 고립된 곳으로 알려져 있다. 소월이 이곳을 시의 소재로 가져온 것도 이와 밀접한 관련이 있어 보인다.

넓은 의미에서 보면, 삼수갑산은 지역의 고유성을 넘어서 자연의 일부로 의미화될 수 있는 공간이다. 이런 소재는 소월이 자연을 대상으로 한 작품들의 연장선에 놓여 있는 것이라 할 수 있다. 자연의 사사적 의미가 어떤 질서라든가 이법과 분리하기 어려운 것이라 할 때, 소월의 작품 세계에서도 이런 아우라는 예외적인 것이 아니다. 하지만 「산유화」에서 보듯 소월과 자연의 관계는 동화적인 관계, 혹은 조화로운 관계가 아니었다. 다른 말로 하면 동일성이 확보되는 매개로서 자연이 의미화되고 있지 않은 것이다. 이런 면들은 「삼수갑산」에서도 예외가 아니다. 작품의 내용을 그대로 따라가 보면, 서정적 자아는 어떤 계기에 의해서 삼수갑산에 들어오게 되었다. 그런데 막상 들어오고 나니 이 공간은 기험(崎險)하기도 하고 물도 많고 산이 첩첩히 가로막고 있는 갇힌 곳임을 알게 된다. 삼수갑산이 풍기는 이런 모습들은 일상적으로 알려진 것과 동일하게 비춰진다. 서정적 자아는 이곳에 동화되거나 머무를 수 없음을 알고, 자신의 고향으로 나오고자 한다. 하지만 기험하고 물많은 첩첩산중인 이곳의 지대가 자아로 하여금 고향으로 가는 길을 막아서고 있다. 그리하여 "삼수갑산이 날 가두었네", "不歸로다 내 몸이야 아하 삼수갑산 못 벗어난다"고 하면서 다시 이곳에 주저앉고 마는 것이다.

> 아—그립구나 내 고향,
> 익은 들이 물결치는 가을,
> 누르런 들과 새파란 하늘을 볼 땐
> 생각키느니 내 고향.
>
> 산골짜기엔 약수(藥水),
> 마을 앞엔 푸른 강,
> 강에 배 띄우고 고기 잡던 옛시절
> 내 고향은 이리도 아름다워라.
>
> 산 없는 이곳에서,
> 물 흐린 이 땅에서
> 흘러 다니는 나그네 몸이 외롭구나,
> 지금은 추석달, 끝없는 지평선에서 떠오르는 저 달,
> 북만(北滿)의 들개 짖는 소리에 마음만 소란쿠나.
>
> 고향의 하늘을 날으는 새, 땅에 기는 짐승들도,
> 지금은 따스한 제 집에서 단꿈을 꾸련만,

팔려 간 노예와 같이
풍겨난 새와 같이 이 몸은 서럽구나.

고추를 널어 새빨간 지붕,
파란 박은 실화(實貨)같이 넝쿨에 달리고
방아 소리 쿵쿵 울릴 때,
이 가을, 이 추석을 맞는 이
아―고향에 몇이나 되노,

가라는 이 없건만 아니 나오면 왜 못살며
들은 익어 누르른데 배를 곯리지 않으면 왜 못살더란 말인가?
사랑하는 연인과 결별하듯이
내 고향 떠난 지도 이미 십년.

그야 이 내 몸뿐이랴,
마을의 처녀들도 눈물지고 떠나들 갔으며,
마을의 장정들도 고향을 원망하고 달아났다.
그리운 고향은 야속도 하구나.

수수이삭에 걸린 추석달,
잠든 호숫가에 거니는 기러기,
지금은 그 멀리 들릴거라 다듬이 소리,
아―그립고나 이 내 고향!

　　　　　　　　　　박세영, 「향수」 전문

1930년대 시인들에게 고향이란 시대적 상황과 밀접하게 결부되어 있었다. 인용시에 묘사된 고향의 모습 또한 이와 밀접한 상관관계를 맺고 있다. 이 작품은 탈향이나 이향에 따른 고향의 정서가 매우 회고적으로 드러나 있는데, 그 배경이 되고 있는 것은 일제 강점기와 무관하지 않다. 특히 타율적 힘에 의해서 떠날 수밖에 없는 유랑의 정서가 이 시를 지배하고 있는 점이 의미심장한 경우이다. 소월의 탈향의식이 보다 관념화되어 있고, 또 경우에 따라서는 무정물로 치환되고 있는 점에 비하면 박세영의 고향의식은 매우 섬세하고 구체적이라고 할 수 있다[13]. 이는 현실의 모순 관계를 보다 직접적으로 체감하고 있는 자아의 적극적인 항변이라는 점에서 그 의미가 있는 경우이다.

「향수」에서의 자아와 공간, 곧 고향은 단절되어 있다. 유랑이라는 정서, 타율이라는 물리적 힘에 의해서 거리화되어 있는 것처럼, 소월의 시에서도 서정적 자아에게 고향으로 가는 길은 단절되어 있다. 파편화된 자아, 분열된 자아로 하여금 동일성을 확보케 해주는 길, 인도의 길이 아니다. 그 길은 닫혀있다. 곧 삼수갑산이라는 장벽이 막아서고 있는 것이다. 이렇게 고립된 자아의 모습은 「삭주구성」의 자아와 동일한 경우이다. 장소와 자아가 일체화되어 있었던 중세의 공간들이 분리되어 자아가 분열되는 것이 근대의 현실이다. 그런 면들은 소월에게도 똑같이 나타난다. 고향이라는 장소성의 상실과 그에 따른 영원의 상실을 소월 자신도 피해갈 수 없었기 때문이다. 근대를 향한 열

---

13) 이런 면들은 현실주의 지향적 성향을 갖는 카프시의 특성과 어느 정도 관계가 있는 것처럼 보인다. 카프 시인들에 고향은 과거의 퇴영적 사고의 공간이 아니라 지금 여기의 현실을 개척하고 그 모순을 추동할 수 있는 현실적인 공간으로 다가오기 때문이다.

정은 더 이상 전진하지 않고 좌절이라는 밀폐된 공간으로 빨려들어갔던 것이다.

2) 유랑하는 자아

근대적 주체는 영원이라는 공간에 안주해있는 것이 아니다. 이런 주체의 성격을 두고 자율성의 국면, 곧 스스로 조율하는 측면으로 이해하는 것은 지극히 당연한 것이라 할 수 있다. 근대는 영원이라는 감수성을 주체로부터 빼앗아갔다. 그 결과 주체에게 주어진 것, 영원성을 대신하여 부여된 것이 자율성이었다. 그런데 이런 자율적 동인들이 주체에게 성공적인 것으로 다가왔다면, 근대 사회에서의 주체논쟁은 더 이상 의미없는 일이 되었을 것이다. 하지만 영원을 잃고 스스로 조율해나가는 주체의 임무는 예전에 비해 버거울 수밖에 없었다. 주체에게 넘쳐나는 그런 과잉의 무게가 인식의 분열이나 파편화된 사고를 가져다 준 것이다.

그런 일탈의 결과들이 근대 시인들의 작품 속에서 파편화된 주체의 모습으로 구현되었던 것인데, 이런 거리 내지 분열이 자아와 세계의 분열이라는 서정시의 요건을 만든 것인지도 모르겠다. 어떻든 서정적 자의식의 분열은 절대 공간의 상실과 분리하기 어렵게 얽혀 있었는데, 그러한 감각 가운데 하나가 이른바 뿌리의식의 상실이었다. 이른바 근원 사상이었던 것인데, 근대적 주체에게 근원에 대한 일체된 감수성을 확보하기란 평행선을 걷는 것만큼이나 그 합일을 기대하기가 어려운 것이었다. 근대시에서 고향이나 자연이 주는 함의가 중요한 매개로 작용했던 것은 이런 저간의 사정이 있었기에 그러했다.

이런 행보는 실상 소월에게도 예외적인 것이 아니었다. 소월의 근원의식이랄까 뿌리의식은 늘상 일탈이 전제된 것이었다. 이런 현상을 두고 전망의 상실이나 식민지 현실에서 그 원인을 찾을 수도 있을 것이다. 물론 이런 진단들이 전연 잘못된 것이 아니다. 하지만 그것이 그의 자의식을 전부 드러낸 것이라고는 할 수 없을 것이다. 근대라는 형이상학이야말로 이 시대를 살아가는 주체들에게 피할 수 없는 숙명이라는 점에서 그러하다. 식민지 주체들에게는 이런 본원적 불운에다가 시대적 운명이 덧붙여진 것, 곧 이중의 층들에서 만들어진 복합적인 것으로 다가왔다.

어떻든 근원을 향한 소월의 자의식은 닫혀 있었다. 그 폐쇄된 공간은 그의 의지만으론 감당할 수 없는 것이었지만, 그는 그런 숙명으로부터 탈출하고자 했다. 그러나 그 출구는 쉽게 보이지 않았다. 「삼수갑수」의 자아는 이런 모습을 잘 보여준 시이다. 갇힌 상황을 이해하고 거기서 탈출하고자 했지만, 자아는 좌절했기 때문이다. 그런 자아의 모습이 "아하하"라는 자조 섞인 웃음에서 잘 드러나고 있는 것이 아니겠는가. 이런 좌절과 자조 섞인 웃음 속에서 자아가 할 수 있는 일이란 거의 없어 보인다. 그는 근대적 주체들이 그런 것처럼, 스스로를 조율해나갈 숙명을 짊어지고 있었다. 그러나 그는 조율하는 에너지조차 상실한 상태이다. 고향으로 가는 길은 너무나 멀고 험난했기 때문이다. 그런 난맥상이 자아로 하여금 더 이상 앞으로 나아갈 추동력을 잃게 만들어버린다. 그의 시에 드러나는 유랑의식이 생겨난 것은 이와 밀접한 관련이 있다.

어제도 하룻밤

나그네 집에
가마귀 가왁가왁 울며 새였소.

오늘은
또 몇 십 리
어디로 갈까.

산으로 올라갈까
들로 갈까
오라는 곳이 없어 나는 못 가오.

말 마소, 내 집도
定州 郭山
차 가고 배 가는 곳이라오.

여보소, 공중에
저 기러기
공중에 길 있어서 잘 가는가?

여보소, 공중에
저 기러기
열십자 복판에 내가 섰소.

갈래갈래 갈린 길
길이라도

내게 바이 갈 길은 하나 없소.
「길」 전문

　　서정적 자아에게도 회귀할 집과 고향이 전혀 없는 것은 아니다. 시인의 실제 고향이었던 정주 곽산이 그러하다. 그곳은 삼수갑산에 의해 막혀있는 곳이 아니다. 물리적으로 생각하면 얼마든지 갈 수 있는 공간이다. 작품의 내용에서도 이를 확인할 수가 있다. "차가 갈 수 있고, 배가 가는 곳"이기 때문이다. 그러나 폐쇄된 공간이 아니라 열린 공간임을 애써 강조하고 있지만, 그럼에도 자아는 이곳에 가는 것이 불가능하다. "오라는 곳이 없어 나는 못 간다"라는 시인의 자의식이 막아서고 있는 까닭이다. 하지만 그런 자의식이 전부일까.

　　물리적, 혹은 정서적으로 안주할 수 있는 공간이 없다는 것은 도달해야 할 목표가 없다는 뜻이자 나아갈 방향을 상실하고 있다는 뜻이기도 하다. 길은 어디든 열려있지만, 그러나 갈 곳은 없다. 이런 아이러니가 만들어낸 것이 나그네의 행보, 곧 유랑 의식이다[14]. 이 의식은 목적을 상실한 자가 내비치는 전형적인 양태인데, 작품에서 그러한 자의식을 배가시키는 것이 까마귀의 울음 소리이다. 이 새가 갖는 상징적 의미를 생각하면, 서정적 자아에게 다가오는 유랑의 정서는 처연하다고 하겠다.

　　갈래갈래 열려진, 갈 수 있는 길은 많지만 서정적 자아가 선택할 수

---

14) 소월 시에서 드러나는 나그네 의식, 곧 유랑의식은 이후 백석의 시에 지대한 영향을 주었고, 30년대 후반에 등장한 조지훈의 시에서도 그 영향관계가 드러난다. 이들의 편력은 소월이 그러했던 것처럼, 근대성에 편입된 자의식의 결과였다는 점에서 동일성을 갖는 경우였다.

있는 길이란 존재하지 않는다. 그리하여 서정적 자아는 지금 여기의
공간에서 더 이상 나아가지 못하고 깊은 수렁에 빠져든다. 그의 주변
을 맴도는 것은 추억할 시간과 나아갈 시간이 없는, 현재의 시간성 뿐
이다. 파편화된 자아를 붙들어줄 잣대도 없고, 편안하게 안주할 공간
조차 상실되어 있다. 이렇게 분열된 자아를 만든 것은 영원을 상실한
근대인들의 숙명과 똑같이 닮아있는 형국이다.

산에나 올라서서
바다를 보라
사면에 백 여리, 滄波 중에
객선만 둥둥…… 떠나간다.

명산대찰이 그 어디메냐
香案, 香盒, 대그릇에,
석양이 산머리 넘어가고
사면에 백 여리, 물소리라

젊어서 꽃 같은 오늘날로
錦衣로 還故鄕하옵소사.
객선만 둥둥…… 떠나간다
사면에 백여리, 나 어찌 갈까

까투리도 산 속에 새끼치고
타관만리에 와 있노라고
산 중만 바라보며 목메인다

눈물이 앞을 가리운다고

들에나 내려오면
쳐다 보라
해님과 달님이 넘나든 고개
구름만 첩첩……떠돌아간다
「집생각」 전문

단절이 깊으면 깊을수록 이를 메우려는 자의식이 일어나는 것은 필연적이라 할 수 있다. 이를 그리움의 정서라고 할 수 있는데, 실상 소월의 시에서 그리움의 정서가 주조로 되어 있는 것은 잘 알려진 일이다. 그리고 그 정점에 놓여 있는 것이 '님'과의 합일 의지일 것이다. 만나야 할 '님'이 있기에, 곧 현재의 상처를 치유해줄 매개가 있기에, 이 정서로 함몰되는 것은 당연한 일이라 하겠다. 소월 시에 있어서 '님'이 구체적으로 무엇인가에 대해서 탐색해들어가는 것은 의미없는 일일지도 모른다. 더구나 그가 실제로 그리워한 님이 이성적인 주체[15]였다고 말하는 것은 더욱 그러하다고 하겠다. 소월 시에서 '님'은 복합적이어서 그것을 어느 특정 대상으로 한정하는 것은 의미없는 일이다. 그보다는 파편화된 자의식을 치유해줄 매개 정도로 이해하는 것이 더 좋을 듯하다. 물론 시인의 자의식을 분열의 국면이나 파탄으로 몰아간 매개 역시 근대의 맥락과 분리시킬 수는 없을 것이다. 시인의 정서

---

15) 『소월 정전』(1965, 성문각)을 쓴 김영삼은 '님'이 소월이 실제로 좋아한 이성이라고 했지만, 숙모 계희영은 이를 부정했다. 오히려 계희영은 소월의 '님'을 국가로 보거나 경우에 따라서는 자신의 실제 부인을 말한다고 했다. 계희영, 앞의 책, p.160.

에 형성된 부정적인 아우라들 역시 시간이나 시대적 아우라로부터 자유로운 것이 아니기 때문이다.

소월은 자아와 세계 사이에 놓인 간극과, 그 분열의 빈 지대를 인식하는 순간부터 이를 회복하고자 하는 의지, 곧 그리움의 정서를 표출시켜왔다. 가령 「삭주구성」의 지명이 그러한데, 서정적 자아는 이 공간을 그리워하는 이유를 다음과 같이 밝혀 놓고 있다. "서로 떠난 몸이길래 몸이 그립다"거나 "님을 둔 곳이길래 곳이 그리워"한다는 것이다. 이 문맥을 보면, 이별에 의한 정서가 그리움의 감각을 만들어낸 것으로 이해할 수 있다. 그런 감수성은 「집생각」에서도 동일하게 유지된다. 제목 자체가 '집생각'이라고 함으로써, 이에 대한 정서를 아주 직설적으로 드러내고 있는 까닭이다.

3) 조상의 무덤으로서의 고향

일시성과 순간성, 그리고 우연성이 지배하는 것이 근대 사회의 기본 속성일 것이다. 이런 순간의 감각이 이 시대의 지배적 요소라면, 그 반대편에 놓인 반근대 사회의 특성은 무엇일까. 그것은 바로 영원의 감각에서 찾을 수 있을 것이다. 따라서 순간성과 영원성의 대립이야말로 근대와 반근대를 특징짓는 주요한 요소일 것이다.

근대의 특징인 순간의 감각이 인식주체로 하여금 파편적 정서를 가져온 것은 익히 알려진 일이다. 절대 신앙을 잃어버린 시대에 살고 있는 근대인들이 분열의 감각을 태생적으로 지니고 있는 것은 당연하다고 할 수 있는데, 문제는 이런 감각을 초월할 매개란 무엇일까에 모아지지 않을 수 없을 것이다. 영원의 정서가 이 시대에 새롭게 다가오는 것은 아마도 이런 이유 때문일 것이다.

영원이란 변하지 않는 것이다. 근대 사회는 휘발적 속성을 갖고 있다. 그것이 정신을 혼돈의 늪에 빠뜨린다. 여기서 벗어나려면, 영원의 감각을 찾아내서 이에 기투해야 한다. 순간 순간 변하는 것 가운데 과연 변치 않는 것은 무엇인가에 대해 끊임없이 매달려야 한다. 파탄된 현실을 초극하기 위해서 말이다.

일시성이 자리한 근대의 현실에서 영원의 감각에는 어떤 것들이 있을까. 이런 감각을 찾아내는 일이야말로 정신의 파편성을 완결시키는 것이고, 근대를 초월하는 일이 될 것이다. 자연을 비롯한 항상성이 모더니즘의 시에서 주요한 소재로 등장하는 것은 이 때문이다. 이런 항구성이랄까 영원성을 이야기할 때, 결코 배제할 수 없는 것이 고향의 정서이다. 그것은 어쩌면 한국 모더니즘이 지향해야 할 구경의 목적인지도 모르겠다.

모더니즘의 사조에서 인식의 완결을 이야기할 때, 자연이 그 주요 매개로 제시된 것은 익히 알려진 일이다. 서구식의 역사, 혹은 기독교적 전통이 부재한 동양 사회에서 자연은 영원의 매개로 가장 많이 인유될 수 있는 소재였기 때문이다. 정지용 이후 지금 이시대의 시인들에게 가장 많이 등장하는 소재도 자연이다.

하지만 고향이 자연을 대신할 수 있다는 가능성을 제시한 시인의 경우는 무척 희소했다. 고향이 모더니스트들에 주요한 매개로 수용된 경우는 적지 않지만, 그것이 정신의 내면 깊숙이 자리한 경우는 많지 않았기 때문이다. 소월이 펼쳐보인 '고향'이 주목되는 이유도 이런 시사적 문맥과 밀접한 관련이 있을 것이다.

앞서 언급대로 소월의 고향은 1930년대 활동했던 시인들의 경우보다 적어도 10여년은 앞서 작품화한 것이었다. 이런 선도적 위치가 소월의 고향시를 한차원 높일 수 있는 주요 근거 가운데 하나가 될 것이다. 소월에게도 고향은 분열된 자의식을 진단하고, 근대를 초극하고자 하는 매개로 수용되었다. 고향이라는 장소와 인식주체가 공유하는 장소적 공감대가 분리된 것은 소월의 시에서도 뚜렷하게 나타나고 있었다. 그런 한계의식이 소월로 하여금 이를 초극하여 그 합일의 정서로 나아가게끔 했다.

1
짐승은 모를는지 고향인지라
사람은 못 잊는 것 고향입니다
생시에는 생각도 아니하던 것
잠 들면 어느 듯 고향입니다

조상님 뼈 가서 묻힌 곳이라
송아지 동무들과 놀던 곳이라
그래서 그런지는 모르지마는
아아 꿈에서는 항상 고향입니다

2
봄이면 곳곳에 산새소래
진달래 화초 만발하고
가을이면 골짜구니 물드는 단풍
흐르는 샘물위에 떠나린다

바라보면 하늘과 바닷물과
차 차 차 마주붙어 가는 곳에
고기잡이 배 돛 그림자
어기엿차 디엇차 소리 들리는듯

3
떠도는 몸이거든
고향이 탓이 되어
부모님 기억, 동생들 생각
꿈에라도 항상 그곳서 뵈옵니다

고향이 마음 속에 있습니까
마음 속에 고향도 있습니다
제 넋이 고향에 있습니다
고향에도 제 넋이 있습니다

마음에 있으니까 꿈에 뵈지요
꿈에 보는 고향이 그립습니다
그곳에 넋이 있어 꿈엣 가지요
꿈에 가는 고향이 그립습니다

4
물결에 떠내려간 浮萍 줄기
자리 잡을 새도 없네
제자리로 돌아갈 날 있으랴마는!
괴로운 바다 이 세상에 사람인지라 돌아가리

고향을 잊었노라 하는 사람들
나를 버린 고향이라 하는 사람들
죽어서만은 天涯一方 헤매지 말고
넋이라도 있거들랑 고향으로 네 가거라
「고향」 전문

소월은 여기서 고향의 정서를 짐승과 인간의 대비를 통해서 극대화
시키고 있다. 그러면서 그러한 고향에 대한 감각 혹은 향수가 자신의
삶과 더불어 일체화되어 있음을 알리고 있다. 고향에 대한 이러한 접
근이야말로 분열된 자아, 순간의 시간에 의해 유동하는 자아를 고정
시켜줄 수 있는 매개로 판단하고 있었던 것처럼 보인다. 고향이 영원
의 정서를 대변하는 주요 매개 가운데 하나임을 감안하면 이런 의장
은 무척이나 자연스러운 것이라 할 수 있을 것이다.

우선 소월의 고향은 다른 시인들과 마찬가지로 과거의 기억 속에
서 추억되고 있다. 고향이란 "송아지 동무들과 놀던 곳"이고 "봄이면
산새소리"가 울려퍼지고, "진달래 화초가 만발하며", "가을이면 골짜
구니 물드는 단풍"이 있는 곳으로 그려지고 있기 때문이다. 소월은 이
작품에서 이런 자연의 시간적 흐름과 더불어 자신의 경험했던 행동들
을 추억하고, 자신을 둘러싼 가족 구성원들과의 과거도 되살려 내고
있다. 고향에 대한 기억이 이런 과거성, 아름다운 추억의 정서로 자리
하고 있는 것은 무척이나 자연스러워 보인다.

그런데 고향에 대한 정서를 이런 추억의 공간으로만 되살리는 데
서 머물렀다면, 그의 고향은 이후 전개된 여타의 시인들이 펼쳐보였
던 고향의 감각과 전혀 차별되지 않았을 것이다. 그의 고향의식이 색

다른 음역으로 만들어진 것은, 그가 고향을 "조상님의 뼈가 묻힌 곳"이라고 한 점에 있을 것이다. 고향을 단순한 회귀의 공간이 아니라 역사가 자리한 공간, 자신의 뿌리가 놓여 있는 공간으로 인식한 것이다. 소월에게 고향의 은유인 무덤은 죽은 자가 묻혀있는 불활성의 공간이 아니었다[16]. 소월에게 무덤은 죽은 공간이 아니라 살아있는 공간이다. 그것은 "옛 조상들의 기록을 묻어둔 그곳"[17]이다. 무덤은 소월에게 선조들의 혼이 있는 곳이고, 그것이 시간의 흐름을 타고 현재의 삶과 조건을 규정하는 무언의 힘으로 인식하고 있었다.

소월은 자신이 만들어낸 시를 "소리만 남은 노래"[18]로 사유하고 이를 채우려는 내용을 끊임없이 탐색한 시인이다. 그 지난한 노력의 결과, 서정적 자아가 찾아낸 것이 '무덤'이었다. 조상들의 기록이 묻혀있는 곳이기에, 그곳은 신성한 곳이고, 서구식으로 말하면 사원과 같은 구실을 하고 있었다. 이는 곧 또 다른 역사의 현장이라 할 수 있다.

역사가 부재한 시대가 일제 강점기이다. 혼과 육체가 분리되어, 형해화한 육체만 남은 공간이 이 시기였던 것이다. 독립이란 무엇인가. 건강한 국토가 숨을 쉬고 새롭게 탄생해야 한다. 그러려면 죽은 땅, 육체가 살아나야 한다. 건강한 육체, 생명있는 땅이 태어나기 위해서는 혼이 다시 육신에 붙어야 한다. 혼과 육체가 만날 때, 비로소 생명은 탄생할 것이다. 그 혼이 잠들어 있는 곳을 소월은 '무덤'으로 사유한 것이다. 그래서 소월은 고향을 "조상님의 뼈가 묻혀 있는 곳"이라고 했다. 고향은 단순히 추억의 공간이나 센티멘털한 노스탤지어의 고향

---

16) 제 3 장 교감으로 형식으로서의 '무덤'의 의미 장 참조
17) 작품 「무덤」 참조.
18) 작품 「하다못해 죽어 달래가 옳나」 참조

이 아니었던 것이다. 고향에 대한 이런 역사성이야말로 소월 시가 갖는 득의의 영역일 것이다.

3. 소월 시에 있어서의 고향의 의미

고향은 소월에 의해서 이렇게 새롭게 탄생한다. 그것은 무덤이 그러했던 것처럼 과거의 과거성이 아니고, 현재의 현재성이며, 미래로 나아가는 시간성이었다. 고향은 1930년대 이래로 우리 시인들의 작품에서 단골로 등장하는 소재였다. 여러 동기에 의해서 고향은 그들의 작품에 주요한 메뉴로 등장한 것이다.

고향에 대한 의미론적 국면이 주어진 것은 주로 1930년대였다. 그러나 이보다 앞서 활동했던 소월의 작품에서도 그것의 함의는 무척 중요하게 제시되었지만 그동안 주목의 대상이 되지 못했다. 소월 이후 활동한 시인들의 시의식에 중요한 영향을 가진 것임에도 불구하고 그의 고향의식은 외면당해 온 것이다. 소월에게 있어서 고향의 의미는 파편화된 자아, 분열된 자아에게 인식의 통일성을 주는 주요 매개였다. 고향의 그러한 기능은 이후 등장한 시인들에게도 동일하게 나타난다. 근대성으로의 편입과 분열, 그리고 인식의 통일 과정에서 고향은 중요 매개 가운데 하나였다. 따라서 그 의미의 선구성이랄까 시금석은 소월의 것이라 해도 과언이 아닐 것이다. 소월의 고향이 갖는 의미는 바로 이런 역사성에서 찾을 수 있을 것이고, 그런 함의야말로 소월 시의 시사적 의의라 하겠다.

제5장 감각의 부활과 생명성의 고양

1. 근대와 이성, 그리고 감각의 관계

근대 사회가 이성과 불가분의 관계에 놓여 있다는 것은 잘 알려진 사실이다. 이성은 합리적 사고에 바탕을 두고 있는 것이고, 이를 가능케 한 것이 원인과 결과로 만들어지는 실증적 사실 관계이다. 어떤 현상이 있다면, 거기에는 이와 필연적으로 맺고 있는 원인이 반드시 내재되어 있다는 것이 실증의 논리이다. 이는 곧 증명된 것만이 인식 주체로 하여금 수용될 수 있고 객관적 가치로 인정될 수 있다는 사고를 만들어내었다.

이성이 자리하면서, 인간의 오감이라든가 감각 등의 주관적 정서는 점점 설 자리를 잃어가기 시작했다. 근대는 논리가 지배하는 사회이다. 감각은 주관적 정서의 요소를 담아내고 있다. 따라서 합리적 판단을 위해서는 추상적인 직관이라든가 감성의 세계는 되도록 배제되어야 했다. 감각적 판단들은 논리를 위해서 계속 버려져야만 했던 운명을 맞이했던 것이다[1]. 오직 합리주의적 사고, 과학적 실증의 세계만이 사유체계의 중심으로 자리한 까닭이다. 그럼에도 불구하고 주관의 영역에 속한 감각들이 모두 퇴보의 운명을 맞이한 것은 아니었다. 몇몇의 감각들은 합리적 사고의 전개와 더불어 자신의 위치를 확고하게 자리잡은 것도 있었기 때문이다. 가령, 이성이 담보하지 못했던 것들을 냄새라든가 징후와 같은 감각만으로도 실증할 수 있는 것들은 얼마든지 찾아낼 수가 있었다. 감각은 생존을 위해 유기체가 가질 수 있는, 외부 사물과의 대화하는 최소한의 수단이다[2]. 그것이 없다면 유기체는 곧 불활성의 존재가 된다. 이성 위주의 근대 사회에서 감각이 중요한 것은 이런 이유 때문이다.

이런 감각 가운데 대표적인 것이 시각이다. 거기에는 중세의 불확실성에 대한 도전이 자리하고 있었다. 그것은 곧 백문이 불여일견이라는 시각 중심주의, 증명 만능주의라는 사고를 낳게 만들었다. 다시 말해 시각적으로 증명 가능한 것만이 하나의 과학이 될 수 있으며, 직관이라든가 모호한 징후들은 여기서 한걸음 비껴나게 되었다. 그리하여 이 범주에 들어올 수 없다는 배타주의적 사유가 자리하고 있는 것이다.

이에 근거하여 근대를 시선의 미학, 곧 풍경의 미학에서 찾는 것은 지극히 일반화되어 있는 것처럼 비춰졌다[3]. 그 연장선에서 시각이 중

---

1) 진중권, 『감각의 역사』, 창비, 2019, p.466.
2) 얀티스외, 『감각과 지각』(곽호완외 역), 시그마프레스, 2018, p.5.
3) 가라타니 고진, 『일본 근대 문학의 기원』(박유하 옮김), 도서출판 b, 2010. 고진은 이 책에서 근대를 이른바 풍경에 대한 시선에서 봉건적 요소들과의 차이를 밝혀내고 있다. 즉 근대가 진행되면서 전에 없던 여러 풍경들을 이른바 시선을 통해서 그 인식의 지평이 확대되어 가는 과정을 살피고 있는 것이다.

요한 위치를 차지하게 되었다[4]. 근대 예술의 특징 가운데 하나인 원근법의 도입이라든가 전망과 같은 의장들도 이 감각으로부터 자유로운 것이 아니다. 그만큼 감각의 문제는 근대의 제반 현상과 밀접하게 관련되어 있었던 것이다. 물론 이 이면을 지탱하고 있었던 것은 앞서 언급대로 인과론의 사유가 없었으면 불가능한 것이었다고 하겠다.

따라서 합리적 사고와 시각이라는 감각이 서로 불가분하게 얽혀 있다는 것이야말로 근대를 사유하는 또 다른 길이 될 것이다. 그러나 근대를 대표하는 표상 가운데 하나인 시각이 긍정적 국면에서만 수용되어 왔던 것은 아니다. 계몽의 명암에서 알 수 있는 것처럼, 이 시각적 사유에도 동일한 명암이 얼마든지 존재했기 때문이다. 뿐만 아니라 우리가 흔히 알 수 있는 감각들, 가령, 후각이나 촉각, 청각들이 모두 반근대적인 정서들이라고 예단하는 것도 쉬운 일이 아니다.

인쇄술이 발전하기 이전에 예술 세계를 지배한 것은 주로 청각이었다. 표방할 수 있는 매체가 없었기에 음유의 형식이나 노래의 형태로 문학이 수용될 수밖에 없었던 것이 근대 이전의 예술 세계였다. 그러나 종이와 인쇄술의 발달은 문학의 영역에서 청각을 밀어내기 시작했다. 맥루한이 말했던 것처럼, 듣는 문학에서 보는 문학으로 일대 패러다임이 전환된 것이다. 그러나 이런 거대한 변화에도 불구하고 청각의 문제가 모두 반근대적인 경우로 받아들여지는 것은 곤란하다. 근대 세계에서 펼쳐지는, 시각으로의 대전환이라는 그 주류적 흐름에도

---

4) 근대의 특징을 시각 우선주의에서 찾아야 함을 역설한 사람은 잘 알려진 대로 맥루한이다. 그는 『미디어의 이해』(김상호역, 커뮤니케이션북스, 2012)에서 인쇄술의 발달로 과거 청각 중심의 문학이 근대에 이르러 시각 중심의 문학으로 일대 전환을 이루었다고 본다.

불구하고 이 청각의 효용적 가치가 완전히 사라진 것은 아니기 때문이다[5].

어떻든 시각은 근대를 대표하는 감각 가운데 하나였다. 한국 근대문학에서 시선이라든가 전망의 문제 등은 일찍이 주목의 대상이 된 바 있다. 이는 근대의 주류적 양식들이라 할 수 있는 모더니즘과 리얼리즘에서 그 특징적 양상들이 잘 발현되고 있다. 우선 전자의 경우, 시의 형태적 특성에서 이를 확인할 수 있는데, 그 가장 앞 자리에 놓인 것이 다다이즘의 영역이었다. 이 사조가 우리 시사에 처음 선보인 것은 1920년대 전후였다. 임화라든가 고한승 등이 주도한 다다이즘 운동이 바로 그러했다. 다다이즘이 형식과 내용의 국면에서 모두 근대라는 아우라를 비껴갈 수 있는 것이 아닌데, 여기서 특별히 주목의 대상이 되는 경우가 그 형식적 국면이다. 유기적 형식을 파괴하는 과격한 시도들은 시각적 효과를 떠나서는 설명할 수 없는 것들이다. 이는 듣는 문학이 아니라 보는 문학으로의 전환이 이루어지는 분기점에 놓인 것이라 할 수 있다.

형식적 국면에 치중된 모더니즘과 달리 리얼리즘은 내용적인 국면에서 그 정합성을 갖고 있는 문학이다. 내용이 시각과 어떤 연관성을 갖고 있는가에 대해서는 여러 다양한 국면들이 제시될 수 있지만, 가장 중요한 것은 그 내용이 함의하고 있는 미래에의 투시도, 곧 전망(perspective)의 영역이라 할 수 있다. 미술의 기법에서 처음 시도된

---

5) 포스트 모더니즘의 세계에서 시도되고 있는 음성중심의 예술이 바로 그러하다. 이런 기법이 의미의 전능을 표방하는 근대 예술에 대한 부정과 밀접히 관련되어 있음은 부인하기 어려울 것이다. 따라서 청각의 기능만을 두고 반근대적이라고 곧바로 단정짓기는 어렵다고 하겠다.

이 의장이 의미있는 것은, 그것이 미래라는 관념과 연결되어 있었기 때문이다. 미래라는 시간 개념이 처음 형성된 것은 근대 이후의 일이다. 근대 이전의 사회에서 유효한 것은 순환론적 세계관이었고, 그 중심 토대는 농경사회였다. 이 사회에서 미래라는 개념은 처음부터 닫혀 있게 된다[6]. 그러나 근대는 과거의 주기성이라든가 순환성이라는 관념을 더 이상 용인하지 않았다. 의미있는 것은 앞으로만 향해서 나아가는 미래라는 시간성뿐이었다. 그러한 시간의 관념을 배경으로 해서 등장한 것이 전망이라는 의장이었다. 소설이 갈등이라는 서사구조로 형성되어 있는 것은 잘 알려진 일이다. 그리고 그 변증적 합일의 과정을 지향하는 것이 소설의 양식적 특성이었다. 그런데 이런 서사구조가 소설의 내적 구조에만 머무는 것은 아니다. 지배와 피지배 계층 사이에서 벌어지는 갈등의 양상이 소설의 내적 구조와 상동적 관계를 형성하는 것이 현대 소설의 특징인 까닭이다. 그 합일의 과정이란 미래로의 열린 세계와 분리되지 않는다는 점에서 전망의 의의가 있는 것이라 하겠다.

과격한 형식실험이든 혹은 미래라는 열린 구조와 연결되는 변증적 전망이든 그것이 모두 근대의 특징 가운데 하나인 시각과 연결되어 있다는 사실을 부인할 사람은 없을 것이다. 이렇듯 시각은 다른 어떤 감각보다도 시대와 밀접히 관련을 맺고 있었다. 그러한 까닭에 시각은 근대의 부정적 국면보다는 긍정적 국면에 보다 긴밀히 연결되어 있었다고 하겠다.

그러나 근대를 이해하는 데 있어서 시각에 모든 우선권을 주어야

---

6) 송기한, 『한국 전후시와 시간의식』, 태학사, 1996, p.26.

한다는 것은 분명 재고의 여지가 있다. 시각보다 주목의 대상이 되지 못한 후각의 사례를 이해하면 이는 보다 분명해진다. 그 한 단면을 갖고 있는 것이 악취의 경우이다. 이런 감각을 가장 많이 경험할 수 있는 것이 화장실과 인간의 몸에서 나는 좋지 않은 체취일 것이다. 표면적인 측면에서 보면, 근대는 어떻든 그런 전근대적인 나쁜 냄새를 제거하는데 있어서 상당한 기여를 했다고 할 수 있다[7]. 보편적으로 횡행하는 감미로운 향기야말로 근대 이전의 세계에서는 찾아보기 어려운 귀한 감각이었기 때문이다.

감각의 역사에서 알 수 있는 것처럼, 어느 하나의 감각이 시대와 보다 밀접한 것이라고 단정적으로 말하는 것은 쉽지 않다. 어떤 감각이 앞서 있기도 하고, 또 여러 감각이 복합적으로 시대의 음역과 맞물리는 것도 있을 수 있기 때문이다. 그러나 중요한 것은 감각을 통해서 어떤 보편적 규칙이라든가 일반화된 규칙이 만들어지는 것은 아니라는 사실이다. 근대가 복합적인 감각에서 자유로운 것이 아니듯이 각 시기마다 이를 대표하는 특징적인 감각은 얼마든지 존재할 수 있는 것이기 때문이다.

감각이 한국 시사에서 처음 제기된 것은 아마도 1920년대 초반이라 할 수 있을 것이다. 이를 대표하는 시인 가운데 하나가 소월이다. 익히 알려진 대로 소월은 리듬과 같은 형식적 국면만을 강조한 시인이 아니다. 그를 실험적인 모더니스트로 분류하는 것은 어려운 일이거니와 그의 작품 세계에서도 이런 기법을 실험한 사례들을 찾아보는 것은 쉬운 일이 아니다. 그렇다고 그의 시를 두고 시대적 맥락과 분리

7) 마크 스미스, 『감각의 역사』(김상훈 역), 성균관대출판부, 2010, p.39.

되어 있는, 흔히 전통의 정서에만 머문 퇴행적 시인으로 이해하는 것도 크나큰 오독을 범하는 일이 아닐 수 없다. 그도 근대를 살아간 시인이었고, 따라서 그 시대인식에 대해 그 역시 어느 누구보다도 예민하게 반응해 왔기 때문이다. 그를 그러한 시인으로 만드는 요인 가운데 하나가 바로 감각의 세계이다. 특히 인간의 오감 중에서 후각을 작품화하는 데 탁월한 역량을 보여주었다. 소월이 활동하던 시기에도 그렇지만 이후 활동한 시인에게서 이 감각을 작품화한 사례는 그리 많지 않다는 점에서 더욱 그러하다. 소월은 1920년대 감각이라는 정서, 특히 후각이라는 정서를 근대의 맥락으로 편입시켜 그 의미의 자장을 넓혀나간 시인이다. 물론 이런 감각의 사용은 퇴행의 정서가 아니라 오히려 시대의 예민한 정서였다는 점에서 그 함의가 다대한 경우라 할 수 있을 것이다.

2. 감각의 세 가지 기능

1) 과거를 소환하는 향기의 마술

감각을 본능의 영역에서 이해할 경우, 소월 시에서 드러나는 감각은 탈근대적 시야에서 논의할 수 있을 것이다. 실제로 감각, 특히 후각의 정서를 통해 분리가 아니라 융합에 그 강조점이 놓인다는 사실을 이해하면 이는 충분히 설득력이 있는 것이라 할 수 있다.[8] 하지만,

---

8) 소월 시의 감각에 대해 의미있는 연구를 한 소래섭은 "냄새가 경계를 가로질서 서

소월의 정서가 감각을 지향했다고 해서 이를 곧바로 탈근대적 국면으로 이해하는 것은 적절한 이해가 아니라고 할 수 있다. 중요한 것은 감각의 기능이고, 그것이 소월시의 정신세계에서 어떤 함의를 갖고 있는 것인가 하는 것에 놓여 있다고 하겠다. 그리고 그것이 일제 강점기라는 시대적 맥락과 어떤 관계를 갖고 있는 것인가에 대한 천착의 필요성 뿐만 아니라 근대라는 형이상학적 세계와의 관련 양상도 검토의 대상이 되어야 한다는 점이다.

감각은 단순히 본능의 정서에만 한정될 수 있는 것이 아니다. 그렇기에 그것은 근대라는 형이상학의 국면을 넘어서는 것과 밀접한 관련을 맺고 있는 것이라 할 수 있다. 소월은 인간이 갖고 있는 오감 가운데 냄새 감각에 대해 특히 주목했다. 물론 그의 시들에서 이 감각 말고도 시각이라든가 청각 등도 등장하지만, 이것이 그의 작품 세계에서 어떤 특징적인 국면을 형성하고 있다고 말할 수 있는 근거는 그리 많지 않다. 이는 주도적 흐름이라는 측면에서 그러한데, 여기에 기대게 되면, 그의 시에서 드러나는 냄새의 감각은 소월 시의 정신사적 맥락을 이해하는 데 주요한 근거가 된다고 할 수 있을 것이다.

냄새 감각을 비롯한 오감의 정서는 본능의 영역에 속하는 것이지만, 그것이 경험적 요소와 분리하기 어려운 것이 사실이다. 감각에 대한 좋고 나쁨은 인식 주체가 경험했던 과거의 특정 사건을 통해서 얻어지는 것이 일반적인 경우이기 때문이다. 가령, 과거 어느 한 시기에

로 다른 요소를 융합하는 기능"이 있다고 이해했다. 그 융합의 반대편에 놓인 것이 근대의 이분법적인 세계라고 이해한다. 정신과 육체, 자아와 세계를 분리하는 이분법적인 세계를 이런 근원 감각, 곧 통합의 정서에서 바라 보게 되면, 그러한 구분의 세계는 의미가 없다고 보는 것이다. 소래섭, 『김소월의 시혼에 나타난 혼과 감각의 의미』, 『울산대 인문논총』 27, 2008.

경험했던 냄새는 이후 인식 주체의 의식 속에 고스란히 자리하게 된다. 그런데 그 냄새가 지금 여기의 현장에서 다시 스며오게 되면, 인식 주체는 과거 자신이 경험했던 것을 기계적으로 다시 환기하게 된다. 이렇듯 감각은 과거의 경험이라든가 역사와 결코 분리되지 않는다 하겠다. 냄새가 기억을 환기하는 주요한 단서가 된다는 것은 여기에 그 뿌리를 두고 있다[9].

소월 시에서 드러나는 감각의 중요성도 일단 여기서 찾을 수 있다. 감각은 소월에게도 과거의 경험을 다시 환기시키는 좋은 기제이기 때문이다. 소월 시에서 드러나는 주된 감각은 주로 냄새이다.

거친 풀 흐트러진 모래동으로
맘 없이 걸어가면 놀래는 蜻蛉

들꽃 풀 보드라운 香氣 맡으면
어릴 적 놀던 동무 새 그리운 맘

길다란 쑥대 끝을 三角에 메워
검미줄 감아들고 蜻蛉을 쫓던

늘 함께 이 동무에 이 풀숲에서
놀던 그 동무들은 어데로 갔노!

어릴 적 내 놀이터 이 동마루는

9) 레치첼 허즈, 『욕망을 부르는 향기』(장호연 역), 뮤진트리, 2013, p.92.

지금 내 흩어진 벗 생각의 나라

먼 바다 바라보며 우둑히 서서
나 지금 蜻蛉 따라 왜 가지 않노
　　　　　　　「거친 풀 흐트러진 모래동으로」 전문

　인용시는 냄새 감각을 바탕으로 쓰여진 소월의 대표적 작품 가운데
하나이다. 서정적 자아는 지금 "거친 풀 흐트러진 모래동으로/맘 없이
걸어들어" 간다. 여기서 '맘 없이 걸어들어'간다는 것은 그의 산책이
의도하지 않은 행보라는 것을 일러준다. 이를 두고 자연과 합일하고
자 했던 근대인들의 자연스러운 행동으로 이해할 수도 있을 것이다.
그러나 자아의 그러한 행보는 감각에 의해 일대 전환을 가져오게 되
는데, 바로 '들꽃 풀'에서 나오는 '보드라운 향기'가 바로 그러하다. 이
향기는 서정적 자아로 하여금 머나먼 과거로의 여행으로 인도한다.
그리하여 자아는 그 과거의 장에서 '어릴 적 놀던 친구'들과 조우하게
된다. 그런데 자아와 공존의 관계를 이루던 어린 시절의 친구들은 단
지 추억을 공유하는 정도에서 그치는 것이 아니다. 이들과 함께 했던
아름다운 조화의 장이 다시 자아 앞에 펼쳐지기 때문이다. 이렇듯 아
름다운 향기는 자아로 하여금 추억으로 향하게 하는 수단이 되게 했
다[10].

　그러나 감각에 이끌려져 과거로의 아름다운 여행을 떠난 자아는 다
시 현재의 시간으로 되돌아오게 되고, 그 순간 조화로운 공간은 더 이

---

10) 카라 플라토니, 『감각의 미래』(박지선 역), 흐름출판, 2017, p.74.

상 존재하지 않음을 알게 된다. 화합의 아름다운 장을 이끌었던 동무들은 지금 여기에 존재하지 않는 까닭이다. 잠자리의 아름다운 자태는 과거나 현재나 동일하게 남아있지만, 또 다른 공유의 축이었던 인간들은 남아있지 않은 것이다.

이런 상상력에서 알 수 있듯이, 「거친 풀 흐트러진 모래동으로」를 아름다운 추억 정도를 읊은 시로 간주할 수도 있을 것이다. 실제로 과거로의 여행을 묘파한 시들에서 이런 추론들은 얼마든지 가능했고, 실제로 고향의 정서를 읊은 시들 속에서 이런 정서는 충분히 읽어낼 수 있었다. 그러나 이 작품에서 주목해야 할 것은 그런 추억의 정서에 대한 회고가 아니라 이를 수행해내는 수단에서 그 의미를 찾아야 할 것이다. 들꽃 속에서 피어나는 보드라운 향기는 경험의 공유지대가 만들어낸 동일성의 감각이다. 이 향기는 자아의 경험 속에서 얻어진 것이기에 그것이 자아로 하여금 과거로의 여행을 가능케 했다는 점을 우선 인정해두도록 하자.

여기서 다시 한번 냄새의 시의적 의미를 되새겨 볼 필요가 있다. 근대는 논리의 세계가 지배한다. 원인과 결과로 만들어진 실증의 세계만이 이해 가능한 것이었고, 믿을 만한 것, 수용 가능한 것이었다. 논리 이외의 영역에서 만들어진 감각은 한갓 주관적 미망에 불과한 것이었다. 감각이 배제된 이성, 논리만이 근대를 이끌어가는 중심 사유 체계였던 것이다.

감각이라는 주관적 정서가 논리적 틀과 정반대의 위치에 서는 것이 근대의 이상이라면, 감각에 의존하는 사유는 반근대적인 사유의 중심이라고 해도 무방할 것이다. 감각을 노래한 소월의 시를 두고 반근대적 정서와 곧바로 연결짓는 것은 이제 큰 무리가 없어 보인다. 실제로 소월 시가 나아간 방향 역시 이와 무관한 것이 아니었다. 자연과의 거리라든가 무덤의 이미지들이 지향했던 시들이 정신적인 지향성에 그 강조점을 두고 있음을 볼 때, 감각에 의존한 소월의 사유 역시 그 연장선에서 논의될 수 있는 것이다.

후각을 통해서 소월은 논리의 세계와 반대편에 서고자 했다. 그는 이를 매개로 과거의 아름다운 장 속으로 계속 여행을 떠나고자 한다. 굳어있는 의식, 이성만능주의의 판단 세계를 넘어서 무의식의 심연에 자리하고 있던 본능의 세계로 이끌려들어갔던 것이다.

> 달아래 쇠멋없이 섰던 그 女子,
> 서있던 그 女子의 해쓱한 얼굴
> 해쓱한 그 얼굴 적이 파릇함,
> 다시금 실 벋듯한 가지 아래서
> 시커먼 머릿길은 번쩍어리며,
> 다시금 하룻밤의 식는 江물을
> 平壤의 긴 단장은 솟고 가던 때
> 오오 그 쇠멋없이 섰던 女子여!
>
> 그립다 그 한밤을 내게 가깝던
> 그대여 꿈이 깊던 그 한동안을
> 슬픔에 귀여움에 다시 사랑의
> 눈물에 우리 몸이 맡기웠던 때.
> 다시금 고즈넉한 城밖 골목의
> 四月의 늦어가는 뜬눈의 밤을
> 한두개 燈불빛은 울어새던 때

오오 그 쇠멋없이 셨던 女子여!

「기억」전문

소월 시의 주요한 소재 가운데 하나가 여성임은 잘 알려진 일이다. 물론 이는 작품 속에 드러난 여성적 화자와는 무관한 경우이다. 한이라든가 전통적 정서를 이야기할 때, 소월시는 현저하게 여성 화자로 기우는 경향이 있었다. 하지만 과거로의 여행 속에서 소월이 만난 대상은 화자가 아니라 여성이라는 존재였다. 그런데 이런 만남을 통해서 소월 시의 퍼스나는 중대한 전환을 맞이하게 된다. 그것은 화자의 전이였다. 작품의 소재랄까 대상이 여성으로 구현될 때, 작품 속의 화자는 여성이 아니라 당연히 남성일 수밖에 없다. 소월 시에 있어서 이런 변화는 실로 의미심장한 일이 아닐 수 없다.

어떻든 작품의 제목에서 알 수 있는 것처럼, 이 작품의 기본 구조는 과거라는 시간 속에서 이루어지고 있다. 이 작품은 감각의 기능적 특징들을 표나게 드러낸 시이다. 그리고 이후 전개된 작품을 일별할 경우에도 이런 사정은 크게 달라지지 않는다. 그 매개가 되는 것이 이 감각과 관련되어 있음을 알 수 있기 때문이다[11]. 물론 이 작품에는 하나의 감각에 의해 지배되는 것이 아니라 다양한 감각에 의해 만들어진다. 가령, '서있는 그여자의 해쓱한 얼굴'이라든가 '파릇한 얼굴' '시커멓게 번쩍이는 머릿결' 등등이 그러한데, 이는 모두 시각이라든가 촉각 등의 감각과 관련이 되어 있다. 이런 감각을 통해서 자아가 만난 여자의 모습이 생생하게 살아나게 되는데, 물론 그 묘사된 대상은 지금

---

11) 이런 사례는 「여자의 냄새」, 「아내 몸」과 같은 작품을 상기하게 되면 금방 알 수 있는 일이다.

여기에 있는 현재진행형이 아니고 과거 어느 시기에 만난 여성이다. 자아는 이제 그 여자의 모습을 떠올리면서 자아확인의 단계에 들어서게 된다. 이렇듯 소월 시에서 감각은 과거의 기억을 일깨우는 도구라 할 수 있다. 감각은 현재의 마비된 정서를 일깨워서 과거의 지대로 자아를 이끌고 들어간다. 거기서 잠들었던 과거의 기억들이 생생하게 다시 깨어나게 되는데, 그 중심에 놓여 있는 수단이 감각이었고, 그 가운데 후각이 중요한 역할을 하고 있었던 것이다.

2) 긍정적 가치로서의 여성성과 그 향기

소월의 시에 주로 등장하는 화자는 여성이다. 이런 편향성을 두고 시대의 맥락에 그 원인이 있다거나 이른바 발전 사관과의 거리에서 이해하기도 했다. 실제로 한국 시에서 여성화자가 등장하는 것은 소월에게서 처음 볼 수 있는 것은 아니다. 어쩌면 상고시대 이후 우리 시의 주된 흐름이 여성 화자에 있었다고 해도 과언이 아닐 정도로 그 편향성이 심화되었던 것이 사실이다. 이는 우리 문화 속에 내재된 전통의 특수성과 밀접하게 관련된 사항일 것이다. 따라서 1920년대만을 특정해서 이때의 시들이 여성편향성을 보여주었다고 하는 것은 재고의 여지가 있다고 하겠다.

중요한 것은 여성 화자의 등장이 아니라 여성이라는 소재의 등장에서 그 의미를 찾아야 할 것이다. 소재로서 여성의 등장은 근대성의 국면에서 밀접한 관련을 맺고 있는 것이기 때문이다[12]. 익히 알려진 대

---

12) 포스트모던에서 흔히 이야기되는 탈중심주의 사상이 바로 여기에 해당된다. 이

로 계몽의 전개와 그에 따른 이성 만능주의가 낳은 것이 이른바 중심의 문화이다. 중심이라는 인식성이 형성됨으로써 여기에 비껴가는 것들은 모두 주변적인 것으로 밀려나게 되었다. 마치 감각이 이성에 밀려 외곽으로 떨어져나간 현상과 비슷한 형국을 보인 것이다. 초기에 보여주었던 계몽의 찬란한 발전에 기대게 되면 이는 지극히 당연한 현상처럼 이해되었다.

그러나 계몽의 정신이 처음 시도되었던 때로부터 현재에 이르기까지 유효한 힘을 갖지 못한 것은 잘 알려진 일이다. 특히 그 반성적 사유로 등장하게 된 모더니즘의 사례만 보아도 계몽의 정신이란 결코 영속적인 가치를 갖지 못했다. 계몽이 의심받고 이성이 중심이라고 사유되었던 것들이 서서히 의심을 받게 됨으로써, 그 주변에 물러나 있었던 것들이 다시 중심으로 복귀하게 된 것이다. 태양 중심주의나 로고스 중심주의라는 중심의 문화들이 서서히 무너지기 시작한 것이다. 여성이라든가 여성과 관련된 것들이 남성적인 것들을 물리치고 중심으로 자리하게 된 것은 이런 문화적 변동과 밀접한 관련이 있을 것이다.

여성주의와 관련하여 가장 많이 논의된 것이 페미니즘이다. 실제로 1930년대 이 사조와 관련하여 가장 주목의 대상이 된 작품 가운데 하나가 이상의 「날개」이다. 이 작품의 페미니즘적 요소는 남성과 여성의 사회적 역전 현상이다. 여성 주인공에 의해 펼쳐지는 서사구조가 남성 중심에서 일어날 수 있는 서사구조를 통렬하게 전복시키는 것이

이전의 시기가 주로 남성중심주의였다는 사고에 반발하여 포스트모던이 주장하는 주된 화두는 여성중심주의라 할 수 있기 때문이다.

「날개」의 중심 화두이기 때문이다. 남성과 여성의 전복이 탈근대성의 중심 주제 가운데 하나라면 소월 시에서 등장하는 여성 문제 역시 그 연장선에서 논의될 수 있을 것이다.

소월의 작품들은 여러 부분에서 그 선구성이 인정되고 있는데, 페미니즘의 영역에서도 그 맨 앞자리에 놓이는 경우이다. 물론 소월 시를 페미니즘이라는 영역으로 한정시켜 논의하면 그의 시가 함의하는 것들을 협소화시키거나 혹은 오히려 확장시켜버리는 오류를 범할 수도 있을 것이다. 여기서는 그런 사조의 차원이 아니라 근대성의 맥락에서 이해하는 것이 보다 설득력이 있을 것이다. 실상 우리 시사에서 여성을 독립된 소재로 작품에 내세운 사례는 그리 많지 않다.

근대성의 국면에서 여성은 남성과 대항담론의 위치에 놓여 있는 존재이다. 따라서 여성의 등장은 근대의 권위적 질서를 무너뜨리는 주요 기제 가운데 하나로 수용된다. 소월 시에서 여성의 등장이 갖는 의미는 여기서 찾아야 할 것으로 보인다. 이는 곧 주변적인 것을 중심에 복귀하고자 했던 탈근대성의 사유와 연결되는 것이라 할 수 있으며, 그것은 곧 근대에 맞서고자 했던 소월만의 독특한 응전이었다고 하겠다.

불빛에 떠오르는 샛보얀 얼굴,
그 얼굴이 보내는 호젓한 냄새,
오고가는 입술의 주고받는 盞,
가느스름한 손길은 아르대여라,

거므스러하면서도 불그스러한

어렴풋하면서도 다시 分明한
줄그늘 위에 그대의 목놀이,
달빛이 수풀 위를 떠흐르는가.

그대하고 나하고 또는 그 계집
밤에 노는 세 사람, 밤의 세 사람,
다시금 술잔 위의 긴 봄밤은
소리도 없이 창밖으로 새여 빠져라
「紛얼굴」 전문

　작품의 제목이 시사하는 바와 같이 이 작품의 소재 역시 여성으로
되어 있다. 그런데 여기서 묘사되는 여성은 소재적 차원에서 그치지
않는다. 이 여성은 서정적 자아의 감각을 일깨우는 주요한 대상으로
작용하고 있기 때문이다. 그런 과정은 대략 몇가지 단계를 거쳐 이루
어지는데, 우선 과거의 기억을 일깨우는 매개로서의 기능이 그 하나
이다. 그 도정에서 동원된 감각이 시각과 후각이다. 분은 그러한 감각
을 모두 함유하는 복합체인데, 이는 시각과 후각을 모두 내포하고 있
다는 점에서 그러하다. 일상적 차원에서 볼 때, 분은 어떤 흠결을 가
리는 좋은 수단이며, 또 매혹적인 향기 역시 갖고 있다. 그러한 감각을
서정적 화자는 잘 이용한다. 그는 이 감각을 통해서 과거의 시간으로
떠나고 거기서 함께 공유했던 공간을 재현해낸다.
　그리고 그 여행 속에서 또 하나 중요한 소재가 알코올의 존재이다.
그것은 이성을 마비시키는 감각이기에 무의식의 심층을 드러내는 매
개라 할 수 있다. 그러한 기능을 수행하는 것이 바로 냄새이다. 술은

냄새에 의해서 자아의 심연 속으로 들어오게 하거니와 그 공유의 지
대를 통해서 과거의 여성과, 그와 함께 했던 공간을 재현한다. 그런 다
음 이를 현재의 시간성으로 침투시킨다.

소월의 마비된 정서들은 감각의 기능적 작용에 의해 서서히 깨어나
게 된다. 감각적 기호들은 그에게 크나큰 자극을 주면서 잠들어 있었
던 기억을 일깨우고 영혼을 움직이게 만드는 것이다[13] 이성 전능 시대
에 무기력했던, 무의식의 심연에서 잠들었던 욕망이 드디어 수면 위
로 떠오르기 시작한 것이다.

들고나는 밀물에
배 떠나간 자리야 있으랴.
어질은 아내인 남의 몸인 그대요
「아주, 엄마 엄마라고 불리우기 前에」

굴뚝이기에 연기가 나고
돌바위 아니기에 좀이 들어라.
젊으나 젊으신 청하늘인 그대요,
「착한 일 하신 분네는 천당가옵시리라.」
　　　　　　　　　　　　　「아내 몸」 전문

비교적 짧은 시형식이긴 하지만, 이 작품이 담고 있는 함의는 무척
다대하다. 소월이 여성을 대상으로 한 작품 가운데 유독 많이 등장하
는 것이 아내이다. 물론 모성성이라는 측면에서 보면, 어머니와 아내,

---

13) 성기현, 『들뢰즈의 미학』, 그린비, 2019, p.124.

기타 등등의 여성이 동일한 신화적 의미를 갖는다는 점에서는 큰 차이가 없을 것이다. 그럼에도 불구하고 모성의 상징인 어머니의 존재가 작품 속에 많이 등장하지 않는 것은 주목을 요하는 일이 아닐 수 없다.

어머니에 대한 부재의식은 소월 뿐만 아니라 정지용의 경우에서도 동일하게 나타난다. 정지용의 대표작 「향수」에서 등장하는 여성 화자는 아내와 누이 뿐이다. 하지만 모성이 부재하는 것이 식민지 시대 시인들의 일반적 현상이라고 간주할 수는 없을 것이다. 잘 알려진 대로 이 부분에 가장 많은 부분을 할애한 시인은 정인보이다. 그는 「자모사」연작을 비롯해서 어머니를 소재로 한 시들을 다른 어느 누구보다도 많이 창작해내었다[14]. 그는 식민지 시대에 어머니를 소재로 노래한 최고의 작가였던 것이다. 그리고 오장환의 경우도 마찬가지이다. 오장환의 시들이 전통의 부정과 새로운 세계로 찾아나가는 여로 구조로 되어있지만, 그 근저에 깔려있는 것은 어머니였다. 모성은 그로 하여금 방랑을 멈추고 다시 고향에 회귀하는 원동력이 되었고, 그 연장선에서 해방 직후의 사유에도 지대한 영향을 끼치게 되었다.

어떻든 소월의 경우도 정지용의 경우처럼, 모성으로서의 어머니는 작품에 거의 등장하지 않는다. 어떤 이유에서 그러한 것인가에 대한 판단의 자료가 남아있지 않지만, 아마도 그의 전기적 사실과 무관하지 않은 것처럼 보인다. 소월은 잘 알려진 대로 아비가 부재한 상황이었다. 소월의 부친이 일제의 부랑배들에게 얻어 맞고 평생 불구의 삶을 살았던 것은 그의 숙모 계희영의 회고에서 잘 드러난 바 있다[15]. 그

---

14) 『신생』, 1925.
15) 계희영, 앞의 책 참조.

에게 있어 아비의 부재는 곧 어머니의 부재로 이어진 것으로 보인다. 실제로 이 글에 의하면, 소월의 정신사에 절대적으로 영향을 끼친 것은 어머니가 아니고 숙모였다. 그의 문학적 감수성은 모두 이 숙모로부터 얻어진 것으로 되어 있기 때문이다. 이런 전기적 이력이 여성을 대상으로 한 그의 시에서 어머니가 존재하지 않았던 이유가 되지 않았나 생각된다.

소월에게 어머니가 배제된, 여성을 소재로 한 시들은 이렇게 탄생되었다. 「아내 몸」역시 그 연장선에 놓이는데, 이 또한 어머니가 아니라 자신의 아내를 대상으로 쓰여진 작품 가운데 하나이다. 그런데 이 작품이 우리에게 주는 여성적 이미지는 다음 몇가지 국면에서 중요한 경우라 할 수 있다. 첫째는 아내에 대한 예찬이다. 이 상찬의 과정에서 그 핵심에 놓여 있는 것이 '어질다'라는 담론일 것이다. 여성의 몸에 대해서 이런 가치 평가를 하는 것은 세속적이라거나 부정적인 의미가 내포된 것이라 할 수 없다. 그것은 욕망의 상징이라기보다는 모성성이라는 신화적 긍정성이 함의된 것으로 이해할 수 있기 때문이다.

둘째는 근대적 세계관에 대한 부정이랄까 로고스 중심주의에 대한 반담론이다. 이런 의미들은 2연에서 확인할 수 있는데, 여기에 대해 좀 더 적극적인 의의를 덧붙이게 되면, 그 가설은 충분히 설득력이 있는 것이라 할 수 있다. 소월은 2연에서 "굴뚝이기에 연기가 나고", "돌바위 아니기에 좀이 들어라"라고 했다. 무척이나 평범한 보편성을 갖고 있는 말이긴 하지만, 이를 근대성의 맥락에 편입시키게 되면, 그것이 갖는 의미의 진폭은 상당히 커지게 된다. 가령 "굴뚝이기에 연기가 난다"라는 말은 원인과 결과에 의해 형성되는 기계론적 인과성을 담보하고 있는 경우이다. 근대가 과학이나 실증적 세계관에 기반한 합리성에 의해 지배되는 사회임을 감안하면, 이 구절이 표명한 내용들은 이와 분리시켜 논의하는 것이 어려울 것이다.

그리고 맨 마지막 구절에서 소월은 "착한 일 하신 분네는 천당가옵시리라"라고 했다. 로고스 중심주의를 대표하는 앞 구절에 비하면, 이 맥락은 무척이나 신화적인 것이라 할 수 있다. 계몽의 정신과 비교하면, 미신화의 영역에 속한 것이 아닐 수 없다. 그것은 다음과 같은 이유 때문이다. 우선 계몽이란 탈미신화의 과정이다. 여기서 미신화란 과학의 반대편에 놓인 지대에서 만들어지는 영역이다. 그것은 모호하고 신비한 영역이다. 따라서 근대를 탈미신화라고 한 것은 이런 비과학성으로부터 과학성을 담보하는 일일 것이다. 소월은 이 작품에서 논리와 신비의 영역을 대비시키면서, 그가 펼쳐보이는 여성성이 지향하는 지점에 대해 은연한 시사점을 던져주고 있다. 그는 여성이라는 타자를 통해 자신의 존재성을 확보하고자 했던 것이다. 그의 감성은 이성에 의해 마비된 채 내던져져 있었다. 이 상태에서 그가 하나의 완결된 존재로 태어나는 것은 불가능했다. 이런 미몽의 상태에서 그는 자신의 정체성에 대해 이해하고자 했다. 그러려면 우선 마비된 감성으로부터 깨어나야 했다. 그런데 그를 일깨운 것이 여성에게서 풍겨나는 매혹의 냄새였다. 냄새란 그 어떤 감각 경험보다 감정을 자극하는 능력이 뛰어나기 때문이다[16]. 이성의 발현을 위해서 숨어야 했던 정념을 되살리게 한 것이 바로 이 감각이었다. 이성의 수련에 의해 부당하게 억압되었던 감성은 반이성의 확산과 더불어 다시 부활되어야 했다. 그의 존재성은 더 이상 메마른 존재로 남아있어서는 곤란했다.

---

16) 『욕망을 부르는 향기』, p.59.

이를 가능케 한 것이 정념을 불러오는 살아있는 감각의 탄생이었다. 냄새라는 감각, 자극적인 시각을 통해 소월은 자신의 삶에 풍부한 자산을 만들어가고 있었다. 그 가운데 여성이라는 존재, 그리고 거기서 스며나오는 후각은 잠들어 있는 감각을 일깨워주는 좋은 수단이 되었던 것이다.

3) 감각의 축제와 욕망하는 존재의 탄생

소월 시에 있어서 감각이란 무엇일까. 그리고 우리 시사에서 감각의 중요성과 그 시사적 의미를 처음 작품화한 소월의 의도는 어디에 있는 것일까. 소월이 지속적으로 던져왔던 감각에 대한 물음들이 단지 원초적인 차원에서 그치는 것이 아님을 이미 지적한 바 있다. 그의 감각은 근대성의 맥락에 편입시키지 않고서는 그 시사적 의의는 결코 살아나는 것이 아니었다.

근대는 이성의 전능화이다. 모든 사유와 정서, 판단은 모두 여기에 걸러지는 것이고, 또 이를 매개하지 않는 것은 반근대적인 것으로 사유되어 왔다. 원인과 결과에서 오는 합리성의 정신만이 근대적 질서를 매개하는 근본 동인으로 수용되어 왔던 것이다. 그러나 제국주의로 발현된 합리주의 정신이란 피식민지 주체들에겐 결코 허용될 수 있는 성질의 것이 아니었다. 이는 소월에게도 비껴갈 수 있는 문제가 아니었다. 특히 그는 강압적 폭압에 의해 아비를 상실한 아픔을 겪은 터였기에 근대라는 질서, 합리주의라는 명증성, 이성의 조화로운 판단이란 그에게 아무 의미가 없었다.

소월이 식민지 조선을 죽은 육체에 비유했던 것에는 이런 저간의

사정이 놓여 있었다. 그는 이렇게 죽어있는 육체가 깨어나기 위해서
는 혼이 살아나서 다시 죽은 육신에 들어가야 가능하다고 보았다. 혼
과 육신의 온전한 결합이야말로 생명의 탄생, 건강한 조선으로 이해
했던 것이다. 앞서 언급대로 소월에게 있어 육신은 죽어 있었고, 그 죽
은 육신을 맴도는 혼 또한 육신과 동일한 운명에 놓여 있었다.

　　　푸른 구름의 옷 입은 달의 냄새.
　　　붉은 구름의 옷 입은 해의 냄새.
　　　아니, 땀냄새, 때묻은 냄새.
　　　비에 맞은 축업은 살과 옷 냄새.

　　　푸른 바다……어즐이는 배……
　　　보드라운 그리운 어떤 목숨의
　　　조고마한 푸릇한 그무러진 靈
　　　어우러져 빗기는 살의 아우성……

　　　다시는 葬事 지나간 숲속엣 냄새.
　　　幽靈 실은 널뛰는 뱃간엣 냄새.
　　　생고기의 바다의 냄새.
　　　늦은봄의 하늘을 떠도는 냄새.

　　　모래 두던 바람은 그물 안개를 불고
　　　먼 거리의 불빛은 달저녁을 울어라.
　　　냄새 많은 그 몸이 좋습니다.
　　　냄새 많은 그 몸이 좋습니다.
　　　　　　　　　　　「여자의 냄새」 전문

인용시는 감각을 다룬 소월의 대표시 가운데 하나인 「여자의 냄새」이다. 제목에서 알 수 있는 것처럼, 매우 자극적이고 도발적인 시이지만 그 내용을 꼼꼼히 따라 들어가다 보면, 세속적인 의미에서의 관능성과는 거리를 두고 있는 작품이다. 감각의 적나라한 발산으로 이루어진 작품인데, 우선 여기서 주목의 대상이 되는 것이 "조그마한 푸릇한 그무러진 靈"이란 구절이다. 영(靈)을 묘사하는 데 있어 소월은 세 가지 레테르를 동원하고 있다. '조그마한', '푸릇한', '그무러진'이라는 표현이 바로 그러하다. 이 담론들에서 풍겨나오는 공통의 정서란 곧 죽음의 그림자이다. 소월에게는 육신만이 죽어 있는 것이 아니었다. 하나의 유기체를 지탱하기 위해서는 육체와 정신이 모두 있어야 하고, 또 건강을 유지하고 있어야 한다. 그런데 육신은 죽어있는 것이다. 뿐만 아니라 그것을 지탱하는 또 다른 축인 영 역시 불활성의 존재로 남아있는 것이다.

　「여자의 냄새」에서 등장하는 감각의 춤들은 무척이나 다양하고 현란하다. 이 모두는 어떤 근원을 지시하는 것이면서도 경험과 연결되어 있기도 하고, 또 근대라는 형이상의 관념으로부터도 자유롭지 않다. 어쩌면 감각을 부활시키고자 했던 소월의 가열찬 탐색이 이 작품에서 모두 구현되었다고 해도 과언이 아닐 만큼, 감각의, 아니 좀 더 정확히는 냄새의 다양한 축제들이 벌어지고 있는 것이다. 죽은 육신과 죽은 영을 소생시키기 위해 소월은 이렇듯 다양한 감각을 끌어들이고 있는 것이다. 그 감각 가운데 대표적인 것이 냄새 감각, 후각이다.

　근대의 시작을 알린 것이 데카르트의 "나는 생각한다. 고로 존재한다"라는 코기토였다. 이것이 이성 중심주의임은 잘 알려진 일인데, 소월은 이를 패러디하듯 전복시키는 것처럼 보인다. 곧 "나는 냄새 맡는다. 고로 나는 느낀다"[17]에서 보듯 감각 우선주의를 전면으로 내세우고 있기 때문이다. 소월이 소환해내는 냄새들은 죽어있는 것들과 잊혀진 것들, 그리고 숨겨져 있는 것들을 부활시키는 기제가 된다. 살아있다는 것은 감각이 느껴야 한다. 느끼지 못한 것은 죽은 것이다. 소월은 감각의 축제 속으로 들어가 그것을 마음껏 느끼고 받아들인다. 그렇게 부활한 육체는 다시 마비된, 죽어있는 영을 소환한다. 그리하여 그의 육체와 영은 동일체가 되어 완전한 유기체로 거듭 태어나게 된다.

그런 과정은 다음과 같이 이루어진다. 우선, 소월의 냄새들은 과거의 기억을 소환한다. 자신 앞에 놓여진 다양한 물상들을 통해서 지난 시절 경험했던 냄새들이 의식의 전면으로 떠오르는 것이다. "비에 젖은 땀과 옷 냄새"를 통해서 '때묻은 냄새'라든가 '장사지나간 숲속의 냄새', 혹은 '뱃간엣 냄새' 등등이 그러하다. 냄새란 경험과 결부되지 않으면, 호불호를 느낄 수 없다[18]. 경험이 있기에 과거로의 여행도 가능하고, 거기서 얻은 경험의 지대들을 소환해낼 수가 있는 것이다. 이 과거로의 시간 여행이 의미있는 것은 그것이 현재의 시간성 저편에 놓인 것, 현재의 안티담론이라는 사실 때문이다. 시간의 순환적 국면이야말로 진행형의 시간, 근대적 시간을 부정하는 형식이 아닐 수 없다.[19]

둘째는 그런 과거의 기억들이 소환하는 경험의 지대들이다. 냄새란

---

17) 『욕망을 부르는 향기』, p.32.
18) 『감각의 미래』, pp.73-75.
19) 『한국 전후시와 시간의식』, pp.25-55.

경험에 의해 형성된다. 냄새를 비롯한 감각의 정서는 과거의 좋았던 기억이나 그 반대편의 기억과 불가분하게 결합되어 있다. 그리하여 경험과 결부된 냄새 감각은 과거의 경험을 현재에까지 복원시킨다. 이는 황무지적 현실에 대한 대항담론으로서의 기능을 갖고 있다는 점에서 그 의미가 있는 경우이다.

셋째는 반근대적 사유로서의 냄새 감각이다. 근대화는 이른바 탈취감각과 어느 정도 연결되어 있다. 새니터리(sanitary)에 대한 정서와 탈취는 모두 과학의 논리, 근대의 논리가 만들어낸 경계들이다[20]. 머나먼 과거, 근대 이전이 악취와 관련이 있다고 보는 것이고 근대는 탈취(脫臭)와 깊은 관련을 맺고 있다는 것이다. 악취를 반문명적이라고 보는 것이다.[21] 반면 향기는 새니터리와 불가분의 관계에 놓여 있기에 근대적 이상의 한 국면으로 이해된다. 그런데 소월은 악취를 의도적으로 배제하지 않음으로써, 이 정서로부터 한걸음 비껴서 있다. 그는 "葬事 지나간 숲속엣 냄새"를 소환함으로써 근대가 갖는 새니터리의 정서와는 거리를 두고 있기 때문이다. 여기서 반근대적인 요소의 일단을 읽어낼 수가 있다.

넷째, 과거의 아름다운 복원이다. 냄새를 기억의 공간으로 안내하고 이를 환기하는 기능을 갖고 있는데, 이런 역능은, 「여자의 냄새」에서도 동일하게 구현된다. 그런데 중요한 것은 그 구현의 방식이 앞서 살펴본 대로 하나의 감각으로 편중되어 있지 않다는 점이다. 소월은 그가 경험했을 법한 과거의 기억들을 총체적으로 구현한다. 좋은 냄새

---

20) 『감각의 역사』, p.89.
21) 위의 책, p.135.

와 나쁜 냄새가 있는가 하면, 산의 냄새가 있고, 자연의 냄새가 있다. 뿐만 아니라 제목의 경우에서 보듯 여자의 냄새가 있기도 하다. 그가 맡아왔던 혹은 맡고 있는 후각들이 작품 「여자의 냄새」에서 모두 구현되고 있는 것이다.

다섯째는 후각에 의해 동류의식의 부활이다. 동물은 후각을 통해 서로의 동류항을 만들어간다. 동물들이 시각보다는 후각이 보다 발달한 것은 이 때문이다. 소월이 복원하는 후각또한 이런 감각으로부터 자유로운 것이 아니다. 이는 개인적인 국면과 사회적 국면 모두에서 유효한 것인바, 한편으로는 개인의 부활과, 다른 한편으로는 공동체의 부활과 밀접한 관련을 맺고 있었던 것으로 이해된다. 나의 냄새가 있고, 우리의 냄새가 있으며, 공동체 전체를 표상하는 냄새는 분명 존재한다. 이는 타인과 다른 공동체를 구분시켜주는 충분한 근거점이 될 것이다. 따라서 냄새를 통해 후각의 부활은 나와 공동체의 공유의식의 부활과 밀접한 관련을 맺고 있다고 하겠다.

이런 냄새를 통해서 소월의 육체는 살아나기 시작한다. 이성에 억눌린 마비된 감각들이 냄새를 통해서 다시 소생하고 있는 것이다. 마치 무덤들이 혼의 주입으로 다시 살아나고 있는 것처럼, 죽은 육신이 냄새를 통해서 살아나고 있다. 냄새는 마비를 풀어내고 육신을 소생케 하는 것이다. 육신이 살아난다는 것은 그의 육체가 깨어났다는 것이고, 욕망하는 존재가 되었다는 뜻이기도 하다. 육체가 살아남으로써 그의 죽어있는 영(靈) 역시 깨어나게 된다. 이제 소월은 건강한 육신과 영의 소유자가 된 것이다.

상냥한 太陽이 씻은듯한 얼굴로

山속 고요한 거리 위를 쓴다.

봄아침 자리에서 가주 일은 다는 몸에

홑것을 걸치고 들에 나가 거닐면

산뜻이 살에 숨는 바람이 좋기도 하다.

뾰죽뾰죽한 풀 엄을

밟는가봐 저어

발도 사분히 가려 놓을 때,

과거의 十年 기억은 머리 속에 鮮明하고 오늘날의 보람 많은 계획이

확실히 선다.

마음과 몸이 아울러 유쾌한 간밤의 잠이어.

「健康한 잠」전문

아무리 좋은 자연이 있어도 육신이 반응하지 않으면 아무 소용이 없다. 다시 말해 육신이 마비되어 있어서, 그 감각을 느끼지 못하면 자극에 반응하지 않는다는 뜻이다. 그러나 소월의 경우 감각은 되살아났고, 육신은 건강해졌다. 위협하는 외부 세계로부터의 자립도를 높이기 위해 욕망하는 자기 신체에 대해 나르시스적인 입장에 서게 된 것이다[22]. 신체에 대한 욕망의 충족, 그 느낌을 온전히 갖추기 시작하는 것이다. 그렇기에 자연이 주는 감각을 온전히 자기화할 수 있는 열린 자세를 갖게 되었다. "마음과 몸이 아울러 유쾌한 간밤의 잠"이란 이런 경지에서 가능해진 것이라 할 수 있다.

이런 맥락에서 이해하게 되면, 기왕에 규정되어 왔던 소월과 자연의 관계는 다시 재고의 여지가 있게 된다. 잘 알려진 대로 소월과 자

---

22) 쓰보이 히데토, 『감각의 근대』(박광현 외), 어문학사, 2018, p.304.

연은 불화의 관계로 이해되어 왔다. 그의 명작 「산유화」는 그러한 관계를 잘 보여주는 시였는데, 가령 '저만치'가 지시하는 것처럼, 소월과 자연의 합일은 불가능한 일이었다. 그의 비극이나 한의 정서가 자연과의 거리에서 형성된 것이라고 이해되어온 것이 사실이다.[23] 하지만 상호간에 화해할 수 없었던, 자연과 서정적 자아 사이에 놓인 거리는, 감각을 매개로 전혀 새로운 관계로 접어들게 된다. 그것은 불화의 관계가 아니라 화해의 관계, 조화의 관계로 전이되고 있다는 점에서 그러하다. 이렇듯 냄새는 죽어있는 육체, 잠들어있는 영혼을 깨어나게 했다. 자연과 인간의 거리는 냄새라는 감각을 통해서 하나가 되고 있었던 것이다.

3. 감각이 소월 시에서 갖는 의의

이성을 중시하는 사회에서 감각은 모호하고 주관적인 영역으로 치부되었다. 원인과 결과에 의해서 만들어진 인과론적 세계관에 비추어볼 때, 감각이 예외적인 영역으로 남게 되는 것은 자연스러운 일이라 하겠다. 주관이 객관을 능가하는 것은 불가능하기 때문이다. 따라서 이성이 강화됨에 따라 감성이나 감정 등 소위 감각에 속하는 것들은 점차 수면 아래로 가라앉게 되었다. 하지만 근대의 이중성에서 보듯, 이성의 전능이 늘 성공을 보증하는 것은 아니었다. 이성과 대비되

---

23) 이에 근거하여 소월은 자연과 영원히 합일할 수 없었던, 근대인 갖고 있었던 전형적인 자아로 일반화되어 왔다.

는 요인들이 그 실패와 더불어 수면 위로 떠오르게 된 것은 이런 저간의 사정과 불가분하게 얽혀 있었다.

한국 시사에서 감각을 시사적 영역으로 처음 올려 놓은 시인은 소월이라고 할 수 있다. 그는 최초의 근대 시인이었거니와 그의 그런 위치란 실상 여러 부분들을 실험할 수도 있고, 또 그 작업들을 통해서 어떤 의미를 만들어낼 수도 있는 위치에 있었다고 할 수 있다. 하지만 그러한 조건들이 한 시인을 절대적인 위치에 올려놓은 충분조건이 될 수 없는 것이며, 우리가 소월을 주목하게 되는 이유도 그러한 조건들이 제시하지 못했던 부분들에 대해서 그 의미를 찾을 수 있어야 한다는 점 때문일 것이다.

소월이 활동했던 1920년대란 이성의 전횡이 극대화된 시기이다. 그 외형적 발현이 제국주의였고, 이 아우라가 지배하는 동안은 이로부터 자유로운 존재는 아무도 없었다. 소월이 살았던 시대가 바로 그런 암울한 시기였는데, 그의 시들이 천착해나갔던 부분도 이와 밀접한 관련을 맺고 있었다. 소월은 그것을 육체나 혼의 죽음으로 이해하거나 어느 하나의 결핍에 의한 다른 것의 불구성으로 이해해 왔다. 그것은 부조화의 세계이며, 이런 지배하에 놓인 시인이란 불활성의 존재로 남아 있을 수밖에 없었다. 그가 자신의 주변 환경을 무덤으로 인식하거나 죽은 육체로 사유한 것은 이런 이유 때문이다.

이렇게 죽어있는 육신이나 조국, 혹은 환경을 살리기 위해서 그가 할 수 있었던 것은 이를 원래의 상태로 되돌리는 일이었는데, 그는 그것을 감각의 부활에서 찾고자 했다. 이성은 육체를 둔화시키거나 영(靈)의 쇠퇴를 가속화시켰다고 소월은 판단했다. 소월은 이를 전복시키기 위해서는 이성에 억눌려 있던 감각, 마비된 감각을 풀어헤쳐야 한다고 인식했다. 그는 그 마비된 육체를 후각을 통해서 풀고자 했다. 감각을 느낄 수 있다는 것은 죽어 있는 육체가 다시 깨어나는 일과도 같은 것이다. 뿐만 아니라 육체가 깨어난다는 것은 그와 공존하는 영의 부활과도 밀접한 관련을 맺고 있는 일이기도 하다. 감각은 이제 영혼을 구원하기 위해 활동하기 시작한 것이다.

소월은 감각의 부활을 통해서 자신의 정체성을 확인하고 이를 통해 조선의 정체성이 무엇인지 알고자 했다. 여자의 냄새가 자신의 욕망을 깨어나게 했고, 이를 통해 육체는 다시 건강한 모습을 찾아가기 시작했다. 여기서 소월의 작품 세계는 일대 전환이 일어난다. 여성화되어있던 시의 화자들이 남성적 존재로 새롭게 태어나는 것이다. 뿐만 아니라 건강한 육체는 죽어있는, 불활성의 영(靈) 또한 새롭게 태어나게 만들었다. 이렇게 탄생한 육체와 정신을 통해서 그는 근대의 이분법적 세계, 이성의 전능을 초극하고자 했다. 그 아름다운 초월이야말로 소월이 탐색했던 탈근대성의 구경이었다고 할 수 있을 것이다.

제6장 「시혼」과 영원에 대한 그리움

1. 소월 연구의 현주소

　한국 사람치고 소월 시인을 모르는 사람은 없을 것이다. 그의 시 한 두 편 정도를 암기하는 것은 물론이거니와 그의 시에 표명된 정서의 감응력에 공감하지 않는 한국인도 드물 것이다. 그만큼 그는 한국 사회와 한국 근대시사에서 독보적인 존재로 우뚝 서 있는 것이다. 그는 일찍이 개화의 물결이 거세게 몰아쳤던 평안북도 정주에서 태어났다. 뿐만 아니라 근대시의 선구자였던 김억을 오산학교에서 만나는 행운도 얻은 터였다. 이런 조건들이 시인으로서의 소월을 만들었고, 또 그의 정신세계를 형성하게끔 하는 근본 요인이 되었다.

　그동안 소월에 대한 연구는 광범위하게 이루어진 편이어서 새로운 방법론으로 작품 속에 내재된 내포를 정립한다는 것은 쉬운 일이 아니다. 따라서 지금까지의 모든 연구를 일일이 나열하는 것은 의미 없는 일이거니와 그 대강의 흐름을 제시하면 다음과 같다. 크게 형식과 내용의 측면으로 분류하면 전자의 경우, 소월 시에 드러나는 리듬의식, 이른바 전통적 율조가 어떻게 그의 시에서 구현되는가 하는 것이 연구의 주된 테마가 되었다. 이러한 연구의 주된 내용은 근대 이후 치열하게 전개된 자유시의 리듬이 갖는 한계와 그 대안으로 등장한 전통 율조에 관해서인데 즉, 대안으로서의 전통 율조가 소월 시에 나타난 7·5조 리듬의 요체라는 것이다.

그리고 다른 하나는 내용적 측면에 대한 연구이다. 이는 몇 가지 국면으로 구분할 수 있는데, 먼저 꼽을 수 있는 것이 전기적 연구이다. 소월의 삶이 매우 극적이었던 까닭에 그의 전기와 시와의 상동성 관계는 일찍부터 주목의 대상이 되어 왔다. 특히 소월을 키웠던 계모 계희영의 추억은[1] 그의 작품 세계를 이해하는 데 많은 도움을 주었다. 둘째는 당시를 풍미했던 낭만주의 사조와의 연관성이다. 특히 3·1운동 이후 불기 시작한 전통에 대한 관심의 환기는 소월 시에 내재된 정서의 폭과 깊이를 더욱 확장시켜주었다.[2] 셋째는 소월 시에 나타난 영원성의 문제이다. 김동리에 의해 처음 제기된 소월과 자연의 관계, 그 연장선에서 논의된 영원성의 문제는, 근대를 조정해나가는 소월의 자의식을 해명하는 데 커다란 시사점을 준 바 있다.[3] 넷째는 시와 사회의 구조적 상동성에 대한 접근 방식이다. 특히 역사적 전망의 부재에 따른 폐쇄적 자의식이 만들어낸 여성적 편향성이야말로 소월 시의 최대 특징이자 약점이라는 것이 이 연구의 핵심 요체이다.[4] 그리고 마지막으로 그의 시에 나타난 민족의식이다. 소월이 접했던 다양한 사상

---

1) 계희영, 『약산 진달래는 우련 붉어라』, 문학세계사, 1982.
2) 오세영, 『한국 낭만주의 시연구』, 일지사, 1985.
3) 김윤정 외, 「전통과 영원성의 감각연구」, 『한국현대시인론』, 청운, 2015.
4) 김윤식, 『한국 근대문학사상비판』, 일지사, 1987.

들, 특히 동학과 천도교의 영향에 따른 민족의식의 고양이 혼의 구현과 몸으로의 일체화라는 형식으로 귀결되었다는 점을 밝히면서, 그의 시의 핵심이 땅이라는 육체로 현현되었다는 것이다. 실상 소월 시의 궁극이 땅과 같은 구체적 실체에서 유토피아가 구현되었다는 점에서 이 논의는 매우 의미 있는 것이라 할 수 있을 것이다.[5]

이렇게 다양한 관점과 주제로 소월 시에 대한 접근이 이루어져 왔지만, 여기서 한 가지 아쉬운 점이 있는 것도 사실이다. 그러한 아쉬움이란 어느 특정 연구자 자신만이 갖고 있는 것은 아닐 것이다. 근대시가 형성된 이후 가장 관심을 가졌던 테마 중의 하나는 이른바 근대와 근대성에 관한 문제였다. 그것은 근대시를 여는 효시역할을 한 육당이나 춘원도 비껴갈 수 없는 문제였다. 그러니 이보다 조금 뒤에 등장한 소월의 경우도 근대 시인에게 막중한 비중으로 다가오는 이 문제를 우회하거나 회피하기는 어려웠을 터이다. 물론 소월 시에 있어서 근대 이전의 영원성의 문제라든가 자연에 관한 문제를 가장 처음 제기한 것은 익히 알려진 대로 김동리에 의해서였다.「청산과의 거리」라는 글에서 김동리는 소월 시가 갖는 비극성의 함의를 자연이라는 유기체적 질서와의 분리에서 찾고, 그 좁힐 수 없는 간극이야말로 소월 시의 한계이자 근대인으로 대처할 수 있는 인간 소월의 가장 큰 결함으로 지적한바 있다.[6] 영원의 영역이 비껴간 자리에 근대의 자율성이 놓인다는 김동리의 지적은 매우 탁월한 것이었다. 이를 기점으로 소월 시에서 드러나는 자연의 의미라든가 반근대성에 대한 논의들

---

5) 신범순, 한국현대시학회 편,「김소월의 시혼과 자아의 원근법」,『20세기 한국시론 1』, 2006.
6) 김동리,「청산과의 거리」,『한국현대시연구』, 민중서관, 1977.

은 무수히 제기되어 왔지만, 어느 것 하나 명쾌하게 정리되거나 뚜렷한 해법을 제시하지 못한 것 또한 사실이다. 그만큼 소월 시에 있어서 자연의 의미는 매우 중요한 역사철학적인 내포를 갖고 있는 것이어서 이를 근대성의 맥락이나 식민지 근대화의 전략과 결부시켜 설명하는 경우는 희귀했다고 할 수 있을 것이다.

소월은 대중의 정서를 가장 많이, 그리고 공통적으로 함유시켜 작품화한 보기 드문 시인이다. 그의 시에서 드러나는 이러한 공통분모가 남북의 연구자들이나 독자들로부터 사랑받고 애송되는 주요한 이유가 될 것이다. 소월 시의 향토성과 보편성이야말로 한민족의 정서를 단일하게 이끌어내는, 혹은 하나로 묶어내는 중요 수단이라는 점에서 그러하다. 그런데 그러한 공통분모의 배음에 놓인 것이 소월 시에서 드러나는 근대 풍경이다. 풍경이란 단순한 완상을 넘어서는 곳에 위치한다. 만약 그것이 호기심이나 관심거리의 수준을 넘어서지 못하는 이상, 그것은 단지 근대인의 평범한 소일거리에 불과할 것이다. 소월이 자신의 작품에서 직조한 풍경의 배음에 놓인 것, 그의 표현대로 시의 음영이 자리하고 있는 것이 자연의 장대한 파노라마였던 것이다.

2. 「시혼」과 반근대성

소월이 자신의 첫시집 『진달래꽃』을 매문사에서 낼 무렵, 그의 처음이자 마지막이라 할 수 있는 시론인 「시혼」을 쓴 바 있다. 1925년 『개벽』 59호에 발표했으니 시집 『진달래꽃』보다 몇 달 앞서는 시기였다.

「시혼」은 소월의 개인 창작시론이기도 하면서 한국 근대 시사에서의 본격 시론이기도 하다. 그것이 이 시론의 의의인데, 기왕의 연구자들도 이 점에 주목해서 그것이 갖는 의미에 대해 문학적, 혹은 시사적 의미를 부여하려고 노력했다. 그 방향은 대략 두 가지 각도에서 시도되었는데, 하나는 그가 여기서 언급한 자연의 의미이고 다른 하나는 시혼의 시대적 의미에 대한 것이었다. 소월이 표방한 자연의 의미에 대해 천박한 해석도 있었지만[7], 그 나머지 대부분은 근대인으로서 포회하고자 했던 소월의 정신적 지향점이랄까 근대적 의미에 대해 천착하고 있다. 그리고 '시혼' 역시 근대 시인이 통상적으로 함의하는 시정신의 차원에서 그 의미론적 분석이 있어 왔다. 특히 영혼은 사람의 본질이라는 측면에서 접근하여 영혼과 육의 적절한 교합이야말로 「시혼」이 갖는 궁극적 함의라고도 했다.[8]

　「시혼」 속에 표명된 소월의 의도에 대해서 대부분 동의하는 것처럼, 근대의 일상인이 가질 수 있는 시정신의 의미를 소월 나름대로 천착한 것이 이 글의 핵심 요체였다. 「시혼」 속에 표현된 소월의 정신이 이 범위를 비껴가는 것은 아니다. 앞서 언급대로 소월은 다른 누구보다도 근대의 세례를 일찍 그리고 풍족히 받을 수밖에 없는 환경에서 자라나왔다. 그는 서구 문명이 가장 일찍 들어온 서도 출신이었다. 뿐만 아니라 자신의 아버지가 철도 부설과 관련된 상황 속에서 정신적, 육체적 좌절을 겪은 터였다. 그렇기에 소위 근대성의 제반 양상이나 식민지 근대성이 갖는 제반 모순에 대해 누구보다도 심각히 받아들일

---

7) 송욱, 김학동 편, 「소월의 시론에 대한 비판」, 『김소월』, 서강대출판부, 1998.
8) 신범순, 앞의 글.

수밖에 없는 처지에 있었다. 그러한 시대적 배경이 시를 만들게 하는 시정신의 핵심으로 자리하게 되었음은 당연한 일이었다고 하겠다.

「시혼」은 그러한 의도와 배경 속에서 소월 자신의 독특한 세계관이 개입하여 만들어진 글이다. 그렇기에 그의 시세계를 탐색해 들어가는 데 있어서 이 글이야말로 가장 중요한 시해석의 시금석이 된다고 할 수 있을 것이다.

「시혼」은 두 가지 사유가 중층적으로 결합되어 나온 것으로 판단된다. 하나는 근대의 역사철학적인 맥락이고 다른 하나는 식민지 근대가 갖는 모순의 맥락에서이다. 그러나 우리 근대 시사가 그러한 것처럼, 이 둘의 관계는 병렬의 관계로 현현하는 것이 아니라 동일한 틀 내에서 작용하는 유기적인 조직과 같은 것이었다. 다른 말로 하면 어느 하나가 다른 것을 딛고 우위에 있는 관계가 아니라 상호 보족의 관계에서 형성된 것이라는 의미이다. 이런 전제에 설 때, 소월시에서 드러나는 근대성의 문제와 민족주의적 색채가 동일한 음영 속에서 생성된 것임을 이해할 수 있게 된다.[9]

소월의 유일한 시론인 「시혼」이 발표된 것은 1925년 『개벽』 25호에서이다. 길지 않은 이 글에서 소월은 자신의 시세계가 지향하고 있는 것이 무엇인지, 그리고 근대에 대한 자신의 생각이 어떤 것인지 비교적 명쾌하게 밝히고 있다. 여기서 명쾌하다고 했지만, 그것은 어디까지나 후대의 연구자에 의한 판단의 결과이지 소월 자신이 뚜렷하게 의식한 것이라고는 할 수 없다. 그럼에도 불구하고 「시혼」 속에 함의

---

9) 물론 이런 이해는 소월이 천도교나 오산학교 시절 이 사상에 물든 김억이나 조만식, 더 넓게는 이 학교 전체의 풍토로부터 받은 영향에서 자유로운 것이 아니었을 것이다. 위의 글 참조.

된 내용에서 근대에 대한 사유, 그리고 시에 대한 그의 뚜렷한 입장을 읽어낼 수 있다. 그런 면에서 이 글은 몇 가지 층위에서 그 분석이 가능한데, 그 첫 번째가 소위 반근대성에 대한 사유이다.

> 무엇보다 밤에 깨여서 하늘을 우러러 보십시오. 우리는 낮에 보지 못하던 아름다움을 그곳에서 볼 수도 있고 느낄 수도 있습니다. 파릇한 별들은 오히려 깨여 있어서 애처럽게도 기운 있게도 몸을 떨며 영원을 속삭입니다. 어떤 때는 새벽에 저가는 고요한 달빛이 애틋한 한조각 숭엄한 채운(彩雲)의 다정한 치마꺼를 빌어, 그의 가련한 한두 줄기 눈물을 문지르기도 합니다. 여보십시오, 여러분, 이런 것들은 적은 일이나마 우리가 대낮에는 보지도 못하고 느끼지도 못다던 것들입니다.
>
> 다시 한번, 도회의 밝음과 지껄임이 그의 문명으로써 광휘와 세력을 다투며 자랑할 때에도, 저 깊고 어두운 산과 숲의 그늘진 곳에서는 외로운 버러지 한 마리가, 그 무슨 설움에 겨웠는지, 쉼없이 울고 있습니다.[10]

여기서 소월은 자연을 문명의 안티테제로 설정해놓고 있다. 인간의 긍정적 삶의 조건을 위해서는 문명보다는 자연을 우위에 두고 있는 것인데, 실상 이런 사유는 소월의 시대에 매우 예외적인 것이 아닐 수 없다. 반문명의 기치를 들고 모더니즘 문학이 본격적으로 등장하기 시작한 것이 1920년대 후반이고 보면, 자연과 문명의 이분법에 관한 소월 자신의 판단은 매우 전위적인 것이었다고 할 수 있을 것이다. 소월에게 있어 자연은 안분지족이나 무위자연과 같은 도락의 차원을 넘

---

10) 오세영 편저, 「시혼」, 『김소월』, 문학세계사, 1996, pp.246-247.

어서는 곳에 존재하기 때문이다. 그는 이렇듯 근대라는 거대한 축을 뛰어넘고자 하는 역사철학적 함의를 자연의 구경적 의미에서 찾고 있는 것이다.

음풍농월의 차원이 아니라 삶의 근본적 요건으로서의 자연을 의미화하는 것은 근대성의 맥락에서 매우 유효한 전략 가운데 하나이다. 정지용 이후 현대시가 도달하고자 했던 궁극적 지향점 가운데 하나가 자연이었다는 점은 소월의 자연관이 주는 의미의 함량이 어떤 것인가를 잘 말해주는 대목이 아닐 수 없다.

그리고 자연의 근대적 의미와 더불어 「시혼」에서 읽어낼 수 있는 또다른 의미는 소위 '시혼'에 관한 것이다. 자구 그대로 풀이하자면 소월은 시와 혼을 결합해서 시혼이라는 용어를 만들어냈지만, 그것의 궁극적 초점은 혼의 영역에 두지 않았는가 할 정도로 그것의 의미와 근대적 맥락을 매우 강조하고 있다. 그는 여기서 그것을 다음과 같이 정의하고 있다. 첫째 시혼의 근간이 되는 영혼이 있고, 그것은 모든 사람에게 고유하게 존재한다고 본다. 영혼이란 인간의 영역에서 가장 높이 느낄 수도 있고 가장 높이 깨달을 수도 있는 힘, 또는 가장 강하게 진동이 맑게 울리어 오는, 반향과 공명을 항상 잊어버리지 않는 악기와 같은 것이고, 또 모든 물건이 가장 가까이 비치어 들어옴을 받는 거울과 같은 것으로서 보고 있다.[11]그런 각자의 양태들이 곧 우리의 영혼의 표상이라고 한다. 둘째, 이렇게 형성된 영혼은 결코 변하지 않는 것, 곧 시간과 공간을 초월하여 존재하는 항구적인 어떤 것으로 인식

---

11) 위의 글, p.247.

한다.[12] 셋째는 그러한 영혼은 동일한 사람 내에서도 변하지 않으며, 작품 속에서 얼굴을 달리 하며 나타나는 것은 그것을 감싸고 있는 음영에 따라 달리 보일 뿐이라고 이해한다.

소월은 시혼에 대해 이렇게 장황하게 설명하고 있지만, 그 핵심은 그것이 모든 사람들의 사유 속에 내재하고 있는 것이고, 변하지 않는 항구적 성질을 갖고 있다는 것으로 요약할 수 있다. 그는 시혼의 그러한 항구성과 견고성을 말하기 위해 스승인 김억이 자신의 작품을 두고 평한 대답에서도 똑같이 표명한다. 김억은 소월의 작품 「님의 노래」와 「자나 깨나 앉으나 서나」를 비교하면서 전자를 "너무도 맑아, 밑까지 들여다보이는 강물과 같은 시다. 그 시혼 자체가 너무 얕다"고 하고, 후자를 "시혼과 시상과 리듬이 보조를 가까이 하여 걸어 나아가는 아름다운 시다"[13]라고 했다. 이런 평가에 대해 소월은 다음과 같이 이해를 달리한 바 있다. 한 사람의 시혼 자체가 같은 한 사람의 시작에서 금시에 얕아졌다 깊어졌다 할 수 없다는 것과 또는 시작 마다 새로이 별다른 시혼이 생기는 것이 아니라는 것, 둘째는 작품 속의 음영이 차이가 있더라도 각개 특유의 미를 갖고 있기에 시정신의 편차, 곧 시혼의 차이는 있을 수 없다는 것이다.

여기서 알 수 있는 것처럼, 소월에게 있어 시혼은 어느 계기에 의해 바뀌거나 혹은 작품의 고유성 속에서 새로이 생성되는 가변적인 어떤 것이 아니다. 그것은 한 개인의 영혼 속에 지속적으로 사유되는 변치 않는 어떤 것으로 강력한 포즈를 취하면서 작품 속의 짙은 아우라로

---

12) 위의 글, p.248.
13) 위의 글, p.253.

기능하고 있는 것으로 본다.

소월에게 「시혼」은 그 자신의 시정신을 알 수 있는 좋은 수단이 된다. 그렇기에 그것은 짧은 생애에 결코 적지 않은 작품들을 남긴 그의 작품 세계를 이해하는 길잡이 역할을 한다고 하겠다. 그러나 이런 장황한 설명에도 불구하고 소월이 「시혼」에서 말하고자 했던 의도는 크게 두 가지였다고 생각된다. 하나는 반근대성으로서의 자연의 의미이고, 다른 하나는 항구적 가치 혹은 정신으로서의 시혼의 의미이다. 그런데 이 둘의 관계는 상이하면서도 동일한 것이기도 하다. 그렇다면, 그러한 동일성과 상이성은 어떤 맥락을 갖고 있는 것일까. 이 물음에 대한 올바른 답이야말로 소월 시의 본질에 이르는 길이 아닐까 한다.

자연이 근대성의 사유로 편입되기 시작한 것은 계몽의 실패와 밀접하게 연결되어 있다. 자연의 비자동성이야말로 근대가 직면한 가장 큰 위기였기 때문이다. 따라서 계몽이 위협받는 시기마다 자연은 동일한 함량이나 가치로 수면위로 떠오르기 시작했다. 신이 떠난 중세의 영원성을 대신할 수 있는 것은 오직 자연이라는 영원성뿐이었기 때문이다. 소월이 언급한 반문명적 태도는 일단 여기서 그 시사적 의의를 찾아야 할 것으로 보인다.

둘째는 소월이 「시혼」에서 그토록 강조했던 시혼의 영원성이랄까 항구성에 관한 것이다. 실상 이 문제도 그 음역을 확장시켜 보면 근대적 맥락으로부터 자유로운 것이 아니다. 근대의 일반적 맥락이 일시적 속성에서 탐색되는 것은 자연스러운 일이었다. 근대를 일시성, 우연성, 순간성과 같은 휘발적 속성에서 이해되는 것은 이런 이유 때문이다. 그 일시성의 건너편에 있는 것이 항구성이다. 그런 영원적 요소에 대한 강조야말로 근대의 실패를 역설적으로 보증하는 지표가 아닐 수 없을 것이다.

근대를 불변성의 가치로 맨 처음 인식한 사람은 잘 알려진 대로 엘리어트이다. 그의 대표 글인 「전통과 개인의 재능」에서 전통의 요소를 강조한 것은 근대의 제반양상과 분리하여 설명할 수 없는 것들이었다.[14] 그는 이글에서 시인은 개성을 표출할 것이 아니라 그것으로부터 도피할 것을 권장했다. 물론 개성으로부터의 도피는 일차적으로 반낭만주의적 기류에서 나온 말이지만, 그 숨겨진 함의를 추적해 들어가게 되면 반근대적인 요소가 더 짙게 깔려 있음을 알 수가 있다. 그것이 곧 비가변성으로서의 전통의 내포적 의미이다. 뿐만 아니라 이 전통적 가치 속에는 삶에 대한 새로운 조건 또한 녹아들어가 있음을 보게 된다. 그것은 근대성의 궁극적 과제가 삶에 대한 긍정적 개선에 놓여 있기 때문이다.

이렇듯 엘리어트에 의해 제기된 전통의 의미란 크게 세 가지 국면에서 이해된다. 하나가 반낭만적 정서라면, 다른 하나는 반근대적 태도이다. 그리고 세 번째는 모더니즘의 사상의 깊이와 관련된다. 여기서 사상적 깊이가 모더니즘계 문학에서 주요한 테마로 등장하게 된 것은 이 문학이 갖는 형태주의적 태도에서 기인한 것이었다. 얄팍한 형식위주의 문학적 취향이 현대의 복잡한 의식을 모두 담아내기에는 역부족이었기 때문이다.

엘리어트의 전통론에서 소월의 「시혼」과 관련하여 특히 주목의 대상이 되는 부분은 두 번째의 반근대적 태도이다. 전통이란 항구적 특성을 갖고 있는 것이어서 근대의 가변적인 속성과는 대척점에 놓이는

---

14) T. S. Eliot, 황동규 편, 「전통과 개인의 재능」, 『엘리어트』, 1989.

것이다. 근대의 일반적 속성인 일시성, 우연성, 순간성은 인간의 안식처 구실을 했던 영원성을 박탈해간 요소들이다. 따라서 그러한 순간적 속성에 맞대응하는 영속적 요인들이야말로 미로에 갇힌 근대인의 운명을 올바르게 바로잡을 수 있는 지렛대가 된다고 믿어 왔다. 실상 엘리어트의 전통론이 가졌던 근본 의도도 여기에 놓여 있었다고 해도 과언이 아닐 정도로 전통은 불완전한 근대인이 포회할 수밖에 없는 영원한 향수와 같은 것이었다.

소월이 '시혼'을 일정한 속성을 갖고 있는 것이라는 것, 그리고 변하는 것이 아니라는 것, 시간과 공간을 초월하여 존재하는 것이라 규정한 것은 근대의 일시성과 우연성, 혹은 순간성에 대응하는 방식이었다고 할 수 있을 것이다. 근대를 영원의 감각에서 정초하는 것은 근대에 대한 부정성 없이는 성립하기 어려운 것이다. 특히 식민지 근대화가 차곡차곡 이루어지던 한반도 현실에서 이런 반근대적인 의식만으로도 불온한 현실에 대한 완곡한, 그러나 강력한 항변이라 할 수 있을 것이다. 그런데 현실에 대한 그러한 불만은 소월에게는 더욱 예외적인 것으로 다가왔던 것으로 보인다. 그 원인은 몇 가지 측면에서 접근해볼 수 있는데, 하나는 식민지 근대인이면 누구나 가질 수 있는 반제국주의 의식이다. 이는 비단 소월 한사람에게만 국한되는 문제는 아니고, 민족모순의 뼈저린 시련을 겪은 주체들이라면 누구나 받아들일 수밖에 없었던 정서였다. 그리고 두 번째는 가족사적인 불행이다. 물론 이런 불행이 민족모순이라는 현실과 분리하기 어려운 것은 사실이지만, 소월에게 더욱 큰 아픔으로 다가왔던 것은 가족 내부의 불행이라는 직접성 때문일 것이다. 잘 알려진 바와 같이 그의 부친은 일제의 만행으로 불구가 된 아픈 역사를 갖고 있었다.

그리고 마지막 세 번째는 오산학교 재학시절부터 받아온 강력한 민족주의의 영향이다. 자신의 작품에 이니셜을 넣을 만큼 소월은 민족주의자였던 조만식 선생 등을 무척 흠모해온 터였다. 그것은 안서 김억의 경우도 마찬가지였다. 여기에 한 가지 더 덧붙인다면, 소월 자신이 일본 유학 체험에서 얻은 식민지 지식인의 고뇌가 추가될 수 있을 것이다. 그는 일본 유학 시절에 관동대지진을 겪었고, 이를 계기로 수학을 포기하고 귀국한 바 있다. 그런데 이곳에서 얻은 식민지 지식인의 차의식과 더불어 일제에 의해 저질러진 조선인 학살은 그로 하여금 더욱 민족주의자의 면모를 갖게 했을 것이다. 이런 비극적 체험들이 소월을 민족적인 것에 눈을 돌리게 하고, 자신의 작품 속에 적극 시화하는 동인이 되었을 것으로 판단된다.

이런 계기들이 근대성와 민족성의 자연스런 결합의 장을 마련하게 했던 바, 그것이 시혼이라는 무대이다. 그는 시혼을 절대 불변하는 영원성의 어떤 것으로 이해했다. 이런 이해의 저변에 근대의 일시성과 같은 휘발적 속성들이 깔려 있음은 물론이다. 그리고 거기에 한 꺼풀 더 덧씌워진 것이 민족성이다. 이는 타민족에 대한 대타의식이면서 근대의 일시성을 초월하는 어떤 구실 역할을 했다. 이런 입론에 설 때, 그의 시의 중심 테마이자 소재인 자연의 의미와 혼, 그리고 땅의 의미가 제대로 이해될 수 있을 것으로 보인다. 그것은 별개로 존재하는 개별성이 아니라 하나의 계선으로 존재하는 유기적 실체라는 점에서 소월시의 정신사적 흐름을 잇게 하는 중심축이 된다고 하겠다.

3. 근대적 자의식과 그 초월의 양상들

1) 청산과의 거리와 원형적 삶에 대한 그리움

소월시에서 근대성의 맥락을 가장 먼저 읽어낸 사람은 잘 알려진 대로 김동리이다. 그는 앞의 글에서 소월시에 나타난 비극적 세계관이나 한의 정서를 청산과의 거리에서 찾았다. 실상 김동리가 말한 청산이란 자연의 전일적 세계이다. 그것은 인간과 자연이 분리되기 이전인 통합의 세계이며, 조화롭고 유기적인 세계이다. 그런데 인간은 그 전일적 세계로부터 떨어져 나와 스스로 삶의 방향을 조정해나가는 자율적 인간, 곧 근대적 인간이 되었다는 것이다. 이런 분리야말로 근대인의 조건을 규정하는 근본 틀이라 할 수 있을 것이다.

> 산에는 꽃 피네
> 꽃이 피네
> 갈 봄 여름 없이
> 꽃이 피네
>
> 산에
> 산에
> 피는 꽃은
> 저만치 혼자서 피어 있네
> 산에서 우는 새여
> 꽃이 좋아

산에서
사노라네

산에는 꽃 지네
꽃이 지네
갈 봄 여름 없이
꽃이 지네

「산유화」 전문

　인용시에서 볼 수 있는 것처럼, 자연은 완벽한 어떤 것으로 제시된다. 자연이 그런 조건을 갖추고 있다는 것은 뻔한 상식임에도 불구하고 소월은 그러한 자연의 모습을 상식의 차원에서 제시하지 않는다. 어쩌면 그것이 소월시의 수준이나 작품의 완성도를 담보해주는 조건일 것이다. 일단 이 작품에서 제시되는 자연의 완벽성은 순환적 흐름에서 찾아진다. 근대의 시간성이 직선적 시간관에 의해 조성되는 것은 잘 알려진 일인데, 이와 반대되는 순환적 시간관은 반근대성을 대표한다. 시간이 원으로 제시되면서 시간의 흐름, 곧 직선적 방향을 원리적으로 차단시킨다. 소월이 주목한 것도 그러한 시간성의 연장선에 놓여 있다. 이 작품에서 드러나는 순환성은 형식과 내용 모두에서 가능한데, 우선 형태적인 측면에서 보면 이 시는 앞의 2연과 뒤의 2연이 완벽하게 대조된다. 마치 미술의 데카코마니 기법처럼 좌와 우가 똑같은 대칭 쌍을 이루고 있는 것이다. 이런 모양은 뫼비우스의 띠처럼 처음과 끝이 존재하지 않는 순환의 관점에서 이해될 수 있을 것이다.
　그리고 두 번째는 내용적인 국면에서의 순환성이다. 이 작품의 소재는 꽃의 개화와 낙화의 과정으로 되어 있는 바, 이런 계기적 순서 역시 순환적 질서를 떠나서는 설명할 수 없을 것이다. 뿐만 계절의 순환 또한 이 작품에서 순차적으로 제시되고 있는데, 이런 변환이야말로 가장 대표적인 순환 시간이라 할 수 있을 것이다.

소월이 파악한 것처럼, 「산유화」에서 자연은 계속 돌고 도는 구조로 제시되고 있는데, 이런 시간적 흐름이야말로 영원성의 한 단면일 것이다. 그것은 근대 이전의 시간관일 뿐만 아니라 자연을 기술적으로 지배하는 근대 이후의 시간관에 맞서는 시간성일 것이다. 근대와 계몽이 의심받을 때마다 역설적으로 자연이 그 대안으로 부상한 것도 그것이 갖는 영원적 속성 때문이다. 그런데 소월, 곧 근대인은 그러한 영원으로부터 떨어져 나와 다시는 거기로 합류하지 못하는 불행한 존재로 전락하고 만다. 자연을 상징하는 꽃이 인간으로부터 저만치 떨어져 끊임없는 평행선을 유지하고 있기 때문이다. 그 화해할 수 없는 거리야말로 근대인이 감당해야만 하는 슬픈 운명이 아닐 수 없다.

「산유화」에서 표명된 자연의 의미가 근대인의 슬픈 운명에서 만들어지는 것이라면, 소월은 자연의 근대적 의미를 최초로 발견한 시인이라는 전제가 가능할 것이다. 한국 근대시사에서 근대성을 작품의 맥락 속에 구상화시키고 이를 의미화시킨 것은 모더니스트들에 의해 처음 시도되었다. 그러나 그 방향은 제각각 다른 형태로 인식했는데, 김기림의 경우는 과학의 긍정성에서, 정지용은 이미지의 신기성에서, 김광균은 회화적 이미지즘의 수법에서 받아들였다. 그리고 그 마지막 귀결, 곧 근대성의 최종 여정이라 할 수 있는 통합의 사유는 1930년 후반 정지용의 「백록담」, 곧 자연에서 가능해졌다[15]. 그는 자연의 근대적 의미를 통합의 감수성으로 인식함으로써 모더니즘이 나아갈 중요한 방향을 제시해주었다. 모더니즘의 맥락에서 자연의 궁극적 의미가 정지용에게서 새롭게 의미화된 것이라면, 소월의 「산유화」는 이보다 훨씬 앞서서 의미화된 것이라는 점에서 그 시사적 의의가 있는 것이라 할 수 있다. 어쩌면 한국적 의미의 자연, 혹은 근대적 의미의 자연을 처음 발견한 것이 소월이라는 가설도 세워볼 수 있는 것처럼 보인다. 그런 만큼 「산유화」에서 시도된 자연의 의미는 이전의 경우에서는 거의 찾아볼 수 없는 획기적인 것이었고, 이 발견만으로도 소월의 문학적 가치는 아무리 강조해도 지나치지 않을 것이다.

> 뛰노는 흰 물결이 일고 또 잦는
> 붉은 풀이 자라는 바다는 어디
>
> 고기잡이꾼들이 배 우에 앉아
> 사랑 노래 부르는 바다는 어디
>
> 파랗게 좋이 물던 남빛 하늘에
> 저녁놀 스러지는 바다는 어디
>
> 곳 없이 떠다니는 늙은 물새가
> 떼를 지어 쫓기는 바다는 어디

---

15) 여기서의 자연이란 포괄적 의미로서의 자연을 말하는 것이다. 곧 인간과 자연이 아니라 자연속에 내재된 인간인데, 모든 것이 결국은 자연이라는 집합체로 귀결될 수 있다는 의미이다. 정지용이 「백록담」에서 말한 것은 인간이 자연화되는 과정, 궁극적으로는 하나의 자연으로 모아지는 과정이다.

건너 서서 저 편은 딴 나라이라

가고 싶은 그리운 바다는 어디

「바다」 전문

　자연이라는 유기체적 완결성, 중세의 영원성을 상실한 인간이 다시
금 그것을 회복하고자 하는 의지를 드러내는 것은 당연한 이치일 것
이다. 인용시는 그러한 갈망을 그리움의 정서로 표방한 작품이다. 「시
혼」에서 언급한 것처럼, 바다는 자연의 일부이고 불완전한 삶을 완결
시켜 줄 수 있는 공간이다. 이런 동경은 낭만적 아이러니와 그에 따른
동경의 문제에서도 발생할 수 있는 것이긴 하지만[16], 보다 근본적으로
는 영원성을 상실한 근대인의 우울한 자의식에서 촉발된 것임은 의심
의 여지가 없을 것이다.

　「산유화」에서처럼, 소월은 자연을 이상화시키고 이를 닮고자 하는,
이상화된 욕망을 발산시킨다[17]. 이런 욕망은 물론 불완전한 근대인이
가질 수밖에 없는 한계의식에서 기인한 것이다. 완성과 비완성의 교
호 과정에서 전자로의 틈입이야말로 가장 자연스런 삶의 흐름이기 때
문이다.

　어떻든 소월의 자연은 이상화된 공간으로 제시된다. 그와 대비해서
인간은 매우 불완전한 존재로 구현된다. 이런 이분법이야말로 근대가
만들어낸 운명이며, 영원성을 잃고 스스로 조율해나가는 근대인의 슬
픈 표정이라 할 수 있을 것이다.

---

16) 소월 시의 낭만성에 대해서는 오세영의 앞의 책 참조.
17) 최승호, 『서정시와 미메시스』, 역락, 2006, p.16.

엄마야 누나야 강변살자
뜰에는 반짝이는 금모래 빛
뒷문 밖에는 갈잎의 노래
엄마야 누나야 강변 살자

「엄마야 누나야」 전문

이런 의식이 인용한 시에서처럼 이상적 공간에 대한 갈망으로 나타나는 것은 당연할 것이다. 여기서 강변이란 반근대성의 공간이며, 중세를 대신할 또 다른 영원성일 것이다. 이런 곳으로의 기투야말로 인식의 완결성을 이루어내기 위한 근대인의 처절한 욕망일 것이다.

2) 영원성으로서의 무덤 이미지와 혼의 현재화

한국 근대 시사에서 자연을 근대성의 자장으로 처음 편입시킨 것은 이렇듯 소월이었다. 말을 바꾸면 자연의 근대적 의미는 소월에 의해 처음 의미화되었다고 보는 것이 옳을 듯하다. 자연은 인간과 더불어 유기체적인 전일성을 이루는 대상이 아니라 인간으로부터 분리되어 저 멀리 외따로 떨어져 있는 존재로 현상되고 있는 것이다. 그리하여 그것은 기술적 지배의 대상이 될 수도 있고, 또 인식의 완결성을 이루어주는 이상화의 대상이 되기도 했다. 근대에 들어 자연은 이렇게 이중성의 대상으로 현현되면서, 지배와 피지배의 팽팽한 긴장관계 속에서 그 의미가 실현되고 있었던 것이다.

자연이 갖는 이중적 의미는 인간의 욕망이 지향하는 방향에 따라 어느 한쪽으로 치우칠 수밖에 없다. 그것이 자연의 근대적 의미일 것이다. 이는 계몽의 성패여하에 따라 분명한 결과를 초래할 수밖에 없게 되는데, 실상 지금 여기의 현실에서 계몽의 빛을 말하기 어려운 것이 사실이다. 그렇기에 자연은 개발의 대상이 아니라 이상적 대상으로 인식 주체에게 다가올 뿐이다.

「산유화」에서 분리된 자연이 소월에게 현실 인식의 구체적 좌표였다면, 그 불완전한 현상에 대한 대항담론이 그리움으로서의 자연이었다. 이 자연은 역사철학적인 맥락에서 보면, 완전한 전일체였고, 유기적인 단일성의 세계가 펼쳐지는 장이었다.

그러한 자연의 의미와 더불어 소월의 시에서 또 하나 주목해서 살펴보아야 할 것이 혼의 문제이다. 소월은 자신의 시론 「시혼」에서 이를 영혼이라고도 하고 시혼이라고도 했는데, 이 의미항 역시 이상화된 자연의 연장선에 놓여 있다는 점에서 주목의 대상이 된다. 앞서 언급대로 소월은 '시혼'을 항구성과 영원성을 갖는 어떤 것으로 이해했다. 만약 그것이 이런 시간적 속성을 갖고 있다면, 이 의미 역시 자연의 그것과 동일한 맥락에서 탐색될 수 있는 것이다. 근대의 휘발적 속성에 맞서는 것이 반근대의 담론이다. 그러한 반담론 가운데 가장 대표적인 것이 자연이다. 그것이 근대에 대한 반담론으로 가장 먼저 부각되는 것은 인간 역시 그 경계 내에 있는 존재이기 때문이다. 그럼에도 자연과 인간이 이렇게 대립하는 것은 인간 속에 내재한, 도구화된 욕망에 그 원인이 있다. 그런데 이 욕망을 이끄는 것이 근대의 휘발적 속성들이다. 이를 제어하는 것만이, 그리하여 본래의 자연적 속성으로 되돌려 그 일시적 속성을 영원의 맥락으로 편입시키는 일만이 근대의 어둠으로부터 벗어나는 일이 될 것이다.

근대는 일시성, 우연성과 같은 순간적 속성을 그 특징으로 하고 있다. 반면 소월은 그러한 속성들에 대한 안티담론으로 자연과 같은 영원의 맥락에 기대고자 했다. 근대는 자신을 자연으로부터 분리시켰지만 다시금 그 자연으로 회귀하고자 하는 것이 그의 자연시의 근본 주제였다. 소월은 그런 자연의 연장선에서 혼을, 근대의 또 다른 대항담론을 설정하고자 했다. 그 요체는 앞서 언급한 영원성의 맥락에서이다. 근대가 일시성과 순간의 감각을 유효한 인식지표로 설정하고 있다면, 소월의 시혼은, 자연과 더불어 근대에 대한 반담론으로써 매우 유효한 전략이었다고 할 수 있을 것이다.

「시혼」에서 소월은 그것이 구체적으로 무엇인지 명확하게 밝혀놓은 바가 없다. 다만 그것은 항구성과 영원성의 맥락으로만 풀이되고 있었을 뿐이다. 그러나 이러한 한계에도 불구하고 그의 작품들을 꼼꼼하게 읽어보면 그 구체적인 실제가 무엇인지 대강은 짐작할 수 있게 된다. 바로 역사에로의 경도이다. 소월을 뚜렷한 모더니스트로 규정하는 것에는 어려운 점이 있지만, 그의 시정신이 나아간 행로를 따라가다 보면, 서구 모더니스트들에게서 흔히 볼 수 있는 일반적인 경로를 알 수 있게끔 해준다. 모더니즘의 정신이 자의식의 분열과 일탈에 놓여 있다면, 그 반대편에 놓여 있는 것이 완전성에 대한 희구일 것이다. 서구의 경우 그 여정이 보통은 중세의 유토피아나 종교적 구원의 세계가 전범적인 역사 모델이었음은 익히 알려진 일이다. 소월을 이들이 나아간 행로에 그대로 적용하는 것은 어려운 일이지만, 그 나름의 독특한 경로 또한 이들의 궤적 속에서 추측해 볼 수 있는 것도 가능할 것이다. 그것이 앞서 말한 역사인데, 특히 이러한 이미지들은 그의 시에서 자주 반복되는 일련의 '무덤'시에서 확인할 수 있다.

그 누가 나를 헤내는 부르는 소리

붉으스름한 언덕, 여기저기

돌무더기도 움직이며, 달빛에,

소리만 남은 노래 서리워 엉겨라,

옛 조상들의 기록을 묻어둔 그곳!

나는 두루 찾노라, 그곳에서,

형적 없는 노래 홀러 퍼져,

그림자 가득한 언덕으로 여기저기,

그 누구가 나를 헤내는 부르는 소리

부르는 소리, 부르는 소리,

내 넋을 잡아끌어 헤내는 부르는 소리.

「무덤」전문

무덤은 삶과 죽음의 경계지대에 놓인 것이다. 죽은 자가 완벽하게 사라진 것도 아니고 또 그렇다고 살아있는 상태도 아닌 어중간한 형태가 무덤의 존립양식이다. 그런 상태에서 또 다른 부활을 노리고 있는 것이 무덤의 미정형의 상태가 아닐까 한다. 그런 맥락에서 그것은 삶과 죽음의 경계지대에 놓여 있는 것이라 할 수 있다. 이것이 무덤의 표면적인 모습이라면, 소월은 그것의 성격을 또 다른 곳에서 찾고 있다. 바로 5행의 "옛 조상들의 기록을 묻어둔 그곳"라는 인식, 바로 역사로 보는 것이다. 소월은 역사를 과거의 것이 아니라 현재진행형으로 이해한다. 그것이 살아서 나를 부르고 있기 때문이다. "그 누가 나를 헤내는 부르는 소리"가 황혼의 어스름을 배경으로 곧 신비주의적인 몽환 속에서 시적 자아를 환기시키고 있기 때문이다.

이를 두고 혼의 울림, 혹은 일깨움이라고 한다면, 소월이 기대하고자 했던 것은 의식과 무의식의 경계가 불분명한 몽환의 상태를 즐기는 것이 아님이 분명하다. 그가 이 소리를 통해서 환기하고자 하는 것은 "옛 조상들의 기록"일 것이기 때문이다. 소월은 어째서 무덤을 역사의 기록이라고 인식하고, 또 그것이 자신의 혼을 일깨우는 매개라고 판단했던 것일까. 이런 물음에 대한 답이야말로 소월이 인식한 반근대적인 것의 실체를 알 수 있게 해주는 대목이 아닐 수 없다. 그것은 자연과 연장선에 놓이는 또 다른 영원성이기 때문일 것이다. 그리고 그가 「시혼」에서 말한 불멸의 어떤 것과도 관련이 있을 것이다.

이런 맥락에서 「무덤」이 반근대적 의미에서 시사하는 바는 크게 두 가지이다. 하나는 영혼에 이르는 과정으로서의 말의 역할이다. 소월은 영혼을 몸이나 말보다도 높은 영역으로 파악했다[18]. 그러면서 그것은 변치 않는 항구적 영원성을 갖는 것으로 이해했다. 이에 의하면 말은 영혼으로 가는 중간 단계에 놓인 것이라는 전제가 가능하다. 따라서 「무덤」에서 나를 부르는 소리는 불변한 영원의 영역으로 가는 도정이 된다고 하겠다. 「초혼」을 비롯한 그의 시에서 소리의 음역이 중요한 것은 그것이 영혼으로 안내하는 주요한 수단이기 때문이다.

그리고 다른 하나는 무덤이 갖는 역사적 의미이다. 모더니즘의 도정에서 자연이 갖는 의미는 아무리 강조해도 지나치지 않을 것이다. 모더니스트 정지용에게서 발견된 자연의 의미는 한국적 모더니즘이 나아가야할 최종 목표로 받아들여져 온 것이 사실이다. 특히 전범적인 역사, 서구의 천년왕국과 대비되는 이상적인 역사모델을 가져보지

---

18) 오세영 편저, 앞의 글, p.247.

못했던 한국적 현실에 비추어보면, 구조체지향이라는 모더니즘의 거대한 흐름에서 자연이 차지하는 비중을 알 수 있게 해주는 대목이 아닐 수 없는 것이다. 그러나 자연이 갖는 그러한 형이상학적 함의에도 불구하고 관념적 편향이라는 비판을 비껴가기 어려운 것 또한 사실이다. 자연이 어떤 구체성이 아니라 막연히 존재하는 추상성이라는 측면에서 그러하다. 그것이 한국적 모더니즘이 갖는 장점이자 필연적 한계이기도 하다. 그런데 소월 시의 주제는 그러한 영역을 벗어난 곳에서 형성되고 있다는 점에서 그 의미가 있다.

「무덤」에서 나를 헤내어 부르는 소리는 자연의 아우라로부터 벗어나는 경계지대에 놓이는 음성이다. 그러면서 영혼 속으로 이끌려 들어가는 중간 단계가 되기도 한다. 그런데 그 영혼이란 바로 역사의 기록, 곧 민족 속에 도도히 흘러내려오고 있는 심연과도 같은 것이다. 그런 항구적, 내재적 흐름은 근대의 일시성이라든가 우연성에 맞서는 좋은 수단이 아닐 수 없는 것이다.

산산이 부서진 이름이여!
허공 중에 헤어진 이름이여!
불러도 주인 없는 이름이여!
부르다가 내가 죽을 이름이여!

심중에 남아 있는 말 한 마디는
끝끝내 마저 하지 못하였구나.
사랑하던 그 사람이여!
사랑하던 그 사람이여!

붉은 해는 서산 마루에 걸리었다.
사슴의 무리도 슬피 운다.
떨어져 나가 앉은 산 위에서
나는 그대의 이름을 부르노라.

설움에 겹도록 부르노라.
설움에 겹도록 부르노라.
부르는 소리는 빗겨 가지만
하늘과 땅 사이가 너무 넓구나.

선 채로 이 자리에 돌이 되어도
부르다가 내가 죽을 이름이여!
사랑하던 그 사람이여!
사랑하던 그 사람이여!

「초혼」 전문

초혼이란 육체로부터 나간 영혼을 합쳐지게 해서 다시금 생명이 부활하도록 하는 제의 가운데 하나이다. 따라서 그것은 간절한 기원의 욕망을 담아내고 있다. 불가능하지만 가능하다고 믿는 의식, 그런 염원이 「초혼」의 음성을 만들어낸다. 이 음성은 「무덤」의 경우와 달리 정반대 편에서 울려난다. 「무덤」에서 "나를 헤내는 부르는 소리"에 이끌리던 시적 자아는 「초혼」에 이르면 반대의 위치에 서서 애절하게 부르는 주체로 변해있기 때문이다. 소월은 무덤을 사이에 두고 한편으로는 이곳에서 나를 부르는 소리를 듣고, 다른 한편으로는 내가 그 혼을 부르고 있는 것이다. 그는 이런 상호피드백적인 과정을 통해서 영혼과 육체의 완전한 결합을 갈망하고자 했다.

　이런 간절한 부름 속에 담겨져 있는 것이 현재의 위기에 대한 대응이다. 그것은 근대에 맞서는 영원의 영역이고, 혼의 영역이다. 자연을 대신할 수 있는 새로운 것, 그것을 혼의 울림 속에서 되살리고자 했다. 그 구체적인 실제가 무덤 속에 잠겨있는 것, 곧 민족의 심연에 면면히 흐르고 있는 역사였다.

3) 영혼과 육체의 구체적인 만남-역사와 땅

　근대의 역사철학적 의미는 개인적 한계와 범위를 초월하는 곳에 위치한다. 근대성의 제반 양상이라든가 사조로서의 모더니즘이 개인의 일탈된 정서에 근거하고 있더라도 그 외연이 사회적 맥락과 분리하기 어려운 것은 이와 밀접한 관련이 있기 때문이다. 특히 팽창된 자의식, 피로와 같은 사적 정서들이 개인의 문화 차원에서 국한되지 않음도 그 연장선에 놓인 경우이다. 이를 두고 모더니즘의 발생론적 토양이나 배경으로 설명하기도 한다.

　근대성의 제반 양상이 사회적 음역으로부터 벗어날 수 없는 것이라면, 특히 일제 강점기라는 특수한 현실을 겪고 있는 조선의 현실에서는 더욱 그러했을 것이다. 이는 소월에게도 예외적이지 않았다.

　「무덤」이나 「초혼」에서 이미 그 자취를 어느 정도 읽어낼 수 있었던 것처럼, 소월의 근대적 자의식도 식민지라는 시대적 영역이 비껴갈 수 있는 성질의 것은 아니었다고 할 수 있다. 여기에는 두 가지 전제가 있어야 하리라고 본다. 하나는 일탈된 영원성을 회복하는 문제와 다른 하나는 그러한 정서가 식민지 현실과 어떻게 접맥되어야 하는가

하는 것 등등이다.

소월은 후기로 접어들수록 현실지향적인 시들을 많이 발표하기 시
작했다. 이 시기에 이르러 초기에 보여주었던 센티멘털한 정서라든가
여성편향성의 정서들은 점차 사라지면서 삶의 긍정성과 건강성을 담
보하는 정서들로 채워지기 시작했다.

> 무연한 벌 위에 들어다 놓은 듯한 이 집
>
> 또는 밤새에 어디서 어떻게 왔는지 아지 못할 이 비.
>
> 新開地에도 봄은 와서 가냘픈 빗줄은
>
> 뚝가의 어슴푸레한 개버들 어린 엄도 축이고,
>
> 난벌에 파릇한 뉘 집 파밭에도 뿌린다
>
> 뒷 가시나무밭에 깃들인 까치떼 좋아 지껄이고
>
> 개굴가에서 오리와 닭이 마주 앉아 깃을 다듬는다.
>
> 무연한 이 벌 심어서 자라는 꽃도 없고 메꽃도 없고
>
> 이 비에 장차 이름모를 들꽃이나 필는지?
>
> 장쾌한 바닷물결, 또는 구릉의 미묘한 기복도 없이
>
> 다만 되는 대로 되고 있는 대로 있는 무연한 벌!
>
> 그러나 나는 내버리지 않는다. 이 땅이 지금 쓸쓸하다고.
>
> 나는 생각한다. 다시금, 시원한 빗발이 얼굴에 칠 때,
>
> 예서뿐 있을 앞날의 많은 변전의 후에
>
> 이 땅이 우리의 손에서 아름다워질 것을! 아름다워질 것을!
>
> 　　　　　　　　　　　　　　　「상쾌한 아침」 전문

이 작품의 기본 소재는 무연한 벌, 곧 신개지이다. 이곳은 새로운 개
척지임에도 불구하고 아무런 연고도 없으며, 다만 그 방기된 상태에

서 비가 오고, 까치떼가 깃들며, 오리와 닭이 마주 깃을 닦기도 하는 미정형의 공간이다. 그리하여 여기는 아무도 돌보지 않는 까닭에 자라는 메꽃도 없고, 그저 있는 그대로 방치되어 있는 무연한 벌에 불과할 뿐이다. 이 작품에서 묘파되는 무연한 벌이란 인간의 손길이 미치지 않은, 자연 그대로의 상태이다. 물론 이런 미정형의 상태는 원시성의 한 단면을 보여주는 것이어서 모더니즘이 지향하는 삶의 원형질을 담보해주는 증표로 기능할 수도 있을 것이다. 그러나 소월이 인식하는 이곳은 근대성의 사유로 편입된, 건강한 의미로 새롭게 구조화되는 자연이 아니다. 그의 시의 표현대로 영혼이 떠난 육체에 불과한 날것의 상태, 불모지에 불과할 뿐이다. 그곳이 생의 약동적 공간으로 거듭 태어나려면 어떤 적절한 형식이 주어져야 한다. 소월은 그것을 영혼과 육체의 만남, 곧 혼의 투입이라고 판단하고 있는 듯하다. 그러한 혼의 주입행위가 「초혼」의 도정이었거니와 만약 이 제의를 통과하게 되면, 이 땅은 "예서뿐 있을 앞날의 많은 변전의 후에/이 땅이 우리의 손에서 아름다워질 것을! 아름다워질 것"이라고 보는 것이다.

  땅에 대한 거듭되는 갈망은 역으로 그 부재에 대한 결핍의식 없이는 성립할 수 없는 것이다. 이런 면들은 민족주의자로서 가질 수밖에 없는 소월의 세계관과 분리하기 어려운 것이라 하겠다. 이는 현실인식과 관련하여 가장 많이 언급되는 다음의 시에서 확인할 수 있다.

  나는 꿈꾸었노라, 동무들과 내가 가지런히
  벌가의 하루 일을 다 마치고
  석양에 마을로 돌아오는 꿈을,
  즐거이, 꿈 가운데.

그러나 집 잃은 내 몸이여,
바라건대는 우리에게 우리의 보습 대일 땅이 있었더면!
이처럼 떠돌으랴, 아침에 저물손에
새라 새로운 탄식을 얻으면서.

동이랴, 남북이랴,
내 몸은 떠가나니, 볼지어다.
희망의 반짝임은, 별빛이 아득함은,
물결뿐 떠올라라, 가슴에 팔다리에.

그러나 어쩌면 황송한 이 심정을! 날로 나날이 내 앞에는
자칫 가늘은 길이 이어가라, 나는 나아가리라.
한 걸음, 또 한 걸음, 보이는 산비탈엔
온 새벽 동무들, 저 저 혼자…… 산경(山耕)을 김매이는.
　　「바라건대는 우리에게 우리의 보습 대일 땅이 있었더면」 전문

　인용시는 민족주의자로서의 한 단면을 매우 적절히 보여주는 시이
다. 뿐만 아니라 이 시기에 이만한 정도만큼의 뿌리의식이나 민족의
식을 보여준 시도 드물 것이다. 물론 이 시기에 이와 견줄 수 있는 시
가 전혀 없는 것은 아니다. 이상화의 「빼앗긴 들에도 봄은 오는가」가
바로 그것이다. 그러나 이 작품은 민족주의적 의식보다는 프롤레타리
아 의식에 보다 근접해 있다. 문학 작품이 갖는 상징성이나 중의성을
감안하면 상화의 작품에서도 민족주의적 색채를 전혀 무시할 수는 없
을 것이다. 그 연장선에서 소월의 이 작품도 프롤레타리아의식으로부
터 완전히 자유롭다고 할 수도 없을 것이다. 소월이 활동하던 20-30

년대에 계급주의 운동이 가장 활발하게, 그리고 모든 문인들에게 많은 비중으로 영향을 끼쳤기 때문이다.

그럼에도 소월의 이 작품을 신경향파 문학의 영향으로만 국한시키는 것에는 무리가 따른다. 계급의 관점보다는 민족의식이 보다 강하게 느껴지는 까닭이다. 그리고 이 작품은 땅이라는 물리적 차원을 뛰어넘는 곳에서 의미화된다는 점에서 그 범위를 초월하기도 한다.「무덤」의 경우처럼, 이 작품에서 함의하는 땅도 결국 역사나 민족과 같은 어떤 초월적인 성격을 갖는다. 그것은 지금 여기의 존재들에게 삶의 적절한 환경을 제공해주는 근본 토대이다. 소월은 그 기본적인 삶의 토대를 상실했다. 이렇듯 땅에 대한 희구는 결핍의 정서가 기본 배음으로 깔려 있었던 것이다.

우리 두 사람은
키 높이 가득 자란 보리밭, 밭고랑 위에 앉았어라.
일을 필(畢)하고 쉬이는 동안의 기쁨이여.
지금 두 사람의 이야기에는 꽃이 필 때.

오오 빛나는 태양(太陽)은 내려 쪼이며
새 무리들도 즐거운 노래, 노래 불러라.
오오 은혜(恩惠)여, 살아있는 몸에는 넘치는 은혜(恩惠)여,
모든 은근스러움이 우리의 맘속을 차지하여라.

세계(世界)의 끝은 어디? 자애(慈愛)의 하늘은 넓게도 덮혔는데,
우리 두 사람은 일하며, 살아 있어서,

하늘과 태양(太陽)을 바라보아라, 날마다 날마다도,
새라 새롭은 환희(歡喜)를 지어내며, 늘 같은 땅 위에서.

다시 한 번(番) 활기(活氣)있게 웃고 나서, 우리 두 사람은
바람에 일리우는 보리밭 속으로
호미 들고 들어갔어라, 가즈란히 가즈란히,
걸어 나아가는 기쁨이어, 오오 생명(生命)의 향상(向上)이여
「밭고랑 위에서」전문

  인용시는 땅에 대해 읊은 소월의 작품 가운데 가장 건강성이 묻어 나오는 것이다. 삶에 대한 이런 건강성 혹은 희열의식은 어디에서 나오는 것일까. 이 작품을 이끌어가는 근본 모티프는 일종의 조화감이다. 그 조화감은 먼저 '우리'라는 서정적 자아의 틀에서 시작된다. 소월의 시들은, 아니 대부분의 서정시들의 주체가 일인칭 단수로 종결되는 것은 잘 알려진 일이다. 민중시나 현실참여시처럼 공동체지향의식이 강한 작품들에서 복수의 자아들이 등장하는 것은 쉽게 발견되지만, 서정시의 경우에는 매우 드문 일이라 할 수 있을 것이다. 뿐만 아니라 개인의 우울과 한의 정서로 점철되었던 소월의 시에서 인용시와 같은 '우리'가 시의 주체로 등장하는 사례는 찾아보기가 매우 어려운 것이 사실이다. 그만큼 이 작품이 소월의 문학세계에서 차지하는 비중은 매우 높다 할 것이다.

  다음 이런 조화감은 '살아 있는 몸'의 실체에서 찾아진다. 그러나 이 몸은 단순히 육체의 의미에서만 국한되지 않는다. 그것은 생의 건강성을 유지하기 위한 온갖 질료를 받아들인 상태로 존재하기 때문이

다. 이 시의 시적 공간은 태양과 바람을 받아서 보리가 자라고 새무리들이 즐거운 노래를 부르는 평화로운 곳이다. 이 공간에서 "우리 두 사람은 호미들고 들어가 김을 매"면서 열락의 정서를 경험한다. 그러한 노동 속에서 우리들은 "기쁨에 젖고 생명의 향상"을 느끼게 된다. 이렇듯 모든 생명이 건강하고 조화롭게, 그리고 자유롭게 살아가는 땅이야말로 소월이 원망했던 궁극적 실체였다. 역사의 구체적 실체가 땅이었다. 그러므로 땅은 자연의 연장선에 놓인 것이며, 무덤의, 곧 역사의 구체적 실체였다. 땅은 또한 민족주의적 정서가 짙게 깔려 있다는 점에서 식민지 근대화의 모순을 담아낸 것이기도 했다. 그 모든 것이 현재화되어 시인의 의식 속에 충만할 때, 비로소 생명의 향상이 이루어지는 것이다.

소월에게 중요했던 것은 건강한 삶에 대한 갈망이었다. 그것은 근대인이 경험할 수밖에 없었던 역사철학적인 상황에서도 그러했고, 또 식민지 모순에서 기인한 것이기도 했다. 그는 그 대항담론을 모색하는 과정에서 시혼의 의미를 구현했고, 그것이 펼쳐지는 장을 모색했다. 그 도정에서 만난 것이 땅의 발견이었다. 그것은 단순한 땅이 아니라 영혼이 결합된 땅, 역사를 함의한 땅이었다.

이런 맥락에서 소월 시에서 드러나는 땅의 의미는 대략 다음 몇 가지로 정리할 수 있을 것으로 이해된다. 첫째는 반근대적 의미항이다. 이는 자연의 근대적 의미와 연장선에 놓이는 것이다. 소월이 지속적으로 탐색했던 것은 영원의 문제였다. 자연이 그러했다면, 민족의 심연에 내려오는 역사 또한 지속성이나 항구성이라는 측면에서 그러할 것이다. 그가 「무덤」을 통해서 자신의 자아를 일깨우는 영원의 소리, 역사의 기록을 탐색하는 것은 이와 관련되어 있다. 그것은 모두 영원이라는 맥락, 반근대의 연장선에서 마련된 것이다. 둘째는 식민지 근대의 모순을 타파하기 위한 구체적인 실천으로서의 땅의 의미이다. 땅은 곧 민족이라 할 수 있는데, 단순히 삶의 기본 조건을 충족시키는 매개가 아니라 식민지 모순에 대한 대항담론의 측면을 갖고 있었기 때문이다. 식민지 시대에 있어서 한국의 근대적 좌표는 철학성과 역사성이 분리하기 어렵게 결합되어 있었다. 이런 중층성이야말로 식민지 근대에서 극복해야할 주요한 과제가 아니었을까 한다.

4. 근대성의 새로운 실험

소월의 작품 세계는 단순하지가 않다. 비록 그는 짧은 순간을 살다 갔지만, 그가 남긴 시세계는 결코 작은 범위에 머물지 않고 다양한 해석의 여지를 줄 만큼 많은 내포를 갖고 있었다. 그의 시에는 민요와 같은 전통지향성의 시들이 있고, 모더니즘 지향의 시들이 있는가 하면, 자유시나 정형시와 같은 작품들도 있다. 뿐만 아니라 님이나 자연, 땅, 설화 등을 소재로 다양한 시세계를 구축하기도 했다. 이런 편린들은 그를 단순히 한의 시인이나 전통의 시인, 우울의 시인과 같은 몇몇 틀로 한정화시키는 것을 거부해왔다. 실제로 그에 관해 쓴 무수히 많은 논문과 논평들은 그의 시세계가 추구하는 음역의 다양성을 말해주는 것이기도 하다.

그러나 이런 다기성에도 불구하고 소월의 시에서 가장 중요하게 작동되는 테마 혹은 소재는 자연이 아닌가 한다. 자연의 근대적 의미를 완성시킨 것은 정지용이지만, 이보다 10여년 앞서 자연의 근대적 의미를 발견한 것은 소월이다. 어쩌면 소월은 최초의 근대인, 자연을 처음으로 근대적 의미항에 놓은 시인일지도 모른다. 그만큼 그의 시에서 드러나는 자연의 의미는 새롭게 조성된 것이라 할 수 있다.

소월은 자신의 유일한 시론인 「시혼」에서 영혼의 항구성을 강조한 바 있다. 그는 이 영혼을 단순히 사람에게 국한되는 영혼이 아니라 보다 포괄적인 의미의 항구성으로 이해했다. 그리고 이를 시혼이라는 말로 대치해서 시창작상에 있어 시정신, 곧 시혼은 가변적인 것이 아니라 항구적인 것이라고 이해했다. 시혼에 대한 이런 의미는 엘리어트가 말한 전통의 의미와 거의 동일한 것이었다. 따라서 시혼은 근대의 순간성, 일시성과 맞서는 대항담론의 의미를 갖고 있었다. 소월의 시혼의 의미를 근대적 맥락에서 읽어내고 이를 영원으로 이해한 것은 매우 적절한 것이었다고 할 수 있다.

그런 다음 소월은 이 시혼을 영원성이나 항구성 같은 추상성으로만 한정하지 않고 이를 역사적 맥락으로 이해하고자 했다. 그것이 무덤의 이미지이다. 그는 무덤을 역사의 기록으로 이해하고, 이 기록이 자신의 정신을 일깨우는 소리라고 판단했다. 소월이 시혼의 구체적 실체를 역사의 범위로까지 끌고 들어간 것은 매우 의미 있는 것이었다고 하겠다. 이는 식민지 근대의 모순과 밀접한 관련이 있는 것이기 때문에 그러하다. 불온한 근대를 극복하기 위해 서구의 모더니스트들이 천년왕국이나 역사의 유토피아를 탐색해 들어간 것은 잘 알려진 사실이다. 역사적 맥락, 곧 역사의 혼을 더듬어 들어가기 시작한 소월의 행보는 서구 모더니스트들이 보여주었던 행로와 어느 정도 유사점을 갖고 있는 것이었다.

이 무덤에서 길어 올린 혼이 육신과 어우러져 만나는 장소가 땅이다. 소월에게 땅은 역사의 혼이 결합된 것이면서 다른 한편으로는 민족모순이라는 현실적 상황이 결합된 실체였다. 땅은 항구적 흐름이라는 반근대적 대항담론을 담아내는 것이면서 식민지 모순을 초월하기 위한 수단이었다. 그것은 근대의 모순을 해결하기 위한 또 다른 유토피아이며, 역사의 새로운 장을 열기 위한 시인의 고뇌의 표현이었던 것이다.

제7장 근대와 자연의 상관관계

1. 현대시와 자연

20세기 들어 현대시의 주요 소재 가운데 하나가 자연이라는 사실에 이의를 달 사람은 아무도 없다고 생각한다. 그것은 자연이 우리가 체감할 수 있는 가장 흔한 소재 가운데 하나라는 사실과도 밀접한 연관이 있을 것이다. 우리와 인접한 소재가 주된 관심사가 되고, 그렇기에 그것이 시의 중심 소재로 자리하는 것은 하나도 이상한 일이 아니기 때문이다. 이는 문학이 갖고 있는 본질과도 분리하기 어려운 것이다. 문학과 현실과의 길항관계는 리얼리즘의 주된 관심 대상이긴 하지만, 그렇다고 해서 그들의 관계가 이 분야 밖에서 자유롭다는 뜻은 아니기 때문이다.

문학은 상상력이라든가 주관과 같은 관념의 정서를 항상 경계해 왔다. 그러한 성격 역시 문학의 주요 본질이긴 하지만, 현실을 초월한 문학, 이른바 초현실의 경험들은 언제나 문학을 관념화 내지는 추상화시키는 한계가 있기 때문이다. 그리하여 기계주의적 인과론이라는 오류를 범할 수 있음에도 불구하고 문학에 요구되는 미메시스의 의장들은 긍정적으로 받아들여져 온 것이 사실이다.

이런 경계와 요구가 있기에 자연이 문학의 주요 소재로 등장하는 것은 지극히 자연스러운 일이라 할 수 있다. 문제는 그것이 문학 속에서 갖는 내포와 외연의 영역이다. 자연이 일상의 현실에서 쉽게 취재될 수 있고, 또 보편화되어 있는 것이기에 문학의 소재로 편입되어온 역사는 무척이나 길다. 어쩌면 그것은 문학의 발생론적 기원의 시기와 함께 시작된 것이라 해도 과언이 아닐 것이다. 실제로 고대 시가의 원형을 담지하고 있는 「공무도하가」의 경우도 이 영역과 분리하기 어렵고, 「황조가」의 경우도 이와 밀접한 관련을 맺고 있다. 이런 사실을 감안하면, 시와 자연이라는 소재는 그 역사적 기원이 동일한 것이 아닌가 하는 착각을 불러일으킬 정도로 밀접한 연관관계를 갖고 있다.

그러나 자연과 인간 사이에 형성되어온 조화의 관계는 근대 이후 와해된다. 일찍이 루소는 인간의 팽창적 욕망을 경계하여 "자연으로 돌아가라"고 외친 바 있는데, 이는 자연의 도구화에 대한 경계의 표현이었다. 자연으로부터의 벗어남이란 곧 인간에게 죽음을 의미하는 것이기에 이런 선언이 가능했던 것이다. 이런 사정은 실상 서구 사회에서만 유효한 것은 아니었다. 자연과 일체화된 관계를 중요시했던 동양사회에서도 그 경계의 목소리는 언제나 있어 왔기 때문이다. 그 일탈의 매개가 문명이었던 것은 익히 알려진 일이다.

한국 근대 시사에서 자연의 근대적 의미가 어느 곳에서 시작되었는가 하는 기점을 말하는 것은 쉬운 일이 아니다. 흔히 이야기하듯 자유시의 개화에서 그 기원을 찾을 수도 있고, 근대화가 어느 정도 이루어지기 시작한 일제 강점기를 그 기원으로 할 수도 있을 것이다. 문제는 그러한 기원이 중요한 것이 아니라 그 현상이나 형이상학적인 의미가 어느 시기부터 시작되었는가에 있을지도 모르겠다. 기원이란 그 구분점의 명확함에도 불구하고 발생론적 오류를 범하기 쉬운 까닭이다.

우리 시사에서 근대시의 제반 현상들이 어느 정도 드러나기 시작한 시기는 대략 1920년대 전후로 파악된다. 이는 시뿐만 아니라 소설의 경우에도 동일하다. 근대 소설의 선구로 받아들여지는 이광수의 『무정』이 나온 것이 1917년이기 때문이다. 하지만 시의 경우, 어떤 작품이 근대시의 선구로 자리매김되는지에 대해서는 의견이 무척 분분하다[1]. 그런 이면에 자리한 것은 이른바 『무정』 콤플렉스와 무관하지 않은 듯 보인다. 이 작품이 갖는 근대성은 매우 분명하다. 근대가 요구하는 서사양식이나 문체, 혹은 내용이 함의하고 있는 것들이 전통적인 것과는 너무나 구분되고 있기 때문이다. 그러나 시의 경우, 『무정』에 비견되는 작품을 발견하는 것은 무척이나 어려운 일이다. 따라서 이 작품에 비견되는 시양식을 찾고자 하는 의도랄까 욕망이 너무 앞선 것이 사실이었다. 그리하여 그렇게도 많은 작품 군이 후보의 대상으로 떠오르지 않았나 생각된다.

이런 논란에도 불구하고 우리 근대시는 1920년대 전후에서 시작되었다고 보아야 한다. 일찍이 이 시기에 안서 김억이 『태서문예신보』에서 서구의 다양한 현대시를 소개한 바 있고, 시의 현대성을 담보해줄 시가들이 이 시기에 많이 등장했기 때문이다. 소설 『무정』에 견줄 수 있는 작품군이나 작가들이 이 시기에 많이 등장한 까닭이다. 그 가운

---

1) 작품의 구체성은 제시하지 못하더라도 근대문학의 형성을, 시기적으로는 영정조시기, 갑오경장, 그리고 합일합방 전후의 시기로 나누어 분석하고 있다.

데 우리의 주목을 끄는 것이 모더니즘의 제반 양식의 등장이다. 특히 이 시기에 뚜렷한 형식과 내용을 갖고 등장한 다다이즘에 주목할 필요가 있다[2].

물론 시의 현대성을 담보하는 장르가 우리가 흔히 알고 있는 모더니즘의 범주로만 한정해서 볼 필요는 없을 것이다. 소위 봉건 사회와 근대를 구분짓는 양식들은 모두 시의 현대성에서 논의할 수 있는 것인데, 가령, 이 시기에 유입되기 시작한 서구 상징주의를 비롯한 제반 양식들의 수입 소개와, 카프 문학 등이 그러한 예에 속한다고 할 수 있을 것이다. 그러한 사정을 김기진의 다음 글에서 읽어낼 수 있다.

> 역사적 문예 사상의 발달을 보아 내려오면, 그 사상의 출발됨이 그 생활상태로부터임이라는 것을 깨닫는다. 바꾸어 말하면, 그 시대의 생활상태가 그 시대의 시대사상을 출생하게 하였다는 것을 깨닫게 된다. 과학의 발달이 상공업의 발달이 되어서 도회라는 특수한 부분을 지어내고, 인구의 증식은 도회인으로 하여금 관능적으로 달아나게 하고, 생활의 불안정은 염세사상을 지어내었다. 마라네트 일파의 관능참여의 미래파, 보들레르 일파의 퇴폐파, 그 외의 프롤레타리아의 아리스토크라틱 감정의 소산물인 다다이즘 등, 하나도 도회지에서 발생되지 아니한 게 없다[3].

문학원론적인 입장에서 보면, 이 글은 문학사회학으로부터 한걸음

---

2) 다다이즘이라는 용어가 처음 등장한 것은 玄哲의 「독일의 예술 운동과 표현주의」(『개벽』, 1921.9)이다. 그는 이 글에서 인상주의나 자연주의와 다른 특별한 형식임을 말하면서, 다만 기왕의 표현주의와는 그 취향이 다른 것으로 이해했다.
3) 김기진, 「금일의 문학, 명일의 문학」, 『개벽』, 1924. 2.

도 벗어나지 못하고 있다. 팔봉의 세계관이 그러하기에 이런 인식에 이르는 것은 당연한 것이겠지만, 그러나 중요한 것은 그가 문학을 사회의 상동성에서 이해하고 있다는 점일 것이다. 다시 말하면, 이 시대에 생산되는 모든 문학 양식이란 궁극적으로는 현대성의 국면에서만 그 이해가 가능하다고 보는 것이다. 다양한 문학 양식이란, 근대와 자본주의에 반응하는 방식의 차이 혹은 세계관에서 오는 것일 뿐, 시대와 분리되는 것이란 있을 수 없다는 것이다. 따라서 어느 것을 특정해서 그 양식만을 시의 현대성으로 규정하는 것은 옳지 않은 일일 것이다. 시대에 반응하는 것이 문학이고, 그렇기에 이 시기에 등장한 모든 문학은 그러한 시대성의 국면으로부터 결코 자유로울 수 없다는 것이다.

그럼에도 다다이즘을 비롯한 광의의 모더니즘을 시의 현대성으로 수용하는 것에 대해 대부분 동의하고 있는 것처럼 보인다. 그것은 아마도 이 사조가 현대에 반응하는 감수성이 다른 어떤 사조보다 예민하고 다양하다는 데 그 원인이 있을 것이다. 이는 미래로 향하는 발전 사관만을 고집스럽게 주장하는 리얼리즘의 영역보다는 여러 분야를 다양한 감수성으로 포착하는 모더니즘의 영역이 보다 내밀하고 진지한 문학적 응전 방식으로 이해되어온 사실과 무관하지 않다.

1920년대 초반부터 조금씩 소개되던 모더니즘은 20년대 중반에 들어 문단의 주요 흐름으로 떠오르기 시작한다. 그 중에서 가장 많이 소개된 것이 다다이즘이다. 일본을 거쳐 수입된 것이긴 하지만, 이 시기 문인들이 형식 파괴적인 이 양식의 특징에 많은 관심을 가졌던 것으로 보인다. 시를 포함한 많은 평론들이 이 시기에 발표되었기 때문이다. 이때 이를 주도한 사람은 잘 알려진대로 고한용이다. 그는 1924년한 해에만 7편의 글을 발표하면서 다다이즘의 소개에 매진해 왔다[4].

그러나 고한용의 의욕적인 시도에도 불구하고 이 사조는 많은 반향을 일으키지 못했고, 또한 지속적인 흐름도 이어가지 못했다. 그에 의해 시도된 다다이즘은 새로운 예술혼의 주입과 신선한 예술 형식의 추구라는 긍정적인 가치를 가져왔음에도 불구하고, 그것이 갖고 있는 정신사적 흐름이라든가 자본주의적 문화와의 관련 양상 같은 본질적 문제에는 다다르지 못했기 때문이다[5]. 그럼에도 다다이즘의 한국적 수용과 그 전개 양상이 의미있는 것은 시의 현대성을 논의하기 위한 무대를 제공했다는 사실에 있을 것이다.

김기진이 언급했던 것처럼, 문학이 사회와의 관련 양상 속에 생산되는 것은 지극히 당연한 일이라 할 수 있다. 설사 문학 내재적인 관점을 가지고 있는 사람조차 이를 부인하기는 어려울 것이다. 우리가 소월 시를 응시하는 배경 또한 이와 무관하지 않을 것이다.

소월의 작품들은 현대성이라는 아우라로부터 한걸음 비껴서 있는 것으로 이해되어 왔다. 특히 그의 작품에서 강렬히 솟구쳐나오는 전통의 자장들은 이런 혐의를 더욱 굳히는 계기가 되어왔다. 실상 어느 특정 시인을 한 가지 틀 속에 가두게 되면, 그 시인의 작품 속에 내재되어 있는 다양한 의미론적 국면을 축소하거나 왜곡하게 하는 현실을 만들어내는 것이 어쩔 수 없는 한계로 작용하게 된다. 소월의 경우도 마찬가지이다. 그의 작품을 두고 전통지향적인 세계라고 못박는 것은

---

4) 가령, 「다다이즘」(『개벽』, 1924.9.)에서 시작되어 「다다?」? 「다다」!(『동아일보』, 1924.11.24)에 이르기까지 총 7편을 발표하고 있다.
5) 다다이즘의 한국적 수용과 전개에 대해서는 조은희, 「한국 현대시에 나타난 다다이즘, 초현실주의 수용양상에 관한 연구」, 현대문학연구 72집, 1987 참조.

모두 이런 논리가 만들어낸 결과들일 것이다.

그러나 소월의 시를 두고 최근에 변화의 변곡점이 생기는 것도 사실이다. 그의 작품들은 근대에 들어 그러한 전통의 감옥에만 갇혀 있지 않다는 사유들이 점점 커지고 있기 때문이다. 그 역시 문학과 사회의 관계라든가 시대가 부과하는 당위성으로부터 자유롭지 않았다는 사실에 연구자들이 주목하기 시작한 것이다.

최근 들어, 자료의 새로운 발굴[6]과 그의 작품 속에 감춰진 내포에 대한 천착들은 소월의 시들이 갖고 있는 폭과 깊이를 넓혀주는 계기가 되고 있다[7]. 이를 통해서 그는 전통적 감수성만을 받아들인 시인이 아니라 시대의 예민한 감수성에 대해서도 외면하지 않았다는 사실이 드러나고 있는 것이다. 지금 말하고자 하는 자연의 의미도 전통적 관점에서가 아니라 시대적 맥락에서 새롭게 재구성되어야 한다는 사실 역시 그 연장선에 놓이는 경우이다. 그리고 그것이 그의 시에서 어떤 함의를 갖고 있었던 것인가를 이해하는 것도 그의 시의 외연을 넓혀주는 일이 될 것이다. 이를 통해서 그는 전통이라든가 땅과 같은 토속적 세계에 갇힌 시인이 아니라는 사실도 증명될 것이다. 그리고 그가 시대가 요구했던 정서들에 대해서도 무척 예민하게 반응했다는 사실 또한 알게 될 것이다.

---

6) 『문학 사상』이 발굴해 낸 「서울의 거리」가 대표적이다. 이 작품이 모더니즘의 시야에서 작성된 것임은 여러 연구자들에 의해 밝혀졌고, 이 책에서 기술한 '소월시에 나타난 산책자의 의미연구'라는 장에서 그 일단을 이해할 수 있을 것이다.
7) 이 경우에 해당하는 것이 그의 시 곳곳에서 드러나는 경향시적 가능성이다. 이 또한 그의 시의 외연을 넓혀주는 계기이거니와 그가 시대적 첨단을 이끌었던 제반 사조에 대해 무감각하지 않았음을 보여주는 단적인 증거라고 할 수 있다.

2. 현대성과 유랑의식

학창시절을 제외하고 소월이 문단의 중심인 서울에 편입된 경우는 많지 않아 보인다. 당시 유행처럼 번지던 문단의 중심에서 활동한 바도 없거니와 그 흔한 동인 그룹에도 거의 가입 활동한 바가 없기 때문이다[8]. 그가 문학에 입문하게 된 것은 잘 알려진 대로 안서 김억의 도움에 의해서이다[9]. 김억은 소월의 먼 친척이었고, 일찍이 그의 문학적 재능을 알아보고 그를 적극 지도했으며, 이후 그의 문단 진출을 돕는 역할을 한 것이다. 하지만 김억의 이러한 노력에도 불구하고 소월은 문단의 중심으로 들어오지 않은 것으로 보인다. 이런 사정은 그가 서울에서 활동하기 시작한 이후에도 마찬가지였다. 20세 되던 1922년에 배재고보 4학년 편입해서 서울 생활을 했기에 소월에게는 문단의 중심에 진입하기 위한 좋은 토양이 마련된 상태였다. 그럼에도 불구하고 그는 문단으로부터 거리를 두었다.

소월이 문단과 거리를 둔 것은 우선 그의 기질적 요인에서 온 것으로 이해된다. 그는 어린 시절부터 사람들과 어울리기를 좋아한 성격이 아니었다. 사람들과의 공존이 어려웠던 것인데, 이는 그의 아버지가 겪었던 불행한 국면들이 그의 성격형성에 일정 정도 영향을 주었던 것으로 보인다. 사람들을 경계하는 성향이 이때부터 형성된 것인데, 그런 편향성, 혹은 대인기피증이 그로 하여금 세상밖으로 시야를

---

8) 소월의 유일한 문단활동은 잡지 『영대』 동인 활동이다. 김동인, 김찬영, 임장화 등과 이 잡지에서 활동했지만, 소월 자신이나 이 잡지가 이 시대의 예민한 감수성과 문단의 선구 역할을 했다고 보기는 어려울 것이다. 순수 동인의 성격을 넘어서지 못한, 취미 수준의 잡지였던 것으로 이해된다.
9) 김학동, 『김소월 평전』, 새문사, 2013, p.221.

바꾸는 것을 어렵게 한 것으로 보인다. 그것이 자신의 부모보다는 숙모 계희영으로 다가가게끔 했을 것으로 생각된다. 정상적인 절차가 아니라 좀 비상적인 절차로 그의 성장과 성격이 이루어졌던 것이 아니겠는가. 어떻든 그의 문학적 기반이 만들어진 것도 이런 상황과 밀접한 관련이 있게 된다.[10] 그의 문학의 한 축을 담당하는 모성지향성이 이와 무관하지 않기 때문이다.

그리고 다른 하나는 김억이라는 매개성이다. 이 시기 김억은 당시 유행하던 문예적 감각에 대해 다른 누구보다도 잘 이해하고 있었고, 소월은 이를 통해서 지식의 갈증을 해소했던 것으로 보인다. 문예집단이 집단성과 세계성에 의해 만들어지는 것이라고 한다면, 소월은 이에 대해 전혀 부족함이 없었던 것이다. 지식에 대한 갈증, 문단에 대한 이해를 김억이라는 매개를 통해서 얼마든지 대리만족할 수 있었기 때문이다.

소월의 작품 세계에서 드러나는 시대의 문맥들을 천착해들어가면, 이런 판단을 내리는 것이 전혀 어색하지가 않다. 앞서 지적한 대로 소월의 작품 속에서 시대의 음영들이 짙게 배어나는 시들을 어렵지 않게 만날 수 있기 때문이다. 지금 논의의 중심인 시의 현대성에 대한 문제도 그 하나이다.

거울 들어 마주 온 내 얼굴을
좀더 미리부터 알았던들
늙는 날 죽는 날을

---

10) 이와 관련해서는, 소월의 일생을 정리한 계희영의 진술에 잘 드러나 있다. 계희영, 앞의 책 참조.

사람은 다 모르고 사는 탓에,

오오 오직 이것이 참이라면

그러나 내 세상이 어디인지?

지금부터 두여들 좋은 年光

다시 와서 내게도 있을 말로

전보다 좀더 전보다 좀더

살음즉이 살는지 모르련만

거울 들어 마주 온 내 얼굴을

좀더 미리부터 알았던들!

　　　　　　　　「부귀공명」 전문

　현대적인 감각을 괄호에 두고 이 작품을 대하게 되면, 인용시는 그
저 평범한 서정시 가운데 하나가 된다. 그러나 작품의 주요 소재인 '거
울'에 주목하게 되면, 인용시가 갖는 자장은 매우 넓어지게 된다[11].

　'거울'이 자아인식의 매개나 수단이 된다는 점은 익히 알려진 바와
같다. 이 작품에서도 그것의 의미는 여전히 유효하다. 서정적 자아는
'거울'을 매개로 거울 밖의 나와 거울 안의 나에 대해서 동시에 인식하
고 있기 때문이다. 흔히 이야기되는 것처럼, 현실적 자아와 본래적 자
아의 대결이랄까 갈등이 여기서도 그대로 재현되고 있는 것이다. 거
울 속에 비춰진 자아는 본래적 자아이자 프로이트가 말하는 삶의 원
형질에 해당된다. 그것은 라깡이 말한 상상계의 세계와도 같은 것이

---

11) 김용직 편, 『김소월전집』(문장, 1981)에 의하면 이 작품은 시집 『진달래꽃』
　에 수록되어 있는 시로 분류되어 있다. 『진달래꽃』이 1925년 12월 매문사에서 간
　행되었으니 적어도 이 작품은 이 시기보다 앞서 발표된 것으로 이해된다.

다. 그러한 세계를 일상적 인간이 그리워하고 삶의 이상향으로 생각하는 것은 근대가 우리에게 부과한 당위성이다.

물론 이러한 갈등 양상을 본격적으로 제시한 사람은 잘 알려진 대로 이상이다. 그의 대표작 가운데 하나인 「거울」이 바로 그러하다.

거울속에는소리가 없소
저렇게까지조용한세상은참없을것이오

거울속에도내게귀가있소
내말을못알아듣는딱한귀가두개나있소

거울속의나는왼손잡이오
내악수를받을줄모르는-악수를모르는왼손잡이오

거울때문에나는거울속의나를만져보지를못하는구료마는
거울이아니었던들내가어찌거울속의나를만나보기만이라도했겠소

나는지금거울을안가졌소마는거울속에는늘거울속의내가있소
잘은모르지만외로된사업에골몰할꺼요

거울속의나는참나와는반대요마는
또꽤닮았소
나는거울속의나를근심하고진찰할수없으니퍽섭섭하오

「거울」전문

자아 속에 분열이 내재하고 있다는 것이 하나의 정식으로 굳어진 것은 근대 이후의 일이다. 그리고 그 이면에 자리한 것이 봉건적 영원성의 상실이다. 이성과 합리적 사고에 갇힌 인간이 근대적 현실에서 가장 먼저 생기된 일이 자아 내부의 분열이었다. 본질적 자아와 현실적 자아의 갈등 양상이 그러한데, 실상 이런 파편적 양상이야말로 현대의 특징적 단면을 잘 제시한 경우라 할 수 있다.

이상이 「거울」에서 말한 것도 그러한 자아들의 갈등 양상이다. 이둘의 관계가 하나의 원형 상태라든가 조화 상태로 가는 것은 무척이나 어려워 보인다. 그렇지만 손에 잡힐 듯 가능해보이는 여지를 주는 것도 사실이다. 그러니 갈등하고 초조해질 수밖에 없는 것이 아닌가. 그러나 자아의 이러한 갈망에도 불구하고 이들이 만날 수 있는 가능성은 거의 없다. 만약 그러하다면, 근대성은 더 이상 시인들에게 유효한 논란거리를 제공해줄 수 없을 것이고, 종교라는 절대 영역도 성립할 수 없을 것이다. 유토피아에 대한 인간의 이상이자 꿈이 자아들의 치열한 대결 속에서 이루어진다면, 종교의 영역은 더 이상 설 자리가 없기 때문이다.

그럼에도 인간은 그러한 유토피아에 대한 이상이랄까 꿈을 결코 포기할 수가 없다. 그렇기에 그 합일에 대한 꿈이랄까 싸움은 그치지 않는다. 그리하여 그 과정으로서의 정열과 유토피아 의식이 커다란 열정의 샘을 형성하게 되고, 그 넘쳐나는 힘들은 계속 위로 솟아오르고자 한다. 그것이 곧 시에 있어서의 서정의 정열이고 마르지 않는 샘이다. 그 에네르기가 있기에 서정시는 존재할 수 있는 것이다. 이상의 「거울」이 말하는 것도 그곳으로 향하고자 하는 가열찬 열정이다.

그런데 김소월의 경우에서도 그러한 현대성의 자의식들이 어느 정도 드러나고 있다는 사실은 주목의 대상이 아닐 수 없다. 소월 시의 선구성은 우선 여기서 찾을 수 있다. 이상의 「거울」이 1934년에 나왔으니[12] 소월의 작품은 적어도 이보다 10여 년이나 앞서 있는 경우이기 때문이다. 여기서 우리는 소월의 작품이 갖는 현대성의 특징들, 시 정신의 행방을 읽어낼 수가 있다.

이렇듯 「부귀공명」은 현대인의 자의식과 밀접하게 결합되어 있다. 특히 거울상을 단계로 주체 형성 과정을 탐색하는 라캉의 분열상 모형[13]과, 모더니스트의 기수 이상의 그 자의식을 이 작품을 통해서 읽어낼 수 있기 때문이다. 이상만큼 극렬하지는 않더라도 이 작품 속에 내재되어 있는 자의식은 전일성을 유지하고 있지 못하다. 소월은 거울에 비춰진 세상을 진정성 있는 세상으로 이해하고 있다. 거울 너머의 세계를 그는 '참'이라고 파악하고 있는 까닭이다. 삶의 진정성이 온전히 보존되어 있는 세계이기에 그 세상으로부터 떨어져 나온 자아가 불행의 단면으로 이해되는 것은 자연스러운 일일 것이다.

그럼에도 이 작품은 이상의 「거울」만큼 치열한 자의식의 운동이랄까 싸움은 일어나지 않는다. 본질적인 자아와 현실적인 자아가 수평의 관계를 유지하면서 서로의 우위를 점유하고자 하는 열정은 드러나 있지 않기 때문이다. 뿐만 아니라 현실적인 자아의 또 다른 투영이라는, 하나 속의 둘이라는 분열상들도 읽어내기가 쉽지 않다. 거울 너머의 세계는 현재의 자아와 치열하게 합류하고자 하는 갈등의 과정 속

---

12) 이 작품은 1934년 『가톨릭 청년』에 발표되었다.
13) 라캉의 거울상이 정신의 분열적 단면을 읽어내는데 있어서 중요한 것은 그 명징성에서 찾을 수 있을 것이다. 거울을 통해서 자아의 한 단면과 그 이면을 드러내는 양면성이야말로 자의식의 혼돈을 뚜렷이 증거해주는 것이기 때문이다. 김형효, 『구조주의의 사유 체계와 사상』, 인간사랑, 1989, p.239.

에 놓인 곳이 아니라 선험적인 공간으로 이해된다. 이런 사실에 대한 자각만으로도 소월의 근대성은 의미가 있는 경우이다. 이상의 「거울」에 이르기까지 소월의 「부귀공명」은 그 토대가 된 작품이라고 해도 무방하기 때문이다.

하지만 그러한 토대랄까 기초는 「거울」과 대비되어 한계 또한 분명히 노정된 것이 사실이다. 소월의 작품은 근대성의 규율 속에 완전히 놓여 있는 것이 아니라 자신의 주변 속에 형성되어 있는 환경, 다시 말해 생활 속에 갇혀 있는 한계가 있기 때문이다. 이 작품 속에 등장하는 현실적인 자아가 갖는 반성적 사유가 바로 그러하다. 본질적 자아와 현실적 자아 사이에 놓인 거나 갈등은 가치의 선후에서 발생하는 것이 아니다. 그것은 단지 근원적이고 형이상학적인 국면에서 얻어지는 것들이다. 그런데 「부귀공명」의 현실적 자아는 현실에 대한 짙은 페이소스와 거기서 시작되는 반성의 정서들이 거울 속의 자아 속에서 만들어지고 있는 형국을 보이고 있다. 이런 퇴행적 정서야말로 상호 갈등하는 자아, 분열된 자아들이 만들어내는, 근대적 싸움과는 거리가 있는 것이라 할 수 있을 것이다.

근대로 편입된 자아의 모습이 전일적인 것이 아님을 소월은 어느 정도 이해하고 있었던 것처럼 보인다. 그럼에도 이 작품이 의미있는 것은 그 자의식이 근대성의 국면에 편입되어 얻어진 것이라는 사실 때문이다. 거리의 모더니즘으로 이해되는 「서울의 거리」와 마찬가지로 「부귀공명」은 이로써 소월의 시를 한의 세계, 전통적 정서로부터 벗어나게 한 본보기라고 할 수 있을 것이다. 여기서 중요한 것은 그 인식의 완성이나 사유의 치열성 여부를 말하고자 하는 것은 아니다. 근대성의 징후랄까 편린만이라도 담고 있다면, 그 자체로 의미있는 것이다. 이를 통해 소월 시는 이미 근대성의 제반 원리 속에 편입된 것이라고 단언할 수 있기 때문이다.

요컨대, 생활 속의 애환이 담겨진 갈등이라고 해도 「부귀공명」 속에서 드러난, 거울 속의 자아와 거울 밖의 자아가 갈등하는 모습은 부인할 수 없는 근대성의 한 단면들일 것이다. 그리고 이런 양상은 도회의 '산책자'에게서 생성된 작품들과 더불어 소월시의 근대성을 말해주는 단적인 사례들이라고 할 수 있을 것이다.

소월의 시선 속에는 도회적인 것과 반도회적인 것들이 만들어 내는 대립적 구도가 이미 형성되기 시작했다. 두 공간에 대한 시선의 차이는 실상 작품 속에서만 유효한 것은 아니다. 근대에 대한 소월의 사유는 산문 속에서도 동일한 감각을 유지하고 있기 때문이다. 그 일단을 보여주는 것이 아래의 글이다.

> 힘들여 먹는 것을 촌살림이라 할까?
> 꾀팔아 먹는 것을 거릿살림이라 할까?
> 쇠스랑, 호미, 낫, 괭이가 촌놈의 유일한 생활무기일진댄 힘들여 먹는 것이 촌살림이라 함도 과언은 아니다.
> 한 냥(兩)에 사다 두 냥에 팔고 두 냥에 샀으면 석냥에 팔아 그날 그늘의 생활을 지어, 이것이 거릿놈의 본색일진댄(근일에 늘어가는 채한(債限) 노동자들 제외), 꾀팔아 먹는 거릿놈이라 하여 잡말은 없다.(중략)
> 사는 데는 꾀도 귀하고 힘도 귀하다. 꾀없이 어찌 살며, 힘없이 어찌 살랴, 그러나 꾀 없는 힘에는 질박(質朴)이나 있고 장취성(將就性)이 있거니와, 힘을 싫어하는 꾀에는 가증과 인색밖에 없다.[14]

---

14) 「農村相-市街相」, 『김소월 전집』, 앞의 책, p.382.

소월의 몇 안되는, 근대에 대한 사유를 피력한 산문이다. 소월은 반근대적인 것을 농촌이나 촌사람으로, 그 반대편에 놓인 것을 근대적인 것으로 설정했다. 아주 단순한 구도 내지는 대립의 관계로 이들을 설명하고 있지만, 이글에서 유추할 수 있는 것은 소월 자신이 도회적이라든가 근대적인 것에 대해 그리 긍정적인 시선을 보내지 않았다는 사실이다. 우선, 순수나 전통적인 것, 그리고 반근대적인 것을 힘으로, 상업적인 요인들을 꾀로 비유하면서, 생존을 위해서는 이 두 가지 요소를 모두 필수불가결한 것으로 소월은 보고 있다. 근대적인 질서를 장사꾼으로 비유했지만, 그것이 근대성의 한 양상으로 이해되고 있다는 것은 부인하기 어려울 것이다.

근대적인 것과 전통적인 것이 삶의 과정 속에서 불가피한 것임을 인정하면서도 소월이 보다 큰 강조점을 둔 것은 제시된 글에서 알 수 있는 것처럼, '힘'이다. 근대와 반근대를 구분하고, 거기서 위계적인 질서를 부여하는 소월의 사유에서 알 수 있듯이 소월의 세계관은 이미 근대적인 질서에서 벗어나 있는 것이 아니었다. 앞서 언급한 「부귀공명」이 주목의 대상이 될 수밖에 없는 것도 이런 이유 때문이다. 그러한 소월의 사유는 그의 대표적 시론인 「시혼」에서도 그대로 드러난다.

다시 한 번 도회의 밝음과 지꺼림이 그의 문명으로써 광휘(光輝)와 세력을 다투며 자랑할 때에도, 저 깊고 어두운 산과 숲의 그늘진 곳에서는 외로운 버러지 한 마리가 그 무슨 슬픔에 겨웠는지 쉬임없이 울지고 있습니다. 여러분, 그 버러지 한 마리가 오히려 더 많이 우리 사람의 정조(情操)답지 않으며 난들에 말라 벌바람에 여위는 갈대 하나가 오히려 아직도 더 가까운 우리 사람의 무상(無常)과 변전(變轉)을 설워하여 주는 살뜰한 노래의 동무가 아니며, 저 넓고 아득한 난바다의 뛰노는 물결들이 오히려 더 좋은 우리 사람의 자유를 사랑한다는 계시(啓示)가 아닙니까. 그렇습니다. 잃어버린 고인(故人)은 꿈에서 만나고 높고 맑은 행적(行蹟)의 거룩한 첫 한 방울의 기도(企圖)의 이슬도 이른 아침 잠자리 위에서 듣습니다.[15]

도시로 대표되는, 근대에 대한 소월의 생각은 이 글에서도 여전히 부정적이다. 「농촌상-도시상」에서와 같이 도시는 표면적으로는 긍정적이고 삶의 힘들이 느껴질 수 있는 공간이지만, 전원적인 건강성에는 미치지 못한다는 것이다. 여기서 근대 사회에서 흔히 이야기되는 전원적 이상향을 읽을 수도 있을 것이다. 이는 이글이 유일하게 긍정하는 부분일지도 모른다. 어떻든 중요한 것은 도시로 표상되는 근대에 대해 소월은 명랑한 것으로 수용하지 않았다는 사실이다.

이로써 근대성과 그에 따른 반성적 사유로 등장한 모더니즘의 제반 사조가 1920년대를 전후로 강력한 자장을 형성하고 있었고, 그것이 소월을 비롯한 시인들의 사유에 깊은 영향을 끼치고 있음도 알 수 있었다. 문학의 영향 관계란 불가피한 필연성을 갖고 있다는 사실을 굳이 전제하지 않아도 이 시기 우리 문단은 서구의 제반 사조나 근대적 흐름으로부터 자유롭지 않았던 것이다. 그렇기에 다다이즘을 비롯한 모더니즘이나 문학과 사회의 상동적 관계, 곧 그들의 필연적 관계를 언급한 김기림의 글들은 그 나름의 정합성을 갖고 있었던 것이다.

---

15) 「시혼」, 『김소월 전집』, p. 362.

근대로 편입된다는 것은 전일성의 상실을 의미하는 것이고, 자아의 파편화를 의미하는 것이다. 영원의 테두리에서 안주하던 인간들이 이제 근대라는 현실 속에서 영원을 잃어버리게 된 국면을 맞이하게 된 것이다. 영원은 완결성이기에 그것의 상실이 분열의 정서나 일탈의 감각으로 이끌려지는 것은 당연한 수순일 것이다. 근대적 인간형을 스스로 조율해나가는 존재로 규정하는 것은 이런 맥락에서 형성된 것이었다.

소월의 의식 역시 이런 시대적 배경으로부터 자유로울 수는 없었을 것이다. 그런 의식 가운데 하나가 「부귀공명」에서 보인 분열상이고, 「농촌상－시가상」에서 인식한 부정적 도시의 모습이다. 고향이라는 장소와 시간, 영원이라는 관념은 이제 그의 정서로부터 저 멀리 떠나가고 있었다. 이런 환경은, 영원을 상실한 근대적 인간이 보이는 일반적 모습과 하나도 다를 것이 없었다. 그러한 의식이 그를 장소성이라는 감각을 전혀 새로운 것으로 수용하게 만드는 계기가 된다. 그의 시에서 흔히 산견되고 있는 방랑자 의식이다.

> 휘둘리 산을 넘고
> 구비진 물을 건너
> 푸른 풀 붉은 꽃에
> 길 걷기 시름이어
>
> 잎누런 시닥 나무,
> 철 이른 푸른 버들,
> 해 벌써 석양인데

불슷는 바람이어

골짜기는 연기
메틈에 잠기는데,
산마루 도는 손의
슬지는 그림자여,

산길가 외론 주막
어이그, 쓸쓸한데,
먼저 든 짐장사의
곤한 말 한 소리여

지는 해 그림자니,
오늘은 어데까지,
어둔 뒤 아무데나,
자다가 묵을래라

풀숲에 물김 뜨고,
달빛에 새 놀래는,
고은 봄 야반에도
내 사람 생각이어

「낭인의 봄」 전문

이 작품은 알려진 대로 소월의 데뷔작이다[16]. 데뷔작이란 작가로서

---

16) 소월은『창조』에 이 작품을 포함해서 5편의 작품을 발표함으로써 문단에 등장하

처음 문단에 나오게 한 작품이라는 상징성이 있기에 주목의 대상이 되기도 하지만 이런 사실이 단지 상징성의 차원에서만 끝나지는 않는다. 그것은 시인의 정신세계에 대한 진단과 이후 시세계에 대한 방향성을 제시한다는 점에서도 무척 의미가 있는 까닭이다. 낭인(浪人)이란 사전적 의미로 "일정한 직업없이 떠돌아다닌 사람"이다. 물론 1920년대를 전후해서 근대적 의미의 직업이 많지 않았을 것이고, 그렇기에 사람들을 장소적 한계 공간에 묶어두는 일도 쉽지 않았을 것이다. 그럼에도 불구하고 어떤 주체를 정주시키는 힘은 무시할 수 없었는데, 예를 들면 여전히 규율적 지배를 갖고 있었던 농경문화라든가 가부장제적인 사회가 그러한 역할을 했을 것이다. 물론 소월에게도 이런 환경적 요인은 커다란 부담으로 남아있었을 것이라고 판단된다. 왜냐하면, 그 또한 비록 전통적인 농업의 형태이긴 했지만 그 자신이 일할 터전이 있었고, 그의 조부가 하고 있는 일도 있었을 것이다[17].

이런 안정적인 터전이 구비되었음에도 불구하고 소월이 그의 등단작에서 보여준 것처럼, 낭인 의식은 무척 예외적인 것으로 비춰질 수 있다. 물론 작가가 처한 토대가 작품 속에 그대로 반영되는 것은 아니지만 그 영향관계가 결코 적다고는 할 수 없을 것이다. 그 연장선에서 여러 곳을 배회할 수밖에 없는 낭인 의식은 주목의 대상이 되지 않을 수가 없다.

소월의 낭인 의식, 곧 유랑 의식은 두 가지 국면에서 이해 가능하다.

게 된다.

17) 소월의 가계는 그의 증조모에 의해서 크게 번성한 것으로 되어 있다. 전씨라는 분이었는데, 기울어가던 소월가는 이분에 의해 크게 융성하여 많은 전답을 마련할 수 있었다고 한다. 이런 기록에 의하면 소월은 경제적으로 여유로운 집안이었음을 알 수가 있다. 계희영, 앞의 책, pp.15-39.와 김학동, 앞의책, p.199. 참조.

하나는 국가라는 정체성이다. 실상, 이런 감각은 일제 강점기 시인들에게 일관되게 나타난 것 가운데 하나이긴 하다. 그것은 국가의 상실에 의한 뿌리뽑힌 자들에게서 형성될 수 있는 보편적인 감각 가운데 하나이기 때문이다. 하지만 이런 유랑에도 차이가 노정된다. 하나는 이용악류의 유랑이고, 다른 하나는 백석류의 유랑이다.

"털보네는 또 아들을 봤다우
송아지래두 붙었으면 팔아나 먹지"
마을 아낙네들은 무심코
차가운 이야기를 가을 냇물에 실어 보냈다는
그날 밤
저릎등이 시름시름 타들어 가고
소주에 취한 털보의 눈도 일층 붉더란다.

갓주지 이야기와
무서운 전설 가운데서 가난 속에서
나의 동무는 늘 마음 졸이며 자랐다.
당나귀 몰고 간 애비 돌아오지 않는 밤
노랑고양이 울어울어
종시 잠 이루지 못하는 밤이면,
어미 분주히 일하는 방앗간 한구석에서
나의 동무는
도토리의 꿈을 키웠다.

그가 아홉 살 되던 해

사냥개 꿩을 쫓아다니는 겨울
이 집에 살던 일곱 식솔이
어디론지 사라지고 이튿날 아침
북족을 향한 발자국만 눈 위에 떨고 있었다.

이용악, 「낡은 집」 부분

「낡은 집」은 식민지 파탄에 의한 뿌리뽑힌 자들의 떠돌이 의식일 것이다.[18] 이 작품에 나오는 털보네 가족들의 삶은 피동적인 것이다. 어떤 자발성이나 능동적인 자세에서 얻어진 것이 아니다. 그들의 불행은 시대의 암울성에서 온 이타적인 것이었다. 이용악과 비슷한 시선을 보낸 이상화의 「가장 비통한 기욕」[19] 또한 이 범주에서 설명할 수 있을 것이다. 이 작품은 신경향파의 막바지에 나온 작품으로 간도 지역으로 쫓겨가는 조선 민중의 비참한 생활을 담고 있다. 이용악 시들이 1930년대 이루어진 것이라면, 이상화의 시들은 1920년대 중반의 것들이다. 경향파가 융성하는 시기의 분위기에 맞게 이상화의 시들이 훨씬 더 민족주의적 성향이 노정되어 있음을 알 수 있다.

나는 북관(北關)에 혼자 앓아 누워서
어느 아침 의원(醫員)을 뵈이었다.
의원은 여래(如來) 같은 상을 하고 관공(關公)의 수염을 드리워서

---

18) 이용악은 이 시 말고도 많은 유이민 시를 남겼다. 「전라도 가시내」, 「오랑캐꽃」 등등의 시들이 그러한데, 여기서 서정적 자아는 생의 토대를 잃고, 떠밀려 국외로 흘러갈 수밖에 없는 주체들의 모습을 그리고 있다. 농촌의 파탄에 따른 뿌리뽑힌 자들의 일상이 사실적으로 그려져 있는 것이 이용악 유이민 시들의 주제이다.
19) 『개벽』 25호, 1925.

먼 옛적 어느 나라 신선 같은데

새끼손톱 길게 돋은 손을 내어

묵묵하니 한참 맥을 짚더니

문득 물어 고향이 어데냐 한다

평안도(平安道) 정주(定州)라는 곳이라 한즉

그러면 아무개씨(氏) 고향이란다.

그러면 아무개씨(氏)? 아느냐 한즉

의원은 빙긋이 웃음을 띠고

막역지간(莫逆之間)이라며 수염을 쓸는다.

나는 아버지로 섬기는 이라 한즉

의원은 또다시 넌즈시 웃고

말없이 팔을 잡아 맥을 보는데

손길은 따스하고 부드러워

고향도 아버지도 아버지의 친구도 다 있었다.

백석, 「고향」 전문

　반면, 백석류의 유랑은 이들 시인들의 경우와 다르다. 그의 유랑 의
식은 지역적인 것과 조선적인 것의 부활과 어느 정도 상관관계를 갖
고 있기 때문이다. 1930년대는 조선의 문화가 상실되어가는 시대이
고, 그것에 대한 부활 내지는 회복의 욕구가 다른 시기보다 강렬히 솟
구치던 시대이다. 그 연장선에서 논의되던 것이 잘 알려진 대로 전통
의 부활이다[20]. 그런 시대적 필연성에 부응한 것이 백석의 유랑이었다

---

20) 토속적인 것들, 전통적인 것들이 이 시기에 많이 창작되었고, 그 정점에 있는 것이
　　1930년대 후반의 『문장』의 창간이었다. 여기에 가람을 비롯한 정지용, 이태준이
　　있었다.

고 할 수 있다. 그는 이 유랑의 과정을 통해서 조선이라는 경계를 분명히 세우고, 그 고유성이 무엇인지를, 언어와 풍속의 재현을 통해서 이루어내고자 했던 것이다[21].

백석의 「고향」을 지배하는 정서는 기본적으로 유랑이다. 그러나 서정적 자아의 헤매임은 이타적인 것이 아니다. 이용악이나 이상화의 경우처럼, 쫓기어가는 존재, 피동적인 힘에 의해서 자아가 움직이지 않는다. 「고향」에서의 자아는 여기저기를 헤매인다. 그 도중에 시인이 알고자 하는 것, 그 구경적 목표가 무엇인가는 분명하다. 바로 근원에 대한 이해이다. 그것이 조선적인 것의 탐색, 어떤 뿌리의식과 불가분하게 얽혀있는 것임은 분명하다고 할 것이다.

「낭인의 봄」에서 소월이 이야기하고자 했던 것은 제목에서와 같이 '유랑인의 생활'이다. 여기서 '걷는다'라든가 '시름'은 낭인의 이미지와 불가분의 관계에 놓이는 소재들이다. 뿐만 아니라 '객사'의 이미지 또한 마찬가지의 경우이다. 이를 통해서 서정적 자아는 그가 현재 떠돌이의 신세에서 벗어나지 못한 존재임을 말하고 있다.

어데로 돌아가랴,
내의 신세는,
내 신세 가엾이도
물과 같아라.

---

21) 「가즈랑집」, 「여우난곬족」을 비롯한 그의 대부분의 시들이 언어와 풍속의 재현에 주어진 것은 이런 저간의 사정을 잘 대변해주는 것이라 하겠다. 이에 대해서는 신범순, 『한국 현대시사의 매듭과 혼』, 민지사, 1992. 참조.

험궂은 산막지면
돌아서 가고,
모지른 바위이면
넘쳐흐르랴.

그러나 그리해도
헤날 길 없어,
가엾은 설움만은
가슴 눌러라.

그 아마 그도 같이
夜의 雨滴,
그같이 지향 없이
헤메임이라.

「夜의 雨滴」 전문

　제목이 일러주는 것처럼, 이 작품의 중심 소재는 밤의 빗방울이다.
이 시가 발표된 시기도 「낭인의 봄」과 동일하다[22]. 말하자면 시인의
주요 등단작 모두 유랑의 이미지와 결부되어 있는 것이다. 이 작품을
지배하는 것도 「낭인의 봄」과 마찬가지로 유랑의식으로 되어 있다. 빗
방울, 곧 물은 유동하는 이미지로 구현된다. 그것이 갇혀서 호수를 이
루지 않는 한, 물은 항상 흘러가는 속성을 갖고 있다. 그런 유동성이

---

22) 1920년 『창조』 5호에 「낭인의 봄」, 「야의 우적」, 「춘강」, 「그리워」, 「오과의 읍」 등 5
　　편을 발표하여 시인으로 데뷔하게 된다. 그런데 이 초기 작의 성향들이 모두 떠남
　　이나 유랑적 이미지를 갖고 있다는 점에서 공통점을 갖고 있는 경우이다.

시인의 자의식과 결합하면서 시인은 틀림없는 유랑자의 처지임을 알리고 있는 것이다.

소월의 유랑 의식이 어디에서 기인한 것인가를 정확히 이야기하는 것은 쉽지 않다. 그 의식의 한 자락이 이용악적인 것과 연결되어 있기도 하고, 또 백석적인 것과 연결되는 것일 수도 있기 때문이다. 그러나 그의 의식이 시대적 문맥과 결코 분리되어 있는 것이 아니라면, 뿌리 뽑힌자들의 의식, 곧 식민지 시대의 보편적인 그것과 곧바로 연결시키는 것도 가능할 것이다. 소월은 이미 태생적으로 그러한 자의식을 전면적으로 느낄 수밖에 없는 환경에 놓여 있었기 때문이다. 그는 일찍이 아버지의 아픔을 목도했거니와 그것이 국가상실에서 기인한 것임을 익히 알고 있었다. 그런 상황이 그로 하여금 유랑으로 인도했음은 충분히 짐작할 수 있는 일이다.

그리고 다른 하나는 이를 근대성의 맥락에서 이해하는 것이다. 이는 다소 관념적이고 형이상학적인 문제일 수 있긴 하지만, 그것이 근대인의 보편적인 흐름으로부터 자유롭지 않다는 것과 무관하지 않기 때문이다. 일찍이 근대성 논쟁의 한 축에 서 있던 하버마스는 근대인을 스스로 조율해 나가는 존재라고 규정한 바 있다. 스스로 규정하고 조율해나가는 존재라는 것은 이른바 자율성의 영역과 분리하기 어려울 것이다. 주체를 하나의 규정된 틀속에 가둬놓았던 중세의 영원주의가 이런 자율성과 거리가 있는 것이었다면, 이는 충분히 짐작할 수 있는 일이다.

영원의 상실이 인간에게 자율을 주었지만, 인간은 역설적으로 그 자유로부터 결코 자유로울 수가 없었다. 자율적 주체가 되면 될수록, 자아의 혼돈은 더욱 심화되었기 때문이다. 자율적 주체되기는 영원의 주체되기와는 반비례의 관계에 놓이게 되었다. 자율이 자유로써 기능한 것이 아니라 새로운 세계로 나아가고자 하는 억압으로 기능했던 것이다. 스스로 조율해나간다는 것은 주체가 견고히 자기 자리를 잡을 수 없다는 것과 동일한 의미가 되었다. 근대인의 불안이랄까 동일성의 상실은 여기서 비롯된 것처럼 보였다.

　그리하여 영원으로부터 떨어져 나온 근대적 주체는 들길에 홀로 서 있는 형국이 되었고, 그 결과 이전에는 결코 볼 수 없었던 불안과 공포가 거침없이 근대인의 자의식 속으로 침투해 들어오기 시작했다. 여기서 비극적인 것은 주체가 할 수 있는 선택지가 많지 않았다는 사실이다. 다시 말해 그러한 불안과 공포에 대해 대처할 방도는 쉽게 보이지 않았던 것이다. 단지 스스로를 그것에 노출시키든가, 아니면 거기로부터 벗어나고자 하는 노력을 해야만 했다. 시인들은 그러한 편린들을 작품에 담아내야 했다. 현대시의 파편성과 복잡성은 여기서 기인했다. 그리고 이에 잘 반응하는 시인만이 근대의 사유를 올곧게 표현한 작가로 인정받을 수 있었다.

　그러한 경우, 전자를 대표하는 시인을 우리는 이상의 작품에서 확인할 수 있다. 그는 「오감도」[23)]에서 서구적 의미의 불안과 폐쇄된 공간이 주는 공포를 우리에게 적나라하게 제시해주었기 때문이다. 그의 시들은 공포에 갇힌 현대인의 군상을 막힌 공간과 질주라는 공포를 통해서 잘 드러내 보여주었다.

---

23) 서구의 불길한 숫자 13을 인유하여 이상은 13명의 아해를 설정했고, 또 이들이 막다른 골목으로 달려가는 한계 상황을 만들었다. 이들은 막힌 공간을 무의식적으로 달려나간다. 판단이 상실된 채, 나아가는 이들의 질주는 탈출을 위한 기도일 것이지만, 오히려 그러한 질주는 탈출과 거리가 멀어보인다. 그런 극한의 상황이 우리에게 주는 것은 헤어나올 수 없는 공포 그 자체이다.

동일성의 상실과 거기서 얻어지는 불안에 대처하는 방식 가운데 하나는 선택적인 것에서 찾을 수도 있다. 가령, 회피라든가 혹은 또다른 대안을 찾아서 떠나는 행위이다. 일종의 유랑의 행보인데, 근대시에서 드러나는 떠돎의 이미지들은 여기서 발생한 것이 아닌가 한다. 이 소재들은 1930년대 시인들의 작품에서 풍미한 바 있는데, 실상 그 전범적인 사례는 소월의 경우에서 찾을 수 있다는 점에서 주목을 요하는 경우가 아닐 수 없다. 이렇게 본다면, 소월은 시의 현대성을 이야기할 때 거의 첫 번째 자리에 놓이는 시인이라고 해도 과언이 아닐 것이다. 시기적으로도 그러하거니와 그의 시에서 표명되는 시정신의 측면에서도 그러하기 때문이다. 따라서 그의 시에서 드러나는 것들은 그가 의도했든 혹은 그렇지 않았든 간에 현대시의 선구적인 의미를 갖는다고 하겠다.

소월시에서 드러나는 낭인 의식이라든가 유랑의 이미지가 중요한 것은 이런 형이상학적인 의미와 결코 분리될 수 없다는 점에서 찾을 수 있을 것이다. 그의 시들이, 아니 그의 자의식이 근대에 편입됨으로써 그는 파편화의 경험을 하게 된다. 그리하여 그는 그 대항담론을 찾아서 탐색의 긴 여정을 떠나게 된다. 그의 시에서 드러나는 유랑의 시사적 의의는 여기서 찾아야 할 것이다[24].

---

24) 소월 시에 나타난 유랑자의 모습은 매우 중요한 시사적 의의를 갖는다고 할 수 있다. 특히 그의 그러한 행위가 1930년대말의 청록파 시인들에게까지 연결됨으로써 소월은 근대시의 선구자로서의 위치를 더욱 공고히 한다고 할 수 있겠다.

3. 자연과의 거리

근대인의 불행한 비극이랄까 의식의 파편화가 자연과의 거리에서 형성된 것임은 익히 알려져 있다. 자연의 기술적 지배라든가 그 도구적 사용이 낳은 불행한 결과가 현재의 위기를 초래했기 때문이다. 그렇기에 현 시기가 위기의 시대로 감지되게 되면, 자연은 당연히 그러한 위기의 대항담론으로 우뚝 서게 될 것이다. 그러한 도정의 길들은 서구의 경우나 우리의 경우에서 쉽게 제시되었고, 또 그 나름의 긍정성들이 확보되기도 했다.

그런데 자연이 의식의 동일성을 위한 적절한 매개라는 것은 동서양의 문화적 맥락이나 우리 문화사의 흐름과 결코 분리될 수 없다는 점이다. 이는 현대인의 정신사적 인식을 지배하는 대부분의 사유가 서구적 전통에 뿌리를 두고 있다는 사실과도 밀접한 관련이 있는 것이기도 하다. 잘 알려진 대로 서구의 역사 가운데 소위 유토피아라고 불리우는 시대들은 엄연히 그리고 매우 구체적으로 존재하고 있었다. 그것이 비록 역사 너머의 세계이든 혹은 그 반대의 경우이든 말이다. 가령, 에덴동산의 신화가 그러하고, 그리이스 사회가 그러하며, 중세의 천년왕국이 또한 그러하다. 현재의 불안 속에 던져지는, 혹은 그것이 추동하는 과거로 향한 시선 속에 그들만이 안주할 수 있는 역사적 공간들은 그렇기에 이들에게서 쉽게 찾아질 수 있었다. 그러니 그들에게는 그 이외의 현상들에 대해서는 다소간 무감각해질 수밖에 없었던 것이다.

반면 동양의 경우에는 서구의 그것과는 매우 다르다. 동양 사회에서의 유토피아라든가 낙원 의식은 대개 관념의 영역 속에서만 존재해

왔다. 중국의 무릉도원이 그러하고, 한국의 청산이 그러하지 않은가. 역사적 공간에서, 혹은 신화적 공간에서 유토피아의 시대를 찾아내는 것은 결코 쉽지 않은 것이 동양적, 혹은 한국적 현실이었다. 이런 난맥상이 만들어낸 것이 바로 자연 사상으로의 친연성이다. 그것은 서구의 역사적 공간을 대신할 만한 동양 사회만의, 혹은 한국 사회만의 낙원 의식이었던 것이다. 우리 시에서 의식의 파탄과 동일성을 향한 여정이 자연과, 그것이 주는 자장의 힘으로 육박해들어간 것은 따라서 지극히 자연스러운 행동이었다고 말할 수 있겠다.

따라서 소월이 펼쳐보인 자연의 의미, 혹은 자연시의 전개를 이런 맥락에서 찾아보는 것은 매우 의미있는 일이 아닐 수 없다. 왜냐하면, 소월이야말로 자연이라는 소재를 시의 일부로 만들어내보인 최초의 시인이기 때문이다.

흔히 이야기되어 왔던 것처럼, 소월의 자연은 시인 자신의 의식현상을 경정하는 데 있어서 그리 긍정적인 것이 되지 못했다. 그 단초를 제공한 것이 「산유화」를 둘러싼 논쟁이다[25]. 자연과 인간의 불화, 아니 정확히는 자연과 소월 자신의 불화가 만들어낸 것이 그의 자연시의 특징이고, 그러한 거리가 자연에 대한 영원한 거리를 만들어냈다는 것이 이 논쟁의 핵심이다. 김동리의 지적은, 자연과의 거리를 비평사적으로 언급했다는 점에서 무척 의미가 있는 경우였다.

짧은 평문이 갖는 한계이기도 하지만, 자연에 대한 소월의 의식이 김동리의 이 글을 통해서 제대로 해결되었다고 보는 것은 어불성설이다. 실상 소월시에 나타난 자연의 의미들은 여러 국면에서 제시되

---

25) 김동리, 「청산과의 거리」, 『문학과 인간』, 1952.

었지만, 근대성의 제반 양상이라든가 근대인이 처한 실존적 위치에서 평가된 경우는 그리 많지 않기 때문이다. 자연은 거리화되어 있긴 한데, 소월은 그러한 자연에 대해 어떤 인식적 판단을 했는가에 대해서는 제대로 탐구되지 않은 것이다.

> 날 저물고 돋는 달에
> 흰 물은 쏼쏼---
> 금모래 반짝---
> 청노새 몰고 가는 낭군!
> 여기는 강촌
> 강촌에 내 몸은 홀로 사네.
> 말하자면, 나도 나도
> 늦은 봄 오늘이 다 盡토록
> 百年妻眷을 울고 가네.
> 길세 저문 나는 선비,
> 당신은 강촌에 홀로 된 몸.
>
> 「강촌」 전문

소월의 자연시에서 흔히 등장하는 소재 가운데 하나가 강촌이다. '강촌'이란 자구 그대로 자연과 촌이 결합된 공동체이다. 그렇기에 그것은 자연의 완전한 전일성이라해도 무방할 것이다. 강이 있으니 물이 있을 것이고, 또 그 공간이 농촌이니 나무와 숲, 풀과 같은 자연이 있을 것이다[26]. 그러니 자연 가운데 '강변'만큼 자연의 전일성, 그 형이

---

26) 뒤에서 언급하겠지만, 소월은 자연이 제공하는 가장 이상적인 공간을 이런 장소

상학적인 가치가 잘 구현된 공간도 없을 것이다.

　작품에 제시되어 있는 것처럼, '강촌'은 전일성이 갖추어진 완벽한 공간으로 구현된다. 그것은 '하늘'(달), 물, 흰 모래가 만들어낸 아름다운 조화 감각에서 찾을 수 있다. 하지만 이렇게 완벽하게 구현된 자연 속에서 시적 화자는 거기에 쉽게 녹아들어가 있지 못하다. "강촌에 내 몸은 홀로 사네"에서 알 수 있는 것처럼, 서정적 자아는 자연과 하나되지 못하고 외따로 떨어져 나와 있기 때문이다. 이런 고립성이야말로「산유화」에서 볼 수 있는, 자연과 자아의 거리가 아닌가 한다. 게다가「강촌」의 자아는 유랑의 이미지까지 겹쳐져 있어 그 분리적 속성이 더욱 강하게 나타나 있는 경우이다. 그러한 이미지를 증폭시켜 주는 것이 "울고 가네"라든가 '선비'의 이미지이다. 이는 모두 유랑이나 떠돌이 의식을 증거하는 이미지들과 밀접한 관련을 맺고 있다. 그의 자연시들은 이렇듯 자연과 하나되지 못한 채 분리되어 있다, 자연이나 서정적 자아 자신 등이 그 나름의 독자성과 고유성이 담보된 채 분리되어 있는 것이다.

> 물구슬의 봄새벽 아득한 길
> 하늘이며 들 사이에 넓은 숲
> 젖은 향기 불긋한 잎 위의 길
> 실그물의 바람 비쳐 젖은 숲
> 나는 걸어가노라 이러한 길
> 밤 저녁의 그늘진 그대의 꿈

로 판단하고 있었던 것처럼 보인다. 그의 대표작 가운데 하나로 낭만적 이상을 드러낸「엄마야 누나야」또한 강변이 주요한 소재로 등장하기 때문이다.

흔들리는 다리 위 무지개 길

바람조차 가을 봄 거츠는 꿈

「꿈길」 전문

이 작품은 각운이 주는 리듬감 때문에 소월 시의 대표작 가운데 하나로 인정받아 왔던 시이다. 우선 이 시의 특색은 절묘한 조화감에서 찾아진다. 리듬이 그러하고 또 자연의 전일적 질서감이 주는 효과 또한 그러하다. 시인은 그런 조화의 세계로 알게 모르게 빨려 들어간다. 하지만 이런 행보가 자연의 전일성을 향한 서정적 자아의 가열찬 의지로는 읽히지 않는다. 「강촌」과 마찬가지로 자연은 완벽한 구현체로 존재하고 있지만, 자아는 그러한 자연에 대해 방관자적인 자세를 취하고 있기 때문이다. 자연은 저기 있을 뿐이고, 나는 그러한 자연에 대해 그냥 걷고자 할 뿐이다.

이 작품에서도 서정적 자아의 행보는 한 단계 높은 승화의 단계, 곧 인식을 완결하는 단계로 나아가고자 하는 의지와는 거리가 있어 보인다. 「강촌」과 마찬가지로 여기서의 자아 역시 유랑의 흔적으로부터 결코 자유롭지 않은 까닭이다. 자아는 자연을 포회하고자 그곳으로 육박하지 않는다. 자연은 저기에 있고, 길이 단지 놓여 있는 것이기에 그저 걸어가고자할 뿐이다. 마치 도회를 배회하는 산책자처럼 자연의 산책자가 되어 유유히 나아가고 있을 뿐이다[27].

---

27) 실상 이러한 면은 소월 시에 무척 중요한 국면이라 할 수 있을 것이다. 도시를 응시하는 것이 거리의 산책자였다면, 자연을 응시하는 또다른 행보가 자연의 '산책자'였기 때문이다. 그러나 소월 시에서 드러나는 산책자는 도시나 자연의 경우 진지한 자의식이나 의식이 결여되어 있다는 점에서 그것이 본래 지향하는 의미나 의도와는 거리가 있는 경우라 하겠다.

자연은 소월로부터 절대화되어 있다. 어쩌면 절대화된 거리로 닫혀 있다는 것이 옳은 말일지도 모르겠다. 소월은 그러한 자연에 대해 응시하거나 묵묵히 걸어가고 있을 따름이다. 동화되지 않은 채, 자연과 자아는 서로의 평행선을 그으며 움직이고 있을 뿐이다.

그렇다면 소월에게 자연이란 무엇인가. 소월과 자연 사이에는 건널 수 없는 틈이 존재하는 것일까. 그리하여 두 개체 사이에는 조화를 향한 여정이랄까 의지는 전혀 없는 것일까.

> 서늘하고 달 밝은 여름밤이여
> 구름조차 희미한 여름밤이여
> 그지없이 거룩한 하늘로서는
> 젊음의 붉은 이슬 젖어내려라
>
> 행복의 맘이 도는 높은 가지의
> 아슬아슬 그늘 잎새를
> 배불러 기어도는 어린 벌레도
> 아아 모든 물결은 복받았어라.
>
> 뻗어뻗어 오르는 가시덩굴도
> 희미하게 흐르는 푸른 달빛이
> 거름 같은 연기에 멱감을러라.
> 아아 너무 좋아서 잠 못 들어라.
>
> 우긋한 풀대들은 춤을 추면서
> 갈잎들은 그윽한 노래 부를 때,

오오 내려 흔드는 달빛 가운데
나타나는 영원을 말로 새겨라.

자라는 물벼이삭 벌에서 불고
마을로 슷듯이 오는 바람은
녹잣추는 향기를 두고 가는데
인가들은 잠들어 고요하여라.

하루종일 일하신 아기 아버지
농부들도 편안히 잠들었어라.
영 기슭의 어둑한 그늘 속에선
쇠스랑과 호미뿐 빛이 피어라.

이윽고 식새리의 우는 소리는
밤이 들어가면서 더욱 잦을 때
나락밭 가운데의 우물가에는
농녀의 그림자가 아직 있어라.

달빛은 그무리며 넓은 우주에
잃어졌다 나오는 푸른 별이요.
식새리의 울음의 넘는 곡조요.
아아 기쁨 가득한 여름밤이여.

삼간집에 불붙는 젊은 목숨의
정열에 목맺히는 우리 청춘은

서느러운 여름밤 잎새 아래의
희미한 달빛 속에 나부끼어라.

한때의 자랑 많은 우리들이여
농촌에서 지내는 여름보다도
여름의 달밤보다 더 좋은 것이
인간이 이 세상에 다시 있으랴.

조그만 괴로움도 내어버리고
고요한 가운데서 귀기울이며
흰 달의 금물결에 노를 저어라
푸른 밤의 하늘로 목을 놓아라.

아아 찬양하여라 좋은 한때를,
흘러가는 목숨을, 많은 행복을.
여름의 어스레한 달밤 속에서
꿈같은 즐거움의 눈물 흘러라.

「여름의 달밤」 전문

이 작품을 꼼꼼히 읽게 되면, 자연에 대한 소월의 사유를 어느 정도 이해할 수 있게 된다. 단적으로 말하면, 소월에게 있어 자연은 찬양의 대상으로 저멀리서 스스로 빛나고 있는 존재일 뿐이라는 사실이다. 실상 근대성의 국면으로 편입된 자아가 자연의 전일성을 이해하고 이를 수용하는 것은 매우 자연스러운 수순일 것이다. 그런데 그러한 과정이 여기서는 예외적으로 진행되고 있는 것이다.

문제는 그러한 자연과 자아와의 관계일 것이다. 자연이 분열된 인식적 주체에게 의미있는 매개로 기능하려면, 그들 사이에 내재된 거리가 무화되어야 한다. 그런 상태야말로 자연과 하나되는, 근대 이전의 전일적 주체로 새롭게 태어날 수 있기 때문이다. 그런데 소월의 경우, 자연은 그런 상태로까지는 나아가지 못하는 거 같다. 이 작품의 2연에 그런 사유의 일단을 볼 수가 있다. 소월의 시선에 들어온 자연은 행복 그 자체이고, 복받은 주체로 수용된다. 하지만 대상에 대한 예찬의 정서가 늘상 그러하듯이, 자연에 대한 소월의 예찬의 담론은 결코 자기화되어 있지 않다는 사실이다. 서정적 자아의 불편부당한 정서가 있기에 대상에 대한 부러움의 시선이 있는 것이 아닐까. 이런 혐의는 소월의 절창인 「엄마야 누나야」를 읽게 되면 보다 분명해진다.

> 엄마야 누나야 강변 살자.
> 뜰에는 반짝이는 금모랫빛,
> 뒷문 밖에는 갈잎의 노래
> 엄마야 누나야 강변 살자,
>
> 「엄마야 누나야」 전문

　이 작품에서 '강변'은 이상화된 공간이다. 앞서 언급대로, 이 공간은 자연의 제반 요소들이 모두 갖추어져 있기에 더욱 그러하다고 할 수 있다. 이런 그리움의 정서가 시적 자아에게 간절하게 다가오는 것은 낭만적 열정 없이는 그 설명이 불가능할 것이다[28]. 새로운 세계에 대

---

28) 낭만이라는 미래성과 열정이 현실의 피폐적 공간과 어우러지게 될 때, 전원적 이상이 만들어질 수 있다. 낭만적 자연이 유토피아의 대안으로 부상하는 것도 이 시

한 열정과, 그 세계가 가지고 있는 완벽성이야말로 현재 병들어있는 자아가 이에 다가갈 수 있는 최선의 방식이기 때문이다.

하지만 '강변'은 저멀리 떨어져 있을 뿐, 현재의 서정적 자아와는 엄격히 분리되어 있다. 그런 거리감이 만들어낸 것이 서정의 결핍감 혹은 틈에 대한 인식이다. 자아는 이 결핍을 메우려고 부단히 노력한다. 그래서 그 이상화된 공간 속으로 들어가 거기서 파편화된 인식을 초월하고자 하는 것이다. 그러나 그러한 열정은 더 이상 진전되지 못함으로써 한계에 봉착하고 만다. 더 이상 그 공간은 자아의 의식으로 들어오지 못하고 거리화된 채 남겨져 있는 것이다.

이상화된 공간이 서정의 결핍을 메우지 못하고 거리화되어 있는 형국이 소월의 자연시가 갖는 특색이다. 자연은 찬양의 대상일 뿐 지금 여기의 자아 속으로 육박해들어오지 못하는 것이다. 이런 형국은 자연이 시인에게 그저 장식적 수준에 그쳐있음을 말해주는 반증이다.

이상화된 공간이 장식적인 수준에 머무르는 경우는 소월만의 예외적인 경우가 아니다. 정지용의 경우가 그러한데, 그의 사례를 이해하게 되면, 소월의 자연시가 갖는 한계를 보다 분명하게 이해할 수 있을 것이다. 정지용은 소월의 뒤를 이은 세대이긴 하지만 여러 면에서 비교가 되는 시인이다. 그 역시 근대의 세례를 받으면서 자아의 완결성을 상실한 경우이다. 그는 그 결핍을 메우려고 서정의 열정을 분출시켰고, 자아와 세계 사이에 놓인 간극을 메우고자 했다. 고향의 수용은 그 한 과정이었고, 이를 통해 자아의 완결성을 이루고자 했다. 하지만

점에서 가능하다. 자세한 것은 이미순, 「1920년대 한국 낭만적 자연시 연구」, 서울대 대학원, 1995년 참조.

고향은 그에게 완벽한 공간으로 제시되지 못했다. 고향이 단지 회고의 수준을 넘지 못했기 때문이다[29]. 정지용은 그 한계를 초월하기 위하여 또 다른 세계로의 여정을 떠났다. 그리하여 그가 만난 세계가 가톨릭의 세계였다. 근대성에 편입된 자아가 그 분열적 자의식을 극복하기 위한 기제로 종교만큼 좋은 것도 없을 것이다. 하지만 정지용의 경우, 가톨릭의 세계는 완전한 것으로 다가오지 않았다. 그것이 지향하는 세계와 가치가 시인의 자의식과 견고히 결합되지 못함으로써 장식적인 수준의 차원을 넘지 못했기 때문이다[30]. 가톨릭은 그저 찬양의 대상이었을 뿐 그것이 갖고 있는 보편적 가치 등이 시인과 결합되지 못함으로써 더 이상 유효성을 갖기 어려웠기 때문이다.

서정의 결핍을 메울 질료가 저멀리 떨어져 있다는 것, 그리하여 자기화의 길이 요원하다는 것은 절대적 거리로 닫혀 있다는 뜻이 된다. 절대적 거리라는 것은 실존적 주체가 뛰어넘을 수 없는 단절의 강이자 벽이다. 자연은 이렇듯 소월이 다가갈 수 없는 절대적 거리로 분리되어 있었다. 따라서 다가갈 수 없는 것이기에 거기로 향한 열정은 더욱 강렬해질 수밖에 없을 것이다. '강변'에 대한 찬양은 이런 자의식이 만들어낸 자아의 초조함의 반영일 뿐이다.

---

29) 자세한 것은 송기한, 『정지용과 그의 세계』, 박문사, 2014. 참조.
30) 김윤식, 『한국근대문학사상사』, 한길사, 1984, pp.424-434.

4. '님'을 향한 매개로서의 자연

소월 시의 특색 가운데 하나가 '님'을 향한 열정에 있음은 부인하기 어려울 것이다. 어쩌면 소월 시의 구경이 이 '님'에 있다고 해도 과언이 아닐 정도로, 그것은 그의 시의 소재뿐만 아니라 중심 주제와도 밀접한 관련성을 맺고 있다. 그 님의 실체가 무엇인지에 대한 연구도 많이 진행되었는데, 그 귀결은 어느 하나의 국면으로 수렴되지 않았다. 여러 갈래에서 논의되었는데, 이는 크게 역사성의 국면과 현재성의 국면으로 분리되어 해석되어 왔다. 전자의 경우는 한이라는 전통적인 정서와의 관련 양상에서 이해되어 왔고[31], 후자는 일제 강점기라는 상황논리 속에서 이해되어 왔다[32].

1920년대를 님이 부재하는 시대라고 하는 것은 시대 상황과의 관련 양상 속에서만 유효한 경우이다. 3·1운동의 실패에 따른 좌절의 정서가 '님'의 부재를 체감케 한 것이기 때문이다. 그럼에도 불구하고 님의 부재가 이 시기부터 처음 시작된 것은 아니다. 한일합방과 그에 따른 국권의 상실은 그 자체로 님이 부재한 상태였기 때문이다. 그럼에도 1920년대 전까지는 우리 시사에서 '님'의 상실과 같은 정서가 드러난 경우는 거의 없었다. 1917년 이광수가 『무정』에서 부권의 부재를 묘

---

31) 우리 고유정서인 '한'이 만들어진 배경을 '님'과의 이별 속에서 찾는 경우가 대표적이다. 곧 '님'과의 이별, 그리움, 좌절의 정서가 만들어낸 것이 한이고, 님은 그 중심에 놓여 있다는 것이다. 자세한 것은 오세영, 『한국낭만주의 시연구』, 일지사, 1883 참조.
32) 이런 관점은 어느 하나의 연구자에서 드러나는 것이 아니라 일제 강점기의 부권 상실 속에서, 그 상실의 주체가 곧 '님'이 된다는 해석이다. 대부분의 연구자들은 님의 구경적 의미를 이 맥락에서 찾고 있다.

사한 것이 전부이기 때문이나.

님은 부재하되, 그것의 존재성을 알리는 마땅한 의장도, 계기도 없었다. 그런데 3·1운동은 이렇게 부재한 님의 존재를 한껏 분출시켜준 계기를 만들어 주었다. 잠들어 있던 님의 존재가 이 운동의 함성으로 말미암아 비로소 잠에서 깨어나게 된 것이다. 1920년대를 풍미한 '님에 대한 그리움'은 이런 배경하에서 형성되었다. 그 존재는 나의 존재성과 곧바로 연결되는 것이었고, 그것의 부재는 곧 주체적 자아로서의 정체성을 잃는 것이기도 했다. 님이란 곧 나와 등가관계였던 것이다.

이러한 환경 속에서 소월이 '님'의 부재에 대한 인식과 그에 대한 열정을 드러내는 것은 지극히 자연스러웠을 것이다. 뿐만 아니라 그것은 전통의 부재에 따른 좋은 대안이 될 수도 있었을 것이다. 익히 알려진 바와 같이 1920년대는 문화창달의 시대였다[33]. 그러한 시대를 가능하게 했던 것은 두가지 요인 때문에 그러했는데, 하나는 통치방식의 변화이고, 다른 하나는 조선의 정체성에 기인한 것이었다. 일제는 3·1운동을 경과하면서 무단통치의 한계를 인식하게 되었고, 강압적인 통치방식으로는 더 이상 조선에 대한 지배가 용이하지 않음을 알게 되었다.《동아일보》를 비롯한 신문의 창간과『창조』와『폐허』를 비롯한 수많은 잡지의 발간은 이런 저간의 사정을 잘 반영해주는 것이었다.

그리고 다른 하나는 민족의 정체성에 대한 것이었다. 일본 제국주의 10년이 가져온 조선의 변화는 그 정체성의 상실과 불가분의 관계

---

33) 이런 배경에 대해서는 오세영, 앞의 책 참조.

에 놓이는 것이었다. 조선적인 것과 일본적인 것이라는 경계의 상실
은 위기의 단계로 수용되지 않을 수 없었는데, 실상 이런 경계 상실은
어쩌면 개항 이후 계속 진행된 것인지도 모르겠다. 조선이라는 정체
성은 이미 한일합방 이전부터 매우 많이 진행되어 왔기 때문이다[34].
1920년대의 전통부활운동은 이런 시대적 위기 속에서 나온 것이었다.
이 시기 융성했던 시조의 부흥이나 민요 부활운동은 이런 시대적 당
위성에서 비롯된 것들이다.

 이런 환경이 소월의 시로 하여금 전통성과 밀접한 관련을 맺게 한
것으로 이해된다. 시대성과 역사성이 결합된 님의 복합체인 실체가
비로소 드러나게 된 것이다. 따라서 님은 이 시기 다른 어떤 것들보다
앞자리에 놓이는 당위적인 것일 수밖에 없었다. 다시 말해 그것의 부
재가 더욱 크게 다가올 수밖에 없는 환경 또한 마련될 수밖에 없었다.

  나보기가 역겨워
  가실 때에는
  말없이 고이 보내드리우리다

  영변에 약산
  진달래꽃
  아름따다 가실 길에 뿌리우리다.

---

34) 1908년 육당이 지은 「경부철도가」에 의하면, 이런 구절이 나온다. 철도가 온양온
천에 이르렀을 때, 육당이 이곳에서 본 것은 조선이 아니라 일본화된 모습이었다.
아직 조선의 국권이 살아있었던 시기임에도 불구하고 조선과 일본의 경계는 모호
해져 있었다. 곧 조선적인 것의 정체성이랄까 고유성이 심각한 손상을 입고 있었
던 것이다.

가시는 걸음걸음

놓인 그 꽃을

사분히 즈려밟고 가시옵소서

나보기가 역겨워

가실 때에는

죽어도 아니 눈물 흘리우리다

「진달래꽃」 전문

　이 작품은 소월의 대표작이자 님의 부재를 극명하게 보여준 시이
다. 그리고 이 시는 소월의 정서에 내재한 님의 함량이 얼마나 큰 것
인지를 일러주는 것이기도 하다. 흔히 알려진 것과 달리 이 작품은 님
과의 이별을 상정하고 쓴 시일 뿐이지 그 님과 결코 헤어진 상태는 아
니다. 그런 상황을 단적으로 보여준 것이 "나보기가 역겨워/가실 때에
는"이라는 구절이다. '가실'이라는 표현은 미래의 어떤 상황을 전제한
가정에 불과하기 때문에 현실에서는 그렇지 않다는 것이다. 따라서
서정적 자아와 님과의 이별은 일어나지 않았다고 보는 것이다.

　시를 이해하는 데 있어 자구 하나하나가 중요한 것이긴 하지만, 님
과의 이별이라든가 해후의 과정이 이 작품에서 극명하게 드러나 있는
것은 아니다. 가상의 전제만이 있을 뿐 지금 여기의 상황은 그저 진행
형이라는 것이다. 다시 말해 님은 내 곁에 있는 것이고, 다만 그 님이
자아로부터 떠나려 하는 위태로운 상황에 놓여 있을 뿐이다. 서정적
자아는 그런 상황이 전제되는 가정이 무척이나 두려울 뿐이다. 그래
서 그런 상황이 온다면, 자아가 대처할 방향에 미리 대비해두려는 것

이다. 그에 대한 다짐이 진지하게 드러나 있는 것이 이 시의 주제이다.

떠나려 하지만, 그러나 결코 놓치고 싶지 않은 님, 그것이 서정적 자아 속에 존재하는 '님'의 구경적 실체이다. 앞서 언급대로 소월의 정서는 이미 근대에 편입된 것이었기에, 도시의 비순수성에 대해서도 이해한 바 있고, 거울상 단계를 통해서 자아의 분열 또한 목격한 터였다. 근대라는 환경 속에서 형성된 파편화된 자아라면, 그 자아가 나아갈 행보 역시 정해져 있었을 것이다. 따라서 완결된 인식이라는, 근대인들의 흔히 나아가는 여정이 소월 또한 유혹하고 있었다는 가정이 가능하지 않을까. 엘리어트가 나아갔던 전통, 프루스트가 발견했던 유년의 시간들처럼, 근대의 대항담론들이 소월의 시선에 들어왔던 것이다. 앞서 언급한 대로 그것이 소월에게는 자연이라는 전일성의 세계였다.

> 들가에 떨어져 나가앉은 멧기슭의
> 넓은 바다의 물가 뒤에,
> 나는 지으리, 나의 집을,
> 다시금 큰길을 앞에다 두고.
> 길로 지나가는 그 사람들은
> 제각금 떨어져서 혼자 가는 길.
> 하이얀 여울턱에 날은 저물 때.
> 나는 문(門)간에 서서 기다리리
> 새벽새가 울며 지새는 그늘로
> 세상은 희게, 또는 고요하게,
> 번쩍이며 오는 아침부터,
> 지나가는 길손을 눈여겨보며,

그대인가고, 그대인가고.
「나의 집」 전문

이 시의 배경은 들과 물가, 그리고 산이 어우러진 자연이다. 자연을 노래했던 앞의 시들처럼, 이 작품 속에 구현된 자연 역시 완벽한 전일성이 구현되어 있다. 서정적 자아는 그러한 자연에 자신의 거주 공간을 만듦으로써 이와 하나가 되고자 했다. 자신의 공간과 자연이 하나의 전일체가 됨으로써 분리되지 않은 주체로 거듭 태어나고자 하는 단계가 되는 것이다.

그러나 자연은 서정적 자아와 일체화된 공간을 만들어내지 못한다. 시인의 자의식은 자연 속에 숨겨져 자신의 고유성을 잃고 있는 것이 아니라 그것이 더욱 샘솟고 있는 까닭이다. 그 서정의 정열이 향하고 있는 곳은 자연이 아니라 님에 대한 그리움의 정서이다. 소월에게 자연은 이렇듯 인식의 완결을 위한 매개가 아니라 자신의 서정성을 드러내는 수단에 불과할 뿐이었다. 자연이 자기화되지 못하고 수단화되는 양상은 그것을 예찬의 대상으로만 인유한 「엄마야 누나야」라든가 「여름의 달밤」에서도 그대로 드러난다. 「풀따기」 또한 마찬가지의 경우이다.

우리 집 뒷산에는 풀이 푸르고
숲 사이의 시냇물 모래 바닥은
파아란 풀 그림자, 떠서 흘러요.

그리운 우리 님은 어디 계신고

날마다 피어 나는 우리 님 생각,
날마다 뒷산에 홀로 앉아서
날마다 풀을 따서 물에 던져요.

흘러가는 시내의 물에 흘러서
내어던진 풀잎은 옅게 떠갈 제
물살이 헤적헤적 풀을 헤쳐요.

그리운 우리 님은 어디 계신고
가엾은 이내 속을 둘 곳 없어서
날마다 풀을 따서 물에 던지고
흘러가는 잎이나 말해 보아요.
「풀따기」전문

  소월이 묘사한 자연은 완결성을 갖고 있다. 여기서 완결하다는 것
은 인식적 측면이라기 보다는 배경적인 측면에서 그러한 것인데, 그
의 시에서 자연은 언제나 아름다운 산수화적 특색으로 이루어져 있
다. 가령, 산이라는 자연만이 있는 것도 아니고, 물이라는 자연만 있는
것도 아니다. 자연의 주요 국면이라 할 수 있는 산과 물이 어우러져 잘
빚어져 만들어낸 산수화의 모습을 형성하고 있는 것이다.
  「풀따기」의 배경 또한 그 연장선에 놓여 있는 시이다. 집을 둘러싸
고 뒤에는 산이 있고, 앞에는 물이 있다. 그런데 이런 조화의 세계에서
서정적 자아는 거기에 함몰되지 않는다. 그의 고유성은 소멸되지 않
은 채 예민하게 되살아난다. 자아가 지향하는 대상은 자연이 아니라
「나의 집」의 경우처럼 님에게로 향해져 있기 때문이다. 여기서 자연을

통한 인식의 통일이 이루어지는 것은 불가능한 일이다.

근대로 편입된 자아는 그 전일성을 상실한 상태이지만, 소월은 그 틈을 메우기 위한 치열한 자의식을 갖고 있지는 못한 것처럼 보인다. 이런 정열은 어쩌면 개인적인 정열이나 소위 욕망의 차원에서 이야기할 수도 있을 것이다. 하기사 욕망없는 개인이란 존재할 수 없다는 점에서, 자아와 세계 사이에 놓인 거리를 좁히려는 서정의 열정을 부인하기는 어려울 것이다. 그럼에도 소월에게는 그러한 자의식보다는 님을 향한 열정이 보다 컸던 것으로 이해된다. 그것이 소월 시의 사회성이랄까 보편성을 담지해주는 요소들이 아닐까 한다. 님은 이들을 매개하는 주요한 내포였다. 소월에게 우선시 되었던 것은 자연의 전일성이 아니었고, 게다가 근대성의 제반 문제들에 대한 고민, 곧 형이상학적인 것은 더더욱 아니었다. 그가 응시한 것은 지금 여기의 현재성과 역사성이었고, 그것이 곧 '님'에 대한 구경적 의미에 대한 탐색으로 나타났던 것이다.

5. 자연의 구경적 의미와 그 시사적 맥락

소월은 자연을 예찬하기는 하지만, 이를 전면적으로 수용하지는 않았다. 「산유화」에서 보듯 자연은 그저 저멀리 떨어져 있을 뿐이었다. 그렇다고 거기 있는 자연이 파편화되고, 훼손되어 있는 상태는 아니었다. 전일한 상태로 있되, 자아와는 거리를 둔 형국이었다. 그 빈 틈을 메우고 있는 것이 님이었다.

한국 시사에서 자연의 의미는 무척 소중한 것으로 이해되어 왔는데, 가령 모더니즘의 행로에서 그것은 서정적 자아가 나아갈 최후의 목적지나 유토피아로 수용되어 온 것이다. 그 모범적 행로를 제시해 준 것이 정지용의 경우였다. 그는 인식의 분열과 모색, 그리고 통합의 과정을 자연이라는 경로를 통해서 모범적으로 보여준 것이다. 정지용의 그러한 행보는 이후 청록파 시인들에게 큰 영향을 주었고, 그의 사유들은 이들에게 고스란히 계승되었다. 통합으로 수용되는 자연의 형이상학적인 의미가 청록파에 이르러 완성되었기 때문이다.

하지만 이런 시사적 행보에도 불구하고 자연을 근대시의 흐름에서 가장 먼저 소재화하고 이를 의미화한 것은 소월이다. 이제 그러한 소월의 행보와 그 자연의 의미를, 정지용과 청록파 시인들과 비교함으로써 그 시사적 의미를 자리매김할 때가 되었다. 이런 작업이야말로 소월 시에서 차지하는 자연의 위치를 이해할 수 있고, 또 정지용 등의 자연시와는 어떤 차별성을 갖고 있는지에 대해서도 이해할 수 있을 것이다.

1
절정에 가까울수록 뻑국채 꽃키가 점점 소모된다. 한마루 오르면 허리가 슬어지고 다시 한마루 위에서 모가지가 없고 나중에는 얼골만 갸옷 내다본다. 화문花紋처럼판박힌다. 바람이 차기가 함경도 끝과 맞서는 데서 뻑국채 키는 아조 없어지고도 팔월 한철엔 흩어진 성신星辰처럼난만하다. 산그림자 어둑어둑하면 그러지 않아도 뻑국채꽃밭에서 별들이 켜든다. 제자리에서 별이 옮긴다.나는 여기서 기진했다.

2
엄고란嚴古蘭, 환약같이 어여쁜 열매로 목을 축이고살어 일어섰다.

3

백화白樺옆에서 백화가 촉루가 되기까지 산다. 내가 죽어 백화처럼 흴 것이 숭없지 않다.

4

귀신도 쓸쓸하여 살지 않는 한모롱이, 도체비꽃이 낮에도 혼자 무서워 파랗게 질린다.

5

바야흐로 해발 육천척 우에서 마소가 사람을 대수롭게아니여기고 산다. 말이 말끼리 소가 소끼리, 망아지가어미소를 송아지가 어미말을 따르다가 이내 헤어진다.

6

첫새끼를 낳노라고 암소가 몹시 혼이 났다. 얼결에 산길 백리를 돌아 서귀포로 달아났다. 물도 마르기 전에 어미를 여읜 송아지는 움매- 움매- 울었다. 말을 보고도 등산객을 보고도 마구 매어달렸다. 우리 새끼들도 모색이 다른 어미한테 맡길 것을 나는 울었다.

7

풍란이 풍기는 향기, 꾀꼬리 서로 부르는 소리, 제주회파람새 회파람 부는 소리, 돌에 물이 따로 구르는소리, 먼 데서 바다가 구길 때 솨-솨- 솔소리, 물푸레동백 떡갈나무 속에서 나는 길을 잘못 들었다가 다시 측 넌출 기여간 흰돌바기 고부랑길로 나섰다. 문득 마주친아롱점말이 피하지 않는다.

8

고비 고사리 더덕순 도라지꽃 취 삭갓나물 대풀 석용石茸 별과 같은 방울을 달은 고산식물을 새기며 취하며자며 한다. 백록담 조찰한 물을 그리여 산맥 우에서 짓는 행렬이 구름보다 장엄하다. 소나기 놋낫 맞으며 무지개에 말리우며 궁둥이에 꽃물 이겨 붙인 채로 살이 붓는다.

9

가재도 기지 않는 백록담 푸른 물에 하늘이 돈다. 불구에 가깝도록
고단한 나의 다리를 돌아 소가 갔다. 쫓겨온 실구름 일말에도 백록담은
흐리운다. 나의 얼골에한나잘 포긴 백록담은 쓸쓸하다. 나는 깨다 기도
조차 잊었더니라.

정지용,「백록담」전문

소월에서 시작된 한국 자연시의 계보를 이해하기 위해서는, 이후
전개된 자연시들 혹은 자연을 소재로 한 시들에 대해서 알아볼 필요
가 있다. 그러한 사례를 대표하는 경우가 정지용이다. 그의 시들은 자
연시의 계보를, 그리고 소월 시와의 영향관계를 이해하는 시금석이
될 것이다. 그의 자연시는 일종의 여로 구조를 통해서 얻어진 것이었
다. 불가해한 근대의 세례를 받은 정지용은 고향과 가톨릭시즘을 거
쳐 비로소 산수시 혹은 자연시의 단계로 진입하게 된다. 인식의 파편
화에 대한 대항담론의 추구가 이 행보를 추동했던 것이기에 자연은
조화라든가 통합의 인식성 속에 적극적으로 수용되었다.

「백록담」은 정지용의 자연시가 도달한 최고봉 가운데 하나이다. 시
적 자아의 등반 과정에서 얻어진 이 작품은 자연과 인간의 경계가 어
떤 과정을 거쳐 소멸하는가에 대해서 잘 일러준 작품이다. 사실적 묘
사와 거기서 나오는 경계의 아름다운 무화가 이 작품의 주제이다. 사
실적 묘사에 의하면, 이 작품은 개체들의 구분에서 찾을 수 있다. 곧
서정적 자아라는 인간의 경계와, 자연 사물 사이에 노정된 개체들의
군집이 백록담에 등장하는 사물들의 총체이다.

그런데 그러한 구분의 세계는 서정적 자아의 행보에 의해 점점 없어지게 된다. 특히 망아지가 어미 소를 따르고, 송아지가 어미 말을 따르는 5연을 목도하게 되면, 계통의 세계가 어떻게 개체의 세계로 되돌아가고 있는 것인지를 잘 말해준다[35]. 이런 계통소멸이야말로 근원의 세계를 대변하는 것이 아닐 수 없다. 그것은 무척이나 원시적인 것이기 때문이다.

자연과 인간, 그리고 개체들의 경계 소멸이라는 주제를 담고 있는 「백록담」은 이를 두 가지 방향에서 실현한 것처럼 보인다. 하나는 사물들의 수평적 세계를 통해서이고, 다른 하나는 인식의 통합이라는 관념의 세계에서이다. 전자는 자연의 사물들이 일일이 열거되는데, 이들이 어떤 위계에 의한 관계가 아님을 일러주는 방식에 의해서이다. 가령, 인간과 자연의 관계에서 어느 하나가 다른 하나를 지배하는 관계가 아닌 것이며, 사물 사이의 관계 또한 이런 관점을 유지하고 있는 경우이다. 그리고 후자는 이 작품의 마지막에 제시된 "나는 자다 깨다 기도조차 잊었느니라"는 구절에서 알 수 있는 것처럼, 의식과 무의식의 통합에 의해서이다. 근대적 질서가 무의식의 억압에서 비롯된 것임은 잘 알려진 일이다. 일찍이 푸코는 여기에 주목하여 광기, 곧 무의식의 억압이 어떻게 제도적으로 이루어졌는가를 예리하게 살핀바 있다[36]. '깨는' 행위는 의식의 영역이고, '조는' 행위는 무의식의 영역이

---

35) 자연에서 개체발생이 먼저 이루어지고 계통이 형성된다는 점을 이해하게 되면, 계통에서 다시 개체로 흩어지는 이 과정이야말로 유기적 전체라는 자연의 한 특성을 잘 말해주는 것이라 할 수 있다. 자세한 것은 송기한, 앞의 책, pp.204-205. 참조.
36) 푸코, 『광기의 역사』(이규현역), 나남, 2010년 참조. 그는 이 책에서 광기, 곧 무의식적인 것들이 어떻게 이성에 의해 억압되어 왔는가를 사적으로 정리하고 있다.

다. 그런데 백록담 정상에서는 이런 구분은 더 이상 의미가 없다. 깨다 졸다 하면서 기도조차 잃었다는 것은 그 경계가 정립될 수 없음을 말해주는 것이기 때문이다.

정지용은 자연과 인간이 하나되는 과정을 이렇듯 경계의 소멸과정을 통해서 잘 보여주었다. 그는 경계를 이성주의의 역사, 파편화의 단면으로 이해한 것이다. 그런 구분의 정점이 바로 근대 이성이나 계몽의 부당한 결과임은 자명할 것이다.

그리고 자연에 대한 그의 이러한 관점은 이후 그를 계승한 '청록파' 시인들을 통해서 이어지게 된다. 『문장』을 통해서 등단한 이들 시인들이 자연파 혹은 청록파라고 이름지어진 계기는 이들이 해방직후인 1946년 『청록집』을 상재하면서부터이다[37]. 여기에 박목월, 조지훈, 박두진의 작품들이 실렸고, 이를 계기로 이들을 청록파 혹은 자연파로 부르게 된 것이다.

그러나 이런 시사적 사실 못지 않게 중요한 것은 이들이 펼쳐보인 시의 세계일 것이다. 익히 알려진 대로 박목월은 가공의 자연을, 조지훈은 고전의 자연을, 박두진은 기독교의 자연 세계를 구현해내었다. 목월은 자신의 자연세계가 미메시스의 영역에서는 결코 용납되지 않았던 일제 강점기의 현실로 인하여 반미메시스의 영역을 탐색하는데 주력했다[38]. 실상 자연에 대한 이런 추상적, 혹은 관념적 탐색이야말로 박목월 자연시의 새로운 국면이라 할 수 있을 것이다. 따라서 그의

특히 그러한 과정이 근대에 들어 더욱 제도적으로 심화되었음을 밝히고 있다.

37) 1946년, 박목월, 박두진, 조지훈은 사화집을 내었는 바, 그 제목이 『청록집』이었다. 이를 계기로 이들에게 청록파라는 명칭이 부여되었다.

38) 박목월, 「자작시 해설 보랏빛 소묘」, 신흥출판사, 1958.

시들은 사실적 영역과 사유의 인식적 통일을 위해 인유되었던 이전의 자연시들과는 뚜렷이 구분되는 것이라 할 수 있다. 그를 한국 자연시의 영역에서 이단적 존재로 간주하는 계기는 여기서 비롯된다. 그리고 그의 자연시들이 이후 근대성에 대한 안티담론으로 새롭게 정립되는 계기가 되기도 했다[39].

반면 박두진의 자연은 세밀한 미메시스의 영역에서 이루어진다. 이런 특징이야말로 「백록담」의 한 단면과 밀접하게 닿아있는 의장이라 할 수 있다. 박두진이 정지용의 영향관계에서 벗어날 수 없음이 이로써 증명된다고 하겠다.

내게로 오너라. 어서 너는 내게로 오너라. ---불이 났다. 그리운 집들이 타고, 푸른 동산, 난만한 꽃밭이 타고, 이웃들은, 이웃들은, 다 쫓기어 울며울며 흩어졌다. 아무도 없다.

이리들이 으르댄다. 양떼가 무찔린다. 이리들이 으르대며, 이리가 이리로 더불어 싸운다. 살점들을 물어 뗀다. 피가 흐른다. 서로 죽이며 작고 서로 죽는다. 이리는 이리로 더불어 싸우다가, 이리는 이리로 더불어 멸하리라.

처참한 밤이다. 그러나 하늘엔 별---별들이 남아 있다. 날마다 아직은 해도 돋는다. 어서 오너라.---황폐한 땅을 새로 파 이루고, 너는 나와 씨앗을 뿌리자. 다시 푸른 산을 이루자. 붉은 꽃밭을 이루자.

---

39) 박목월 시에서 보이는 허구적 자연의 세계는 이후 21세기 송찬호 등의 시로 이어지는 바, 이는 곧 근대에 대한 가장 강력한 반담론 가운데 하나가 된다.

정정한 푸른 장생목도 심그고, 한철 났다 스러지는 일년초도 심그자,
잣나무, 오얏, 복숭아도 심그고, 들장미, 석죽, 산국화도 심그자. 싹이
나서 자라면, 이어, 붉은 꽃들이 피리니---

　새로 푸른 동산에 금빛 새가 날아오고, 붉은 꽃밭에 나비 꿀벌떼가
날아들면, 너는, 아아, 그때 나와 얼마나 즐거우랴. 섧게 흩어졌던 이웃
들이 돌아오면, 너는 아아 그때 나와 얼마나 즐거우랴. 푸른 하늘, 푸른
하늘 아래 난만한 꽃밭에서, 꽃밭에서, 너는, 나와, 마주, 춤을 추며 즐
기자. 춤을 추며, 노래하며 즐기자. 울며 즐기자.---어서 오너라.---
「푸른 하늘 아래」 전문

　박두진의 자연은 세밀하게 구현된다. 그가 묘파한 자연은 관념이
나 형이상학이 지배하는 공간이 아니다. 사실들, 혹은 구체적 사물들
이 어우러져 뛰어노는 공간으로 나타난다. 그러니 사실적이고, 구체
적이지 않을 수 없고 미메시스의 충실한 구현이라고 할 수 있을 것이
다. 「푸른 하늘 아래」에 구현된 자연의 목록들을 보면, 가령 잣나무, 오
얏, 복숭아, 들장미, 석죽, 산국화 등등이 있는가 하면, 이리, 양떼 등등
이 있다. 말하자면, 온갖 식물과 동물이 한곳에 어우러져 있는 것이다.
자연물에 대한 이런 구체성은 「백록담」의 기법과 어느 정도 닮아 있는
형국이다. 암고란과 백화라는 식물이 있는 세계, 망아지, 송아지 혹은
말과 소가 있는 구체적인 자연이 펼쳐져 있는 것이 또한 「백록담」의
세계이기 때문이다. 여기서 구현된 자연은 위계 질서에 의한 것이 아
니라 수평적 균등의 세계를 유지하고 있는 경우이다.
　「푸른 하늘 아래」가 그리고 있는 자연도 정지용의 그것처럼 수평적

세계이다. 힘의 논리로 무장된 약육강식의 세계가 그려져 있는 것이 아니다. 그러한 위계 질서가 아니라 온갖 식물들의 관계가 수평적인 평등의 세계로 채색되어 있다. 이런 세계란 아담과 이브의 신화, 곧 에덴의 유토피아와 등가관계라 할 수 있다. 박두진의 자연을 두고 기독교적 자연으로 명명하는 것은 이 때문이다[40]. 세밀하게 나열되는 미메시스의 자연, 그리고 그들 개체마다의 고유성들이 수평적으로 드러나는 세계, 그것이 그의 자연시가 갖고 있는 특색이기 때문이다.

반면 조지훈의 자연시는 매우 관념적이다. 그렇다고 그의 자연시들이 추상적이고 반미메시스의 영역에서 만들어진다는 뜻은 아니다. 조지훈 시에 있어서 자연이라는 소재는 나열적이고 산문적이지 않다. 구체적 대상들이 나열되는 자연시들은 아니다. 그런 특성들은 박두진의 그것과는 정반대의 경우에 놓인다. 하지만 그런 특색들이 「백록담」의 세계와 전연 동떨어져 있는 것이라고는 할 수 없다. 조지훈의 자연시들은 「백록담」의 후반부에서 표명된, 의식과 무의식이 통합되는 세계, 곧 유기적 완결성의 세계로부터 자유롭지 않기 때문이다. 가령, 이런 세계를 잘 보여주는 작품이 「화체개현」이다.

실눈을 뜨고 벽에 기대인다 아무것도 생각할 수가 없다

짧은 여름밤은 촛불 한 자루도 못다 녹인 채 사라지기 때문에 섬돌 우에 문득 석류꽃이 터진다

---

40) 송기한, 『한국 현대시와 근대성 비판』, 제이엔씨, 2010, p.242.

꽃망울 속에 새로운 우주가 열리는 波動! 아 여기 太古적 바다의 소리 없는 물보래가 꽃잎을 적신다

방안 하나 가득 석류꽃이 물들어온다 내가 석류꽃 속으로 들어가 앉는다 아무것도 생각할 수가 없다

「화체개현」 전문

인용시의 표현대로, 지금 자아의 외부 세계는 새로운 장이 펼쳐진다. 석류꽃이 개화하는, 이전의 시간에서는 결코 경험하지 못한 새로운 순간이기 때문이다. 자아는 이런 개화를 "새로운 우주가 열리는 파동"으로 비유했다. 자연은 흔히 정(靜)의 세계로 알려져 있지만 이 작품에서만큼은 예외적이다. 이 작품을 지배하고 있는 것은 동(動)의 세계이다. 석류꽃은 그냥 서 있기에 고정된 실체가 아니다. 개화의 과정은 그 자체에 한정해도 동적인 흐름이거니와 시인의 자의식을 함께 이끌어낸다는 점에서도 그러하다.

뿐만 아니라 석류꽃의 향기는 자아의 방으로까지 스며 들어온다. 정적이면서도 동적인 역동성이 강한 조응을 이루며 완결된 작품으로 승화되는 것이 「화체개현」의 주된 시적 흐름이다. 이 과정을 통해서 자아와 세계는, 각각의 고유성을 상실하는데, 이를 가능케 한 것이 향기의 마술이다.

따라서 의식적인 것과 무의식적인 것이 소멸되는 조지훈의 「화체개현」은 정지용의 「백록담」의 세계와 분리하기 어렵게 결부되어 있다. 조지훈은 사물의 구체적인 제시와 거기서 얻어지는 의미의 맥락을 통해서 자연의 본질 속으로 들어가지 않는다. 그는 자연과 인간이 하나

되는, 다시 말해 의식의 완전한 통합을 통해서 자연이 갖는 형이상학의 의미를 추적해들어간다. 그것이 곧 자연과 인간의 완전한 결합, 유기적 통합의 세계이다.

정지용의 자연시들은, 이후 전개된 시인들의 작품 세계에 많은 영향을 끼치게 된다. 특히 모더니즘이 나아가야할 길 가운데 하나인, 파편화된 세계를 통합해나가는 여정으로서 자연이 갖는 함의를 모범적으로 보여준 경우이다. 그래서 정지용의 자연시들을 두고 모더니즘 시들이 탐색해 나아가야할 하나의 원형으로 수용되고 있는 것이다.

실상 소월은 정지용의 경우보다 적게는 몇 년, 많게는 십수 년을 앞선 시인이다. 지금까지 살펴본 대로 소월 시에 있어서 자연은 다른 어떤 소재보다 주요한 매개로 인유되었다. 그러나 그의 자연시들은 근대성의 제반 국면에서 이해되기 보다는 낭만적 이상이나 개인적 유토피아로만 한정되어 이해되어 왔다. 물론 이런 해석의 국면들이 전연 잘못된 것이라고 할 수는 없을 것이다. 그 나름의 정합성과 이를 보충하는 근거가 어느 정도 깔려 있었기 때문이다.

소월의 시에 구현된 자연물들은 이제 소재의 차원이나 어느 한 부분에서만 이해되는, 협소한 의미론적 국면을 벗어날 때도 되었다. 그의 자연시들은 이 분야의 선구로 불리우는 정지용의 경우보다 시기적으로 앞서 있을 뿐만 아니라 그것에 덧씌워진 함의 또한 무척 다대함을 알게 되었다. 소월의 시에서 펼쳐졌던 자연의 의미 역시 정지용이나 이를 승계한 시인들의 경우와 전혀 다른 것이 아니다. 그러니까 소월의 자연시는 독립적인 고유성의 영역에 외따로 남겨져 있는 것이 아니라는 뜻이다.

소월 시에 나타난 자연의 의미는 완결된 것이었다. 그의 대표 자연시 가운데 하나인 「엄마야 누나야」를 비롯한 수많은 작품들에서 알 수 있는 것처럼, 이 세계는 절대선이라 할 수 있는 우주론적 이법이 전개되는 세계였던 것이다. 다만 그러한 세계가 자아와 겹쳐진다거나 혹은 불구화된 자아를 회복시켜 주는 매개로서는 기능하지 않았다. 완전한 자연과 불완전한 자아가 분리되어서 평행선을 달리고 있었기 때문이다. 그럼에도 불구하고 그가 인유한 자연이란, 근대에 편입된 자아들에게 매우 유효 적절한 매개 혹은 유토피아가 될 수 있음을 시사해주었다는 점에 그 의미가 있을 것이다. 그는 자연에, 그리고 그것의 본질에 육박해 들어갈 수 없었지만, 그러나 그 가능성을 열어놓았던 것이다. 그는 그의 시에서 자연으로 가는 길의 터를 닦고 길을 낸 경우이다. 그것만으로도 자연을 소재로 한 그의 시들은 시사적으로 매우 의미있는 것이었다고 할 수 있을 것이다.

부록 : 간추린 소월의 생애

1902(1세)

음력 8월 6일, 평북 구성군 서산면 왕인동 소재의 외갓집에서 아버지 김성도 어머니 장경숙 사이에서 출생하다. 첫 아이의 출산은 친정에서 해야 좋다는 관습에 의해서 소월도 외가에서 태어나서 4개월 후에 집으로 돌아오다.

본적은 평북 정주군 곽산면 남단리(일명 남산동) 569번지이다. 본관은 공주公州. 이름은 처음에 '정식珽湜'으로 지었으나, 후에 '정珽'에서 구슬옥玉자를 버리고 '정식廷湜'으로 고쳐 썼다고 한다. 아명은 큰 아이, 또는 상속자의 뜻인 '갓놈'이고, 필명은 '소월' 또는 '흰달'이 있으나, 작품 활동은 주로 아호 '소월'을 사용했다.

1909(8세)

남산동 소재 남산학교 1학년에 입학하다. 이 학교에 입학하면서 소월은 인생의 많은 전기를 맞이했다. 남산학교의 설립목적이 개화해서 백성이 잘살고 세계 문명에 뒤지지 말자는 것이었는바, 소월은 그러한 사상을 이 학교에서 철저하게 배웠다. 그리고 소월은 이때 아버지 불행과 식민지 현실에 대한 비애를 처음 느끼기 시작했다고 한다. 「예전엔 미처 몰랐어요」에 그러한 세계가 담겨있다고 숙모 계희영은 판단했다.

또한 이 학교 재학중에 평생의 스승인 김억을 만나다. 김억이 남산학교에 연사로 가끔 왔는데, 이때 김억과의 자연스러운 만남이 이루어지다. 김억은 소월의 먼 친척뻘이었고, 소월의 고향과 인접한 남산리 서쪽 출신이었다.

1913(12세)

남산학교를 4년 과정을 마치고 졸업하다. 이때 학제는 초등학교 과정이 4년이었다. 남산학교를 졸업하던 이때 소월은 홍단실과 결혼하다.

1915(14세)

오산학교 중학부에 입학하다. 오산학교에서 이승훈, 조만식 등을 만나고 그들로부터 영향을 받아 민중의식과 민족의식이 고양되는 계기를 맞이하게 되다. 소월은 이 학교를 다닐 때, 양복을 절대 입지 않을 정도로 민족의식이 강한 소유자가 되어 있었다. 그러는 한편으로 "나라가 없어서 나의 아버지가 저렇게 되었다"고 거듭 다짐하며 민족의식을 더욱 강화하는 계기를 만들기 시작했다. 소월의 정신사에서 많은 변화의 계기가 된 것이 바로 오산학교 시절이었다.

1919(18세)

오산중학교 4년 과정을 마치고 졸업하다. 3·1운동이 일어나 학업이 중단되었다고 하고 있으나 졸업한 것 같다. 중학 과정이 5년제가 된 것은 1922년이기 때문에 그렇게 추정된다.

1920(19세)

2월,《창조》5호에 「낭인의 봄」 등 5편의 시작품을 발표함으로서 문단에 처음 등장하다. 2월, 「춘조」라는 산문을 《학생계》에 응모하여 입상하다.

장녀 구생 정주에서 출생하다.

1921(20세)

1월,《학생계》6호에 「이 한밤」 등 두 편의 시작품을 현상 문예에 응모하여 '천'으로 입상하다.

4~6월,《동아일보》에 많은 시작품을 학생 문예로 투고하여 발표하다. 차녀 구원 정주에서 출생하다.

1922(21세)

4월, 배재고등보통학교 5학년에 편입하다. 「금잔디」 등 40여 편의 시작품《개벽》지에 발표하다.

1923(22세)

3월, 배재고등보통학교를 졸업하다(7회). 3월, 배재고보 교지《배재》에다 「접동」, 「비단안개」 등과 번역 소설 「떠돌아가는 계집」을 발표하다. 4월, 일본 동경상대에 입학하다. 하지만 관동대지진이 발생하고, 조선인들에 대한 끔찍한 학살으로 목격하면서 귀국길에 오르다.

다시 학업을 원했으나 가족들의 만류로 결국 중단하고 말았다. 1월 장남 준호 정주에서 출생하다.

1924(23세)

「신앙」, 「밧고랑 위에서」, 「나무리벌 노래」 등의 작품을 《영대.》, 《신여성》, 《동아일보》 등에 발표하다.

1925(24세)

누구보다도 가깝게 지냈던 숙모 계희영은 소월을 권유하여 정주의 살림을 정리하고 숙부의 직장이 있는 평양으로 이사하다. 「옷과 밥과 자유」, 「저녁때」, 「무신」, 「그 사람에게」 등의 시작품과 시론 〉시혼〉을 《동아일보》, 《영대》, 〈개벽〉, 《조선문단》 등에 발표하다. 4월, 차남 은호 정주에서 출생하다. 12월, 첫 시집 '진달래꽃'이 매문사에서 출간되다. 분가하여 처가가 있는 구성군 서산면 평지동으로 옮기다.

차남 은호 출생하다.

12월 첫시집 『진달래꽃』을 매문사에서 간행하다.

1926(25세)

평북 구성군에서 동아일보사 구성지국을 경영하다. 《동아일보》의 기사를 보면, 지국장 김정식, 총무 배찬경, 기사 겸 회계원에는 노봉섭으로 되어있다.

1927(26세)

3월, 동아일보 구성지국을 경영난으로 그만두다. 이때부터 심한 경제난에 시달리기 시작하다. 많은 술을 먹기 시작하다.

1928(27세)
「나무리벌 노래」 등 3편의 작품을 《백치》에 발표하다.

1929(28세)
「길차부」 등의 작품을 《문예공론》에 발표하다.

1931(30세)
「고독」 등 2편의 작품을 《신여성》에 발표하다

1932(31세)
4월, 3남 정호 구성에서 출생하다.

1933(32세)
「진달래꽃」을 《삼천리》에 다시 발표하다.

1934(33세)
6월, 4남 낙호 구성에서 출생하다. 「生 과 돈과 死」, 「돈타령」 등 많은 작품을 《삼천리》에 발표하다. 12월 24일 오전 갑자기 사망하게 된다. 전날 시장에서 사온 생아편을 부인과 함께 먹기로 하고 사오다. 하지만 부인은 먹지 않고, 소월만 먹고 죽어버리다. 소월의 숙모 계희영은 소월이 이렇게 쉽게 자살할 것으로는 생각하지 않은 것처럼, 그의 죽음은 무척 예외적인 것으로 받아들여지다.

1935

1월 28일, 소월의 추도회가 열리다. 아마도 스승이었던 김억이 발기하여 이 추도회가 열린 것으로 판단된다. 이날 참석자는 다음과 같다. 김기림, 김동환, 김억, 이광수, 이은상, 유도순, 박종화, 박팔양, 정지용 등이다. 장소는 서울 종로구 관철동 소재의 백합원이었고, 참가인원은 이들 발기인 외에도 백여 명에 이르렀다고 한다. 이런 규모는 소월이 차지하고 있던 문단의 위치가 어떠어떠 했는지를 말해주는 근거가 된다.

1939

박문서관에서 김안서 편의 『소월시초』가 출간되다. 그의 후기 시편과 유고 및 『진달래꽃』 수록 시편의 일부를 싣고 있다. 김안서의 주선으로 유고 시편들을 《여성》지에 발표되다.

1961

소월에 대한 본격적인 연구서라고 할 수 있는 김영삼(金永三)의 『소월정전(素月正傳)』이 성문각에서 간행되다. 이 평전에서 소월에 대한 많은 부분들이 비로소 밝혀지게 되다. 이후 계희영의 소월평전이 나옴으로써 그 내용이 약간 수정되기도 했다. 가장 차이가 나는 점은 소월이 짝사랑한 연인이 있었고, 그에 대한 열정이 소월 시를 만들게 했다는 것인데, 숙모 계희영은 이를 부정하고 있는 것이다. 소월이 좋아한 여인은 부인인 오직 홍단실 뿐이라는 것이다.

1970

계희영의 『소월선집』이 간행되다.

1977

소월의 많은 유고시가《문학사상》62호(11월)에 정리 발표되다.

1982

계희영의 소월평전『藥山 진달래는 우런 붉어라』이 문학세계사에서 간행되다.

2004

5월《문학사상》에 유고시「서울의 거리」가 발굴 발표되다. 이 작품은 모더니즘적 경향을 가지고 있는 '산책자'의 세계를 다룬 것으로, 소월 시의 외연을 넓혀주는 중요한 계기가 되었다.

소월 시의 작품연보

낭인의 봄(시) , 창조 (2월), 1920

야의 우적 (시), 창조 (2월), 1920

오과의 읍 (시), 창조 (2월), 1920

그리워 (시), 창조 (2월), 1920

춘강 (시), 창조 (2월), 1920

먼 후일 (시), 학생계 (7월), 1920

거츤 풀 허트러진 (시), 1920

모래동으로 (시), 학생계 (2월), 1920

죽으면? (시), 학생계 (7월), 1920

춘조 (소설), 학생계 (10월), 1920

무제 (시), 학생계 (10월), 1920

이 한밤 (시), 학생계 (1월), 1921

맛내려는 심사 (시), 학생계 (1월), 1921

그 산우 (시), 동아일보 (4월 9일), 1921

풀따기 (시), 동아일보 (4월 9일), 1921

봄 밤 (시), 동아일보 (4월 9일), 1921

바람의 봄 (시), 동아일보 (4월 9일), 1921

붉은 조수 (시), 동아일보 (4월 9일), 1921

황촉불 (시), 동아일보 (4월 9일), 1921

속요 (시), 동아일보 (4월 9일), 1921

문견폐 (시), 동아일보 (4월 27일), 1921

사계월 (시), 동아일보 (4월 27일), 1921

은촉대 (시), 동아일보 (4월 27일), 1921

일야우 (시), 동아일보 (4월 27일), 1921

춘채사 (시), 동아일보 (4월 27일), 1921

함구 (시), 동아일보 (4월 27일), 1921

구면 (시), 동아일보 (6월 8일), 1921

꿈 (시), 동아일보 (6월 8일), 1921

깁히 밋던 심사 (시), 동아일보 (6월 8일), 1921

둥근 해 (시), 동아일보 (6월 8일), 1921

하늘 (시), 동아일보 (6월 8일), 1921

바다 (시), 동아일보 (6월 14일), 1921

금잔듸 (시), 개벽 (1월), 1922

황촉불 (시), 개벽 (1월), 1922

꿈 (시), 개벽 (1월), 1922

첫 치마 (시), 개벽 (1월), 1922

엄마야 누나야 (시), 개벽 (1월), 1922

달마지 (시), 개벽 (1월), 1922

개암이 (시), 개벽 (1월), 1922

제비 (시), 개벽 (1월), 1922

수아 (시), 개벽 (1월), 1922

부헝새 (시), 개벽 (1월), 1922

닭은 꼬꾸요 (시), 개벽 (2월), 1922

꿈꾼 그 날 (시), 개벽 (2월), 1922

제물포에서 〈밤〉 (시), 개벽 (2월), 1922

새벽 (시), 개벽 (2월), 1922

내 집 (시), 개벽 (2월), 1922

물결이 변하야 뽕나무

밧이 된다고 (시), 개벽 (2월), 1922

등불과 마조 안젓스랴면 (시), 개벽 (2월), 1922

봄 밤 (시), 개벽 (4월), 1922

바람의 봄 (시), 개벽 (4월), 1922

열락 (시), 개벽 (4월), 1922

공원의 밤 (시), 개벽 (6월), 1922

오는 봄 (시), 개벽 (6월), 1922

맘에 속읫 사람 (시), 개벽 (6월), 1922

진달래꽃 (시), 개벽 (7월), 1922

개여울 (시), 개벽 (7월), 1922

강촌 (시), 개벽 (7월), 1922

고적 (시), 개벽 (7월), 1922

제비(1)

장별리 (시), 개벽 (7월), 1922

넷낫 (시), 개벽 (7월), 1922

가을 (시), 개벽 (8월), 1922

님과 벗 (시), 개벽 (8월), 1922

니벗든 맘 (시), 개벽 (8월), 1922

가는 봄 삼월 (시), 개벽 (8월), 1922

그 산 우에 (시), 개벽 (8월), 1922

먼 후일 (시), 개벽 (8월), 1922

바다 (시), 개벽 (8월), 1922

풀따기 (시), 개벽 (8월), 1922

깁히 밋던 심성 (시), 개벽 (8월), 1922

함박눈 (소설), 개벽 (10월), 1922

꿈자리 (시), 개벽 (11월), 1922

깁흔 구멍 (시), 개벽 (11월), 1922

님의 노래 (시), 개벽 (2월), 1923

넷 이야기 (시), 개벽 (2월), 1923

길손 (시), 배재 (3월), 1923

봄바람 (시), 배재 (3월), 1923

달밤 (시), 배재 (3월), 1923

접동 (시), 배재 (3월), 1923

깁고 깁픈 언약 (시), 배재 (3월), 1923

오시는 눈 (시), 배재 (3월), 1923

비단안개 (시), 배재 (3월), 1923

떠도라가는 계집 (번역소설), 배재 (3월), 1923

못닛도록 생각나겟지요 (시), 개벽 (5월), 1923

예전엔 밋처 몰랏서요 (시), 개벽 (5월), 1923

해가 산마루에 저물어도 (시), 개벽 (5월), 1923

눈물이 쉬루르 흘러납니다 (시), 개벽 (5월), 1923

자나 깨나 안즈나 서나 (시), 개벽 (5월), 1923

낙천 (시), 신천지 (8월), 1923

구름 (시), 신천지 (8월), 1923

왕십리 (시), 신천지 (8월), 1923

어려듯고 자라배와 (시), 신천지 (8월), 1923

내가 안 것은

삭주구성 (시), 개벽 (10월), 1923

가는 길 (시), 개벽 (10월), 1923

산 (시), 개벽 (10월), 1923

신앙 (시), 신여성 (6월), 1924

서로 믿음 (시), 동아일보 (7월 21일), 1924

밧고랑 우헤서 (시), 영대 (10월), 1924

어인 (시), 영대 (10월), 1924

생과 사 (시), 영대 (10월), 1924

나무리벌 노래 (시), 동아일보 (11월 24일), 1924

차와 선 (시), 동아일보 (11월 24일), 1924

이요(시), 동아일보 (11월 24일), 1924

항전애창 명주딸기 (시), 영대 (12월), 1924

불칭추칭 (시), 영대 (12월), 1924

배 (시), 동아일보 (1월 1일), 1925

옷 (시), 동아일보 (1월 1일), 1925

옷과 밥과 자유 (시), 동아일보 (1월 1일), 1925

남의 나라땅 (시), 동아일보 (1월 1일), 1925

천리만리 (시), 동아일보 (1월 1일), 1925

만리성 (시), 동아일보 (1월 1일), 1925

가막덤불 (시), 동아일보 (1월 1일), 1925

신앙 (시), 개벽 (1월), 1925

저녁 때 (시), 개벽 (1월), 1925

꼿 촛불 켜는 밤 (시), 영대 (1월), 1925

넷님을 따라 가다가(시), 영대 (1월), 1925

꿈깨어 탄식함이라

무신 (시), 영대 (1월), 1925

무심 (시), 신여성 (1월), 1925

벗 마을 (시), 동아일보 (2월 2일), 1925

한식 (시), 동아일보 (2월 2일), 1925

자전거 (시), 동아일보 (2월 2일), 1925

실제 (시), 조선문단 (4월), 1925

물마름 (시), 조선문단 (4월), 1925

시혼 (시론), 개벽 (5월), 1925

그 사람에게 (시), 조선문단 (7월), 1925

서로 믿음(신운) (시), 동아일보 (7월 22일), 1925

불탄자리 (시), 조선문단 (10월), 1925

오일밤 산보 (시), 조선문단 (10월), 1925

비소리 (시), 조선문단 (10월), 1925

길 (시), 문명 (12월), 1925

지연 (시), 문명 (12월), 1925

눈 (시), 문명 (12월), 1925

깁고 깁흔 언약 (시), 문명 (12월), 1925

진달래꽃 (시집), 매문사 (12월), 1925

돈과 밥과 맘과 들 (시), 동아일보 (1월 1일), 1926

밤가마귀 (시), 조선문단 (3월), 1926

주준에 배를 대고 (시), 조선문단 (3월), 1926

봄 (시), 조선문단 (3월), 1926

소소소무덤 (시), 조선문단 (3월), 1926

해 넘어가기 전 한참은 (시), 가면 (5월), 1926

둥근 해 (시), 조선문단 (6월), 1926

봄못 (시), 조선문단 (6월), 1926

잠 (시), 조선문단 (6월), 1926

첫눈 (시), 조선문단 (6월), 1926

바닷가의밤 (시), 조선문단 (6월), 1926

저녁 (시), 조선문단 (6월), 1926

흘러가는 물이라 맘이 물이면 (시), 조선문단 (6월), 1926

칠석 (시), 가면 (7월), 1926

생의 감격 (시), 가면 (7월), 1926

고만두 풀노래를 가려 월탄에게 드립니다 (시), 가면 (7월), 1926

나무리벌노래 (시), 백치 (7월), 1928

배 (시), 백치 (7월), 1928

옷과 밥과 자유 (시), 백치 (7월), 1928

저급생활(전문삭제) (시), 문예공론 (5월), 1929

길차부 (시), 문예공론 (5월), 1929

단장(1) (시), 문예공론 (6월), 1929

단장(2) (시), 문예골론 (7월), 1929

고독 (시), 신여성 (2월), 1931

드리는 노래 (시), 신여성 (2월), 1931

진달래꽃 (시), 삼천리 (9월), 1933

생과 돈과 사 (시), 삼천리 (8월), 1934

돈타령 (시), 삼천리 (8월), 1934

제이 · 엠 · 에스 (시), 삼천리 (8월), 1934

삼수갑산 (시), 삼천리 (8월), 1934

나공곡 (역시), 삼천리 (8월), 1934

이주가(1) (역시), 삼천리 (8월), 1934

이주가(2) (역시), 삼천리 (8월), 1934

장간행(1) (역시), 삼천리 (8월), 1934

장간행(2) (역시), 삼천리 (8월), 1934

송원이사안서 (역시), 삼천리 (8월), 1934

기원 (시), 삼천리 (11월), 1934

건강한 잠 (시), 삼천리 (11월), 1934

상쾌한 아츰 (시), 삼천리 (11월), 1934

기분전환 (시), 삼천리 (11월), 1934

기회 (시), 삼천리 (11월), 1934

고향 (시), 삼천리 (11월), 1934

고락 (시), 삼천리 (11월), 1934

의와 정의심 (시), 삼천리 (11월), 1934

삼수갑산-차안서삼수갑산운 (시), 신인문학 (11월), 1934

무제 (서간문), 조선중앙일보 (1월 23일~24일), 1935

금잔디 (시), 삼천리 (1월), 1935

진달래꽃 (시), 삼천리 (1월), 1935

무심 (시), 신동아 (2월), 1935

진달래꽃 (시), 신동아 (2월), 1935

삭주구성 (시), 신동아 (2월), 1935

차안서선생삼수갑산운 (시), 신동아 (2월), 1935

밭고랑 위에서 (시), 예술 (4월), 1935

명주딸기 (시), 학등 (8월), 1935

소곡 3편 (시), 삼천리 (9월), 1935

안서김억선생님에게 (서간문), 삼천리 (10월), 1938

파인 김동환님에게 (서간문), 삼천리 (10월), 1938

박넝쿨타령 (시), 여성 (6월), 1939

무제 (시), 여성 (6월), 1939

늦은 가을비 (시), 여성 (6월), 1939

기억 (시), 여성 (7월), 1939

절제 (시), 여성 (7월), 1939

빗 (시), 여성 (7월), 1939

술 (시), 여성 (7월), 1939

대수풀 노래 (시), 여성 (8월), 1939

가시나무 (시), 여성 (9월), 1939

무제(해 다지고 날 점으니 유장경작, 역시) , 조광 (10월), 1939

무제 (서간문), 조광 (10월), 1939

성색 (시), 여성 (10월), 1939

술과 밥 (시), 여성 (11월), 1939

세모감 (시), 여성 (12월), 1939

진달래꽃 (시), 박문 (12월), 1939

소월시초(김억편) (시집), 박문서관 (12월), 1939

인종(시), 문학사상 (11월), 1977

봄바람(시), 문학사상 (11월), 1977

봄과 봄밤과 봄비(시), 문학사상 (11월), 1977

비오는 날(시), 문학사상 (11월), 1977

적어졌소(시), 문학사상 (11월), 1977

가련한 인생(시), 문학사상 (11월), 1977

마음의 눈물(시), 문학사상 (11월), 1977

보냄(시), 문학사상 (11월), 1977

벗과 벗의 넷(시), 문학사상 (11월), 1977

님(시), 문학사상 (11월), 1977

꿈꾼 그 넷날(시), 문학사상 (11월), 1977

니불(시), 문학사상 (11월), 1977

무제(시), 문학사상 (11월), 1977

밤도 그만(시), 문학사상 (11월), 1977

무제(넷날에)(시), 문학사상 (11월), 1977

무제(세월이 빠르쟌코)(시), 문학사상 (11월), 1977

무제(사름의 끗튼)(시), 문학사상 (11월), 1977

무제(무슴 탓에)(시), 문학사상 (11월), 1977

무제(그만두세)(시), 문학사상 (11월), 1977

무제(모든이는)(시), 문학사상 (11월), 1977

무제(내가슴에는)(시), 문학사상 (11월), 1977

무제(그 넷날들을)(시), 문학사상 (11월), 1977

무제(뛰여 떠오르나니)(시), 문학사상 (11월), 1977

무제(서러라,무슨)(시), 문학사상 (11월), 1977

무제(서름의 바닷가의) 잠못드는 태양(시), 문학사상 (11월), 1977

무제(깊음이나)(시), 문학사상 (11월), 1977

무제(조용한 서러움은)(시), 문학사상 (11월), 1977

무제(죽음의 계약이)(시), 문학사상 (11월), 1977

무제(꿈이란 무엇인가?)(시), 문학사상 (11월), 1977

무제(황혼녁에)(시), 문학사상 (11월), 1977

무제(만약에 당신이) (시), 문학사상 (11월), 1977

관작루에 올라서/죽리관 (왕유 원작, 역시), 문학사상 (11월), 1977

서울의 거리(시), 문학사상 (5월), 2004

마주석(시), 문학사상(5월), 2004

궁인창(시), 문학사상(5월), 2004

찾/아/보/기

송 기 한

충남 논산생
문학박사. 문학평론가
UC Berkeley 객원교수
시와시학 평론상, 대전시 문화상
현재 대전대학교 국어국문창작학과 교수

주요저서
『한국 전후시와 시간의식』
『고은 : 민족문학의 길』
『한국 현대시사 탐구』
『한국 현대시의 근대성 비판』
『서정주 연구』
『1960년대 시인연구』
『정지용과 그의 세계』
『육당 최남선 문학 연구』
『한국 현대시의 정신사』 등

소월 연구

초 판 인 쇄 | 2020년 10월 16일
초 판 발 행 | 2020년 10월 16일

지 은 이 송기한

책 임 편 집 윤수경

발 행 처 도서출판 지식과교양
등 록 번 호 제2010-19호
주   소 서울시 강북구 우이동108-13 힐파크103호
전   화 (02) 900-4520 (대표) / 편집부 (02) 996-0041
팩   스 (02) 996-0043
전 자 우 편 kncbook@hanmail.net

ISBN 978-89-6764-162-7 93810   정가 21,000원